वन्दना राग

वन्दना राग मूलतः बिहार के सिवान ज़िले से हैं। जन्म इन्दौर मध्य प्रदेश में हुआ और पिता की स्थानान्तरण वाली नौकरी की वजह से भारत के विभिन्न शहरों में स्कूली शिक्षा पाई। 1990 में दिल्ली विश्वविद्यालय से इतिहास में एम.ए. किया। पहली कहानी *हंस* में 1999 में छपी और फिर निरन्तर लिखने और छपने का सिलसिला चल पड़ा। तब से कहानियों की चार किताबें प्रकाशित हो चुकी हैं—*यूटोपिया, हिजरत से पहले, ख़यालनामा* और *मैं और मेरी कहानियाँ*। इसके अलावा अनेक अनुवाद कर चुकी हैं जिनमें प्रख्यात इतिहासकार ई.जे. हॉब्सबॉम की किताब *एज ऑफ़ कैपिटल* का अनुवाद *पूँजी का युग* शीर्षक से किया है। यदा-कदा अख़बारों में सामाजिक और राजनीतिक विषयों पर लिखती रहती हैं। *बिसात पर जुगनू* उनका पहला उपन्यास है।

ई-मेल : vandanarag@gmail.com

यूटोपिया

वन्दना राग

राजकमल पेपरबैक्स

पहला पुस्तकालय संस्करण
राजकमल प्रकाशन प्राइवेट लिमिटेड द्वारा
2010 में प्रकाशित

राजकमल पेपरबैक्स में
पहला संस्करण : 2023

राजकमल पेपरबैक्स : उत्कृष्ट साहित्य के जनसुलभ संस्करण

राजकमल प्रकाशन प्रा.लि.
1-बी, नेताजी सुभाष मार्ग, दरियागंज
नई दिल्ली-110 002
द्वारा प्रकाशित

शाखाएँ : अशोक राजपथ, साइंस कॉलेज के सामने, पटना-800 006
पहली मंज़िल, दरबारी बिल्डिंग, महात्मा गांधी मार्ग, प्रयागराज-211 001

वेबसाइट : www.rajkamalprakashan.com
ई-मेल : info@rajkamalprakashan.com

बी.के. ऑफसेट
नवीन शाहदरा, दिल्ली-110 032
द्वारा मुद्रित

मूल्य : ₹250

YUTOPIYA
Short Stories by Vandana Rag

ISBN : 978-93-93768-96-4

यह पुस्तक उन सभी के लिए है, जिन्होंने मुझे कहानीकार बनाया।

ऋतुराज रंजन, पंकज राग और नवल शुक्ल के लिए, नीलाशी, अतीत, आरोहन, सोना और परी के लिए, जो न सिर्फ मेरी किस्सागोई के मज़े लेते हैं, बल्कि मेरे नन्हे आलोचक भी हैं।

अनुक्रम

यूटोपिया

शहादत और अतिक्रमण

'लांस नायक अजय प्रताप सिंह नहीं रहे!
प्रदेश का एक और होनहार सपूत कारगिल में शहीद हो गया!'

ख़बर की इन दो पंक्तियों ने चारों ओर अपने-अपने ढंग से अफ़रा-तफ़री मचा दी।

सुबह-सुबह मुन्नी सिंह के नित्यक्रिया से निवृत्त होने के कहीं पहले, गाँव में एकमात्र फ़ोन रखनेवाला रमेश सोनाने भागता हुआ आया था। दादा को बाहर के बरामदे वाले बिस्तर से उठाता हुआ अन्दर ले आया था। माताराम तो अभी उठी भी नहीं थी। वहीं बाहर के लकड़ी के फ़र्शवाले कमरे में अस्त-व्यस्त, बिखरी पड़ी थी। गाड़ी के समान भड़भड़ाता, हल्ला करता सोनाने उस कमरे में पहुँचा। जवान जहान मुन्नी सिंह को शर्म पड़ गई। उसे माताराम को देख शर्म पड़ गई। माताराम की साड़ी कैसे घुटनों के ऊपर जा पहुँची थी, जहाँ उसके टखने और एड़ी अँधेरे कमरे में पके भात समान चमक रहे थे। गुदगुदे और पीले सफ़ेद। हबड़-दबड़ सुन मुन्नी सिंह अपनी कोठरी से अचकचा कर निकल पड़ी थी। पहले उसे फ़ोनवाला रमेश सोनाने दिखा, फिर दादा और अन्त में माताराम। उसने ख़ुद रात में पहननेवाली झीनी साड़ी पहन रखी थी। इस जानलेवा गर्मी में बन्द कमरे में सोना, भट्ठी में तपने से कम नहीं था। रोटी सेंकते वक़्त मुन्नी सिंह की जान निकलती थी। वह सोचती थी रात को दो मग नहाने का, मगर माताराम घर के बाड़े से बाहर जाने को मना करती थी। दिन-रात गाँव की औरतों को दबोच, खेत-खलिहान में इज़्ज़त ख़राब करने का खेल चल रहा था। लेकिन मुन्नी सिंह अपने को लेकर निश्चिन्त थी। दो बातें थीं, इसकी वजह। एक तो, वे लोग राजपूत थे, दूसरे उसका पति सेना में था 'लांस नायक'। लिहाज़ा, राजपूत फ़ौजी की पत्नी की लोग इज़्ज़त करते थे। पर माताराम बड़ी झबरैल गुस्सेवाली थी। उसने बोल दिया, 'नईं तो नईं' नहा सकती मुन्नी सिंह, चाहे वह अपने ही पसीने में डूब क्यों न जाए, चाहे अपनी ही बदबू से नाक क्यों न फट जाए उसकी। वहीं आँगन में

बाल्टी भर पानी से हाथ-मुँह धो सोई थी वह। हाथ का पंखा करते-करते हाथ टूट गए थे उसके, पर हवा लगती ही नहीं थी। थककर चूर यह सादी साड़ी पहन न जाने कब नींद लगी कि फिर यह हलचल।

"क्या हुआ दादा?" उसने सोचा, पराए आदमी से पहले घर के आदमी से पूछा जाए, "अभी तो सबेरा नहीं हुआ, घर के अन्दर कोई जंगली जानवर घुस गया क्या...?"

"नहीं...।" दादा भी चकराया-सा था। यह रमेश कुछ कह रहा है।

"क्या?" आवाज़ों का आदान-प्रदान सुन माताराम भी उठ गईं।

रमेश सोनाने ख़ुद भी साफ़-साफ़ कुछ न देख पा रहा था, न बोल पा रहा था, सिर्फ़ 'ओ...ओ' कर रहा था।

इस पर दादा को खीज चढ़ आई, "अरे, बोलता क्यों नहीं?"

"ओ...दादा...वो फोन आया था, अजय मामा के स्टेशन से। कोई साहब था। बोल रहा था, अजय प्रताप सिंह के घर से किसी को बुला लाओ, दस मिनट में फिर फोन करते हैं।"

दादा अबके घबराया। "बाबू ने ख़ुद फोन क्यों न किया? उसके साहब ने क्यों किया?"

"अब मैं क्या जानूँ? तुम तो चलो अब।"

रमेश सोनाने यह बोलते वक़्त मुन्नी सिंह को भी देखता रहा। इस बदहवासी की स्थिति में भी वह यह देखने से नहीं चूका कि मुन्नी सिंह कितनी जवान है। कोई बीस से ज़्यादा की नहीं। पसीने से भीगी झीनी सादी धोती उसके बदन से कैसे लिपटी थी! शरीर की एक-एक रेखा स्पष्ट दिखाई दे रही थी। ऐसी सुन्दर जवान लड़की मामा के हत्थे चढ़ी थी, उसके हत्थे नहीं, जबकि वही उसके लिए उपयुक्त पात्र था—जवान और ख़ूबसूरत। मामा तो मुन्नी सिंह से उम्र में कहीं बड़ा था। मामा हमेशा पोस्ट पर बाहर ही रहता था। रमेश सोनाने की स्थिति अजीब रहती थी। चूँकि उम्र के रिश्ते से मुन्नी सिंह का पति उस सरीखे गाँव के छोकरों का मामा लगता था तो मुन्नी सिंह को भी वह जीभ काट-काटकर ईर्ष्या और लाचारी में मामी कहता था। अब मामी कहता था तो मुन्नी सिंह को लोगों के बीच किसी और दृष्टि से देख भी नहीं पाता था। उससे हँसी-मज़ाक, छेड़-चुहल भी नहीं कर पाता था।

मुन्नी सिंह भी रमेश सोनाने को ख़ूब जानती थी। इज़्ज़त के अलावा सब कुछ तैरता था उसकी आँखों में। मुन्नी सिंह ने भी अँधेरे में अपनी देह पर गड़ती आँखें देख लीं। उसे जंगल जाने की तीव्र इच्छा हो रही थी, पर दादा और रमेश

सोनाने के घर से खिसकने के बाद ही वह ऐसा कुछ कर सकती थी। पौ फटने के पहले वह यह सब कर भी लेना चाहती थी, वरना खेत की ओर जानेवालों का भीड़-भड़क्का चालू हो जाता था। कई बार मुन्नी सिंह को अपने ससुराल वालों पर रोष उठता था। उसका पति इतना कमा-कमाकर तो भेजता था, फिर भी एक बाथरूम नहीं बनवाते ये लोग। उसके मायके में सब इन्तज़ाम था। मायके वाले भले ही कम सम्पन्न थे, फिर भी वे लोग तरीके से रहना जानते थे। दादा और माताराम तो उसके पति का भेजा सारा पैसा बैंक में रखते जाते थे। वे तर्क करते थे, 'ख़र्च कर दिया तो छोटे देवर की पढ़ाई पूरी कैसे होगी, एक ननद की शादी भी बाक़ी है फिर...।'

मुन्नी सिंह सोचती थी, 'चलो! कोई बात नहीं, अभी तो उसकी शादी को दो ही साल हुए हैं, धीरे-धीरे उसकी हालत सुधर जाएगी। क्या पता पति ही साथ ले जाए फैमिली पोस्ट पर, ऐसा पिछली बार बोल के गया था वो।'

दादा और रमेश सोनाने टले तो माताराम को जंगल जाने का बोल, चल पड़ी मुन्नी सिंह। दूर कहीं सृष्टि के दूसरे कोने पर से सूरज की छाया धीरे-धीरे चलती हुई आसमान के क़दम नाप रही थी। रोज़ ऐसा ही देखती थी वह। पहले छाया आती थी फिर सूरज। रोज़ उसे ऐसा लगता था, पहले सुख की छाया आई फिर सुख। कच्ची काली मिट्टी की पगडंडी खेतों के बीच-बीच से निकालकर बनाई गई थी। लगता था, पहले मूँगफली और सोयाबीन फैलकर अकड़ेंगे फिर उनसे जगह बची और उनकी मर्ज़ी हुई तभी आदती-जन चलना-फिरना करेंगे। दूर तक देखने पर धाड़से दादा का सन्तरे का खेत भी दिखता था। सूरज की छाया में नारंगी बल्ब से धरती का एक हिस्सा जगमगा रहा हो जैसे। पकने लगे थे फल। इस साल फसल अच्छी हुई थी। धाड़से भिजवाएगा घर पर पके फल।

लांस नायक गाँव का बड़ा आदमी था। लांस नायक उसका पति। लांस नायक अजय प्रताप सिंह। वह उसकी पत्नी 'मुन्नी सिंह' दसवीं पास, साँवली और सुन्दर। उसका पति लम्बा, गोरा, बाँका छबीला। सबने पहले जब मुन्नी सिंह को देखा तो अबेर-सबेर कहते जाते थे, 'दूल्हा ज़्यादा सुन्दर है', पर बाद में सब कहने लगे थे, 'अरे...दुल्हन के चेहरे पर तो ख़ूब पानी है। कैसे कपड़ा-गहना जँचता है उस पर!'

यह पानीवाली बात उसकी समझ से बाहर थी। उसने एक दिन अपने पति से ही पूछ ली थी, 'ये पानी क्या?'

पति ख़ूब हँसा था। जानकारी बहुत थी उसके पास। पहले शहर में पढ़ा था, फिर फ़ौज में तो सब जानने-न-जानने वाली बातें भी खोलकर समझा दी जाती

हैं। 'आदमी को बस में करनेवाली ताक़त है तुझमें...।'

"हट्ट!" वह शरमा गई थी।

वह तो समझी थी माँ के गुरुजी के प्रवचन की बात, 'यह शरीर तो पानी है। पानी से ही ज़्यादा बना है।' हड्डी, मांस, खून फिर कहाँ से इतना आया? उसने पूछना चाहा था गुरुजी से, पर माँ ने डाँट दिया था, 'गुरुजी से सवाल-जवाब नईं। शरीर के पानी को सँभालकर रखना चाहिए। लोभ-लालच में गँवाना नहीं चाहिए!' उस दिन से वह मन-ही-मन थोड़ा डर गई थी। छोटी बातों पर रोना-धोना छोड़ दिया था उसने। कहीं आँख के रास्ते शरीर का पानी पूरा बह न जाए। यदि बह गया तो क्या बचेगा उसके पास? अब गाँव की अम्मा-ताई सब उसे पानीदार कहते न थकती थीं और वे इस बात को रस ले-लेकर प्रशंसा में कहती थीं, इसीलिए और ज़रूरी हो गया था मुन्नी सिंह का इस पानी को बचाना। आदमी को बस में करनेवाली बात तो पति ने मज़ाक में कही होगी। उसको इस मज़ाक का हक़ था। वह पति था उसका।

पोस्ट पर जाने से पहले रातभर प्यार और बात, यही दो चीज़ की उसने। माताराम ने खाने को इतना बुलाया, पर नहीं गया कमरे के बाहर। बोलता रहा, 'बस में कर लिया तूने मुझे। अब दुश्मनों से कैसे लड़ूँगा जादूगरनी? हर जगह तो तेरा ही मुखड़ा दिखेगा, गोली कैसे दागूँगा मैं?'

यह सुन, लाड़ के मारे रोते-रोते बुरी हालत हो गई मुन्नी सिंह की। 'क्या जी, प्रीत में ऐसा कैसा जादू कि दुश्मन में भी मेरा मुखड़ा दिखेगा आपको? ये तो गद्दारी होगी देस के साथ। देस के लिए तो ये भूलना ही होगा।' मुन्नी सिंह के मायके के आल्हा-ऊदल के संस्कार ज़ोर मारने लगे। वहाँ ख़ूब गाया जाता था आल्हा-ऊदल। बच्चों को वीर रस की बातें समझाई जाती थीं। उसके प्रसंग दुहराए जाते थे। कैसे क्षत्राणियाँ अपने आदमियों पर पानी चढ़ाती थीं। 'जाओ, शहीद हो जाओ।' पानी की यहाँ भी बड़ी महिमा थी।

अजय प्रताप सिंह अपनी मुन्नी सिंह की भोली देशप्रेम की बातें सुन पीड़ा में तर हो गया। दोनों ने, एक दूसरे के आँसू बीनने में पूरी रात एक कर दी। सुबह तड़के ट्रेन पकड़ने के पहले जीप पर चढ़ा अजय प्रताप फिर तीस किलोमीटर दूर ट्रेन पकड़ राजपूताना राइफल्स की टीम के साथ हो लिया। टीम स्टेशन पर इन्तज़ार कर रही थी। सब छुट्टी वाले साथ वापस लौट रहे थे। सबको वहाँ से जाना था पोस्ट पर। पोस्ट फिलहाल उनकी सरहद थी। कश्मीर की हरीतिमा आच्छादित वासन्ती वादियों से कहीं आगे सूने, ठठ, पथरीले पहाड़ों पर उसकी तैनाती थी। रास्ते भर गुमसुम बना रहा अजय प्रताप सिंह। साथियों ने ख़ूब छेड़ा।

रातों की बातों का ब्यौरा चाहा, पर वह गाफ़िल ही बना रहा।

जाते ही पहले-पहल फोन किया उसने रमेश सोनाने के घर पर। नज़रें कमीन थीं रमेश सोनाने की। गाँव के लुच्चों का साथ था उसका। औरतों को गन्दी निगाह से देखते थे वे सब। यह तो शुक्र था कि वह फ़ौज में था। एक डर था उसके रुतबे का, वरना उसकी अपनी पत्नी भी कहाँ बच पाती इनकी हवसाकुल दृष्टि से! गाँव अब काफ़ी असुरक्षित हो चुका था। संस्कार बदल गए थे गाँवों के। अब नीच जात वालों को भी अलाना-बुलाना पड़ता था। उनके साथ उठना-बैठना पड़ता था। फोन भी देखो, रमेश सोनाने को पहले मिला था। उसके नीच जात होने का फ़ायदा। अब उपाय क्या था! उसी के यहाँ फोन करना पड़ता था। अब वहाँ तो दादा को बुलाकर ही बात हो सकती थी। माताराम तो मुन्नी सिंह को भेजने से रहीं। माताराम कड़ाई से रखती थीं मुन्नी सिंह को। उसे भी कुल मिला-जुलाकर ठीक ही लगता था यह। बच्ची थी मुन्नी सिंह। कुछ जायज़-नाजायज़ हो जाता तो? कहाँ तक जिम्मेदारी लेता वह? साल के ज़्यादा दिन तो बाहर ही रहता है। दादा से ही ख़बर कर दी थी, 'घर में सबको बता देना, ठीक से पहुँच गए। और मन लगाकर ही ड्यूटी करेंगे।'

ज़ल्द ही चिट्ठी-पत्री का सिलसिला शुरू हो गया। 'दिल में हमेशा दर्द रहता है, कोई बीमारी तो नहीं हो गई?' इस वाक्य को पढ़, सूने पहाड़ों की आँखों में भी आँसू आ जाते। कितनी भोली थी मुन्नी सिंह! फिर लिखती वह, 'संतरे लाइट मारने लगे हैं खेतों में, फिर—आज अपना खेत ख़ूब खिला था, फूल खिल गए सारे सूरजमुखी के। फिर—माताराम बहुत कड़ाई करती हैं। रात को नहाने से मना करती हैं। फिर—गाँव में सहेली भी नहीं बनाने देतीं हमको। कहती हैं—सबके मिज़ाज खराब हैं, बिगड़े हुए।'

ये सब पढ़ कभी सुख में गोते लगाता वह, कभी दुखी हो जाता। माताराम की आदत से परिचित था वह। साड़ी की जेबी से रुपया निकाल अपनी नई बहू पर ख़र्च नहीं करना चाहती थीं। इस बार माताराम को अलग से चिट्ठी लिख कहा था उसने, 'बहू का ख़्याल रखा करो। इतना पैसा भेजता हूँ, भाई राकेश और बहन सुषमा के खर्चे के बाद जो बचे, उसमें से कुछ रुपया दे दिया करो। हाट जाकर अपनी मुट्ठी के पैसे से बिन्दी, हार खरीदेगी तो ख़ुश रहेगी।'

माताराम चिट्ठी पर बिगड़ गईं। 'क्यों बहू, तुझे दुख काहे का है? अभी नई-नई शादी के इत्ते कपड़े-लत्ते हैं, साज-श्रृंगार का सामान है, फिर बाबू को किस कमी की ख़बर कर दी?'

'कुछ नहीं।' बोलते वक़्त लाल हो गई थी मुन्नी सिंह। पता नहीं, ये अजय

प्रताप सिंह भी कैसे उल्लू हैं! पति-पत्नी के बीच की बात कोई माताराम को बताता है—हट्ट!

मुन्नी सिंह को यह सब अटपटा लगा। ये माँ-बेटे की बातें! वह समझदार थी। उसने अपने मन को काबू में कर लिया। तीजा का व्रत करने लगी। माँगने लगी तन और मन की सबलता। आशा की प्रार्थनाओं के स्वर बड़े मीठे और दूर तक पहुँचने वाले थे। प्रभु का आसन हिलाना था, तभी तो मुन्नी सिंह को मन की मुराद मिल पाती। तभी तो वह अजय प्रताप के साथ फैमिली पोस्ट पर जा पाती। न जाने प्रभु हिले कि नहीं, पर गाँववाले मीठे स्वरों से पूरे बिंध गए। 'लांस नायक की औरत बड़ा मीठा गाती है।' चर्चा बेशुमार थी। 'भई, कितनी सुन्दर है, उत्ती ही मीठी तान लगाती है। लांस नायक तो बड़ा भाग्यशाली निकला।'

जितनी मुन्नी सिंह की शोहरत बढ़ती जाती उतना माताराम कड़ाई करती जातीं, 'इसके यहाँ नहीं जाना, उसके यहाँ तो बिलकुल ही नईं। आज मन्दिर जाने का क्या तुक?'

जैसे मन्दिर जाने के लिए भी किसी तुक की ज़रूरत होती है! बिगड़े बैलों के सींगों से फिर क्या टकराना! नुकसान अपना ही था। मन का क्लेश बढ़ता जाता था। चैन भाग जाता था। निबाह करती चली गई मुन्नी सिंह।

फिर—ख़बर की लांस नायक ने कि सरहद पार से लड़ाई घमासान हो गई है। अब चिट्ठी कम लिख पाएगा वह। फिर रेडियो और अख़बार से पता चला कि कई जवान शहीद होते जा रहे थे। फिर लांस नायक ने ख़बर की कि वह तो ठीक है पर उसके दो साथी मारे गए। फिर और ख़बर की, 'घर के सब लोग निश्चिन्त रहें। देश पहले, बाक़ी सब बाद में। हाँ; लेकिन घरवालों की सबकी (सबकी के नीचे एक रेखा खींच दी गई थी) बड़ी याद आती है।'

इधर मुन्नी सिंह को अलग से चिट्ठी आनी बन्द हो गई थी। युद्ध के दौर में सामूहिक दो लाइनें, ख़ैर-ख़बर की पर्याप्त थीं। उससे ज़्यादा का वक़्त ही कहाँ था, लांस नायक के पास।

घर की इज़्ज़त, परिवार की इज़्ज़त का ख़याल कर मुन्नी सिंह अब घर में ज़्यादा रहने लगी। माताराम की डाँट का डर भी था। फिर भी एक दिन इस क़ैद से निकल पति के साथ पोस्ट पर जाने के स्वप्न इतनी प्रसन्नता से भर देनेवाले थे कि वह लगातार ख़ुश दिखती थी। माताराम को यह भी रास न आता। वह टोक देतीं, 'बहू, ऐसे नहीं हँसते, नीच औरतों के समान, इतना बनाव-शृंगार ठीक नहीं बहू...!'

अनगिनत वर्जनाओं के बावजूद मुन्नी सिंह दिनोंदिन निखरती जा रही थी।

एक दिन घर में अकेली बैठी अजय प्रताप सिंह की पुरानी चिट्ठी पढ़ने बैठी तो रमेश सोनाने घर के भीतर चला आया, 'क्या है?' उसने कड़ाई से पूछा।

रमेश सोनाने जैसे उद्दंड के लिए यही भाव ठीक था, लेकिन वह नम्र हो बोला, 'मामी! फोन आया है मामा का, दादा कहाँ हैं?' 'खेत पर,' बोलते वक़्त उसकी आवाज़ थोड़ा रुककर निकली थी।

'और माताराम...?'

'रिश्ते में गई हैं।' मुन्नी सिंह ने आवाज़ में बेपरवाह उद्दंडता भर जवाब दिया।

उसने स्पष्ट देखा, रमेश सोनाने की आँखें चमक गईं। गाल, ठुड्डी समेत आश्चर्य मिश्रित प्रसन्नता से ऊपर उठ गया। उसने पहली बार ग़ौर से देखा, रमेश सोनाने का माथा कितना चौड़ा है! उसके गालों पर हलकी-हलकी उगती दाढ़ी कितनी फबती है! फिर उसे अपने इस भाव पर तुरन्त शर्म हो आई। गाँव का लफंगा है यह तो, इसको इतने ग़ौर से देखने की क्या ज़रूरत है? उसने मुँह दूसरी ओर कर लिया। उसे सुनाई दिया, रमेश सोनाने की आवाज़ में एक लरज़ पैदा हो गई थी। वह इस लरज़ को पहचानती थी। अजय प्रताप सिंह जब काँपती अँगुलियों से उसे छूता था, उसके मुँह पर फैल आए बालों को पीछे धकेलता था, तब 'ऐ जादूगरनी' ऐसी ही लरज़ के साथ बोलता था। मुन्नी सिंह चकित रह गई, पति और लफंगे में इस लरज़ता की समानता कैसे?

'तब तो तुम्हें ही चलना होगा मेरे साथ, मामी।' रमेश सोनाने की आवाज़ में आशा का भी समावेश लगने लगा उसे।

'कहाँ?' मुन्नी सिंह की ओढ़ी हुई उद्दंडता बिला गई। जी धड़-धड़ करने लगा।

'मेरे घर!'

वह मिनमिनाई, 'क्यों?'

'क्या मामा से बात करने का जी नहीं होता...?'

मुन्नी सिंह को 'हाँ' शब्दों में बोलने की ज़रूरत नहीं रही। उसकी आँखें गवाह हो गईं उसकी उत्कंठा की। भप-भप कर रहा था चेहरा उसका।

रमेश सोनाने को लगा, जान दे-दे अपनी अभी यहीं, या ले-ले इसकी। 'चलऽऽ...।' वह कुछ कड़ाई से बोला।

मुन्नी सिंह को लगा, वह तो पालतू बकरी हो गई। इस लुच्चे की पालतू बकरी। पीछे-पीछे सिर झुका के चल दी।

रमेश सोनाने के घर उस दिन कोई नहीं था। फोन बाहर की कोठरी में लगा

के रखा था। 'क्यों?' मुन्नी सिंह ने हिम्मत कर पूछा, 'माताराम कहाँ हैं तेरी?'

'गई होगी कहीं।'

'और दादा?'

'मैं क्या जानूँ! घर के सब कहाँ मर गए?' वह अनावश्यक रूप से झल्लाया।

मुन्नी सिंह वहीं लगी बेंच पर चुपचाप बैठ गई। रमेश सोनाने कुर्सी पर ठीक उसके सामने टेलीफोन के पास टेबल के उस पार। आधा घंटा बीत गया। मुन्नी सिंह घबराहट के मारे पसीने-पसीने होने लगी।

रमेश सोनाने बदमाश उसे अपलक देखता रहा। 'बहुत गर्मी है, नईं?' कुछ खरखराहट से बोला।

'हाँ!' मुन्नी सिंह ने अपनी दोनों टाँगों को एक-दूसरे के साथ कस के सटा लिया।

'गाँव में साली लाइट रहती ही नहीं है।'

'हाँ!' उसकी टाँगें और ज़ोर से मिल गईं। 'मैं जाती, फोन अब नहीं आएगा लगता।' मुन्नी सिंह उठ खड़ी हुई। कहीं लफंगे की बदमाशी तो नहीं, झूठ बोल ले आया उसे यहाँ? क्या मंशा इसकी? भगवान जाने! अकस्मात् उठकर खड़े होने से दोनों कस के मिलाई गई टाँगें फक से खुल के जुदा हो गईं। अन्दर की बेचैनी भड़ाके के साथ आज़ाद हो गई। धड़ सँभाल नहीं पाया इस खुलासे को। साड़ी में पैर अटक गया।

सामने मुँह के बल गिर जाती मुन्नी सिंह अगर रमेश सोनाने ने थाम न लिया होता तो 'देख के मामी।' हाथ कुछ देर ज़्यादा ही मुन्नी सिंह को थामे रहे।

आँच उठ आई थी। मुन्नी सिंह के हाथ में प्रवाहित हो गई वह आँच। फिर हाथ के रास्ते शरीर में। गुरुजी के वचन मगर ऐन वक़्त पर याद हो आए, 'हमारे शरीर में बहुत पानी है।' मुन्नी सिंह ने उसे बचा के भी ख़ूब रखा है। अन्दर के पानी से मिल आँच ठंडी हो गई। इस बार जो पसीना टपका, उसमें राख की मिली-जुली गन्ध थी। 'मैं जाती हूँ।' लफंगा कुछ न बोला। मुन्नी सिंह भरमा गई। हद हो गई...। उसे लफंगे की चुप्पी अखर गई, शायद बहुत अकेली हो गई है वह, इसलिए लफंगे के बोल-कुबोल की इच्छा करने लगी है। यह ठीक नहीं। आज ही अपने बाबा को चिट्ठी लिखेगी। कुछ दिन मायके ले जाएँ उसे। भाई-बहन के साथ हँस-बोल अच्छा लगेगा उसे।

आया था बाबा लेने। माताराम ने मना कर दी। 'अभी बाद में ले जाना समधी जी। मेरे जोड़-जोड़ दुखते हैं। रोटी नहीं बना पाती मैं। थोड़ा तबीयत सँभल जाए तो मैं ख़ुद ख़बर कर दूँगी, ले जाना इसे।'

बाबा ने ख़ूब दुलार किया था। साड़ी और कलेवा लाया था। माँ ने अपने हाथ से बना के भेजे थे, रवे और आटे के लड्डू, पतली बारीक सेव और खस्ता प्रापड़ी। मुन्नी सिंह का मन किया, वहीं हुलस कर शुरू हो जाए बाबा के सामने। ख़ुश होगा बाबा, लड़की को लड़की की तरह रखते लोग। लेकिन सुषमा को बोल रसोई में रखवा दी टोकरी माताराम ने, साड़ी भी अपनी अलमारी में बन्द कर दी। 'त्यौहार पर पहनना बहू।' फिर बाद में मिलने पर भी कलेवा अपना-सा नहीं लगा। मुन्नी सिंह को साड़ी भी न जाने कैसे किसी और की लगने लगी। हर चीज़ करने का एक मन होता है। अब मन बार-बार थोड़ी उफान मारेगा। मुँह से फूँक दो, सब जादू का घेर-फेर अन्दर। दबकर—पूरा अन्दर!

मुन्नी सिंह बहुत सोचने लगी। पढ़ने का कतई मन नहीं था, लेकिन दाख़िला यदि ले लेती तो इस बहाने तन और मन थोड़ा इधर-उधर कर सकती थी। दादा ने लेकिन इस बार निर्णय लिया, 'घर में रहो बहू, क्या दिक्कत है? बाबू आएगा तो हो सके, उसके साथ जाना पड़े, घर-गिरस्ती सँभालना सीखो।' अब दादा क्या समझेगा दिक्कत उसकी? कैसे रात-बिरात कुछ न करने की चिन्ता से जाग जाती थी वह? कैसे माताराम रोटी राँधने के अलावा कुछ भी करने नहीं देती थीं उसे! न हँसना, न बोलना। दादा क्या समझे इन बातों को? उसे तो अपने खेत और हुक्के से फुर्सत नहीं। मुन्नी सिंह के देवर, ननद तक हँसते उस पर, 'दादा, हुक्का छोड़, जमाना लद गया उसका?'

'ना, जब मैं लद जाऊँगा तब छोड़ूँगा इसे। ये मेरे ज़माने की चीज़, मेरे छूटने पर ही छूटेगी।' दादा क्या समझेगा फिर नए ज़माने की बातें? मुन्नी सिंह के मन और शौक की बातें?

मुन्नी सिंह सोचते-सोचते घर पहुँची—वही नित्यकर्म से निवृत्त हो। वही रोज़ वाली क्रिया निबटा। वही रोज़ वाले रास्ते से। वही रोज़ वाली मिट्टी, रोज़ वाला सूरज और आसमान देखकर। वही अन्दर से थोड़ी दुखी पर ऊपर से ख़ुश दिखती हुई। घर लेकिन वैसा न था, जैसा छोड़ गई थी। घर पछाड़ खा चारों खाने चित पड़ा था। घर के ढहने का शोक पूरा गाँव मनाने आया था। मुन्नी सिंह के अचरज की सीमा नहीं थी। गाँव की औरतें उसे देख उसकी ओर लपकीं। उन्होंने उसे चारों ओर से अंक में भर लिया। वे जबरदस्ती उसे नंगा करने में लग गईं। उन्होंने उसे लिपटा-लिपटाकर दुर्दशा कर दी। कपड़े उसके तार-तार होने लगे। चूड़ियाँ टूट-फूट गईं। माथे की बिन्दी औरतों के आँसू से बह गई। इससे पहले कि

मुन्नी सिंह पूछ पाती, माजरा क्या है, सबने उसे चिल्ला-चिल्लाकर बता दिया, "अरे बहू, सुहाग उजड़ गया तेरा।" मूर्च्छा आने से पहले उसके कानों में लुच्चे रमेश सोनाने के स्वर पड़े थे, "शहीद हो गया मामा।"

जिस दिन गाँव में शोक की घड़ी समय देवता ने नियत कर दी थी, ठीक उसी दिन उसी गाँव के ज़िला कार्यालय कलेक्ट्रेट में भगदड़ मची हुई थी। ज़िला कलेक्टर महोदय को वायरलेस से सूचना प्राप्त हो चुकी थी कि प्रदेश का होनहार सपूत कारगिल युद्ध में शहीद हो गया था। आर्मी क्वार्टर उसकी बॉडी ज़िले तक पहुँचाने की व्यवस्था कर रहा था। एक-दो दिन में यह सारी प्रक्रिया सुचारु रूप से क्रियान्वित कर दी जाएगी। लोकल अख़बार वालों ने इसे प्रदेश के गर्व के साथ-साथ ज़िले के गर्व के रूप में भी पुष्ट किया था। कलेक्टर महोदय एस.पी. साहब से लगातार सम्पर्क नें थे। पूरे ज़िले के आला हाकिमों को पहले बॉडी स्टेशन पर रिसीव करनी थी, फिर ज़िले में राजकीय सम्मान के साथ बॉडी को गाँव ले जाकर घरवालों के सुपुर्द करना था।

विधायक जी—जिले के सत्तानशीं पार्टी के विधायक जी को, गुर्गों ने ख़बर कर दी थी—लांस नायक अजय प्रताप सिंह कारगिल में मारा गया है और चूँकि मामला आपके क्षेत्र का है तो सक्रिय हो जाना ही उत्तम होगा। उत्तम अवसरों की तलाश में हरदम तत्पर विधायक जी ने तत्काल कलेक्टर महोदय को फोन मिला दिया, "हाँ...सब व्यवस्था चौकस है कलेक्टर साहब? बॉडी पहुँचने का समय क्या है?"

"जी, अन्तिम सूचना मिलने तक कल छह बजे सुबह की ट्रेन से आने की सम्भावना है।"

"ठीक है, चलिए ख़बर करिएगा।"

"जी-जी, ज़रूर," कलेक्टर की साँस धौंकनी की तरह चल रही थी।

सब ठीक होना ही चाहिए। उसकी प्रतिष्ठा की बात थी यह तो।

सुबह तड़के एस.पी. और कलेक्टर महोद स्टेशन पहुँच गए थे। शहर के कई पत्रकार वरिष्ठ स्वतन्त्रता सेनानी और देशप्रेम के जज़्बे से सराबोर उत्साही युवाओं का भी जमावड़ा था। विधायक जी के आते-आते तो सत्तानशीं पार्टी और सत्ताविहीन पार्टी की भीड़ भी इकट्ठा हो गई थी। स्टेशन पर बॉडी उतारते ही उन्माद स्वरों से घुलने लगा, 'भारत माता की जय!'...'अजय प्रताप सिंह अमर रहें!' नारों पर नारे बुलन्द होने लगे। बॉडी को ले जाकर सर्किट हॉउस के बड़े हाल में रख दिया गया और शहर दर्शन को उमड़ पड़ा।

कलेक्टर और एस.पी. की हालत खराब हो गई। लॉ एंड ऑर्डर की पूरी

व्यवस्था जमाते-जमाते पसीने छूट गए। उस पर से विधायक जी के गुर्गे हल्ला मचाने लगे, "शहीद अजय प्रताप सिंह के गाँव जाने की हम लोगों की व्यवस्था प्रशासन को ही करनी होगी।"

एस.पी. और कलेक्टर ने तय किया 'कुछ' गाड़ियाँ रिक्विज़शन कर लेते हैं, बला टले। इन गुर्गों की बला टले। किसी के दुख में भी निःस्वार्थ भाव से शरीक नहीं होते। हमेशा उपद्रव करने पर तुले रहते हैं। संवेदनशील एस.पी. और कलेक्टर का तो वैसे ही बैंड बजा रहता है। हर चीज़ में आगे होने की होड़ पार्टियों के प्रतिनिधियों के बीच तनाव पैदा करके ही छोड़ती है, फिर कलेक्टर–एस.पी. क्या-क्या सँभालें?

दोपहर तक पूरा शहर बॉडी के दर्शन कर चुका था। बॉडी लेकर अब चलने की बारी थी। ज़िला प्रशासन एक गाड़ी में बैठा ही था कि विधायक जी का एक गुर्गा भागता हुआ आया और पूरी गुंडई के साथ आवेश में चिल्लाया, "साहब, हमारे जाने का इन्तज़ाम नहीं हुआ।"

ऐन वक़्त पर चलने से पहले टोके जाने पर एस.पी. को जम के गुस्सा आ गया। "जाइए, इतनी गाड़ियाँ जा रही हैं, कहीं एडजस्ट हो जाइए। यहाँ क्यों चले आए?"

"अरे, इतने दुख भरे माहौल में आप कैसे बात कर रहे हैं?" गुंडा चिल्ला-चोट पर उतर आया।

कलेक्टर ने कनखियों से एस.पी. को समझाया और गुंडे को कहा, "जाइए, पी.डब्ल्यू.डी. के इंजीनियर रावत साहब की गाड़ी में बैठ जाइए, मैं फोन कर दे रहा हूँ।"

एक बला टली। लेकिन आगे न जाने और कितनी थीं?

गाँव तो सिर्फ़ पैंतीस किलोमीटर दूर था, पर लगा, न जाने कितनी दूर है! सड़क तो थी ही नहीं। अगर कभी रही भी होगी तो टूट-फूटकर बड़े कँकरीले गड्ढों की शक्ल अख्तियार कर चुकी थी।

भूख-प्यास, परेशानी से बेहाल कलेक्टर महोदय एस.पी. से बोले, "यार! आई हेट दीज सीन्स।"

"डोंट बी इमोशनल।" इस बार एस.पी. ने कलेक्टर को समझाया।

पूरा गाँव धूल-भरी आँधी जैसा बवंडर मचाने लगा। दूर से कलेक्टर महोदय ने अनुमान लगाया, 'वाइफ होगी', मुन्नी सिंह सिर झुकाए चली आ रही थी। शहीद तो अजय प्रताप सिंह हुआ था, मगर मुन्नी सिंह भी उसी रंग में रँगी दीख रही थी। धीरे से काठ का बक्सा खोल मृत अजय प्रताप सिंह का मुँह दिखाया

गया मुन्नी सिंह को। सिर्फ़ भारत का झंडा दिखाई दिया उसे। वही झंडा जो अजय प्रताप सिंह की मृत देह पर लपेटा गया था। वही देशप्रेम का ऐलान करता तिरंगा। अजय प्रताप सिंह के मुख का भाव पढ़ने से पहले ही गश खा गई वह। घर असहाय हो विलाप करने लगा। मगर पूरे गाँव ने क्रियाकर्म सँभाल लिया। पूरे गाँव का बहादुर सपूत था—लांस नायक अजय प्रताप सिंह।

रात होते-होते पूरा ज़िला प्रशासन और नेताओं और लग्गु-भग्गुओं का काफिला ज़िले की ओर प्रस्थान कर गया। बच गए गाँववाले। बच गए घरवाले। बच गई मुन्नी सिंह। रात कटते नहीं कटी। दिन पहाड़ हो गए। भारी और सूने। अजय प्रताप सिंह के शहादत वाले इलाके के पहाड़ मुन्नी सिंह के अन्दर प्रवेश कर गए। बाबा आया, माँ ने उसकी आँखों में घर लौट आने का सन्देशा भेजा था इस बार, कलेवा और साड़ी नहीं। "चल बेटा, घर चल।"

"क्यों, क्या ये घर नहीं इसका? हमारी बहू थी, हमारी बेटी हो गई अब।" माताराम हक़ से सिसकीं, बाबा कुछ समझा, कुछ नहीं।

बाबा अपने घर वापस लौट गया, मुन्नी सिंह को बिना लिए।

मुन्नी सिंह के जीवन में अब क्या बचा? अब तो आशा के स्वप्न भी नहीं बचे, जिनके आसरे वह अपने पति की गैर-मौजूदगी में अपने दिन काटा करती थी। संगी-साथी कुछ ज़्यादा थे नहीं, जो थे, वे दुख-दुख करते आते और दुख-दुख करते हुए चले जाते। मुन्नी सिंह को आदर से बड़ों के बीच बैठाया जाता। मुन्नी सिंह अचानक बड़ी हो गई थी सबकी नज़रों में।

लांस नायक के गुजर जाने के बाद माताराम ने बताया था, लांस नायक उसका बाबू, उसके दिल का टुकड़ा सारा पैसा मुन्नी सिंह के नाम कर गया था। मुन्नी सिंह को नॉमिनी बनाकर। मुन्नी सिंह को पैसों से कोई वास्ता नहीं था। जब आदमी नहीं रहा तो पैसों से क्या वास्ता? आदमी का औरत से ही कितना वास्ता हुआ था? सुख के दिन तो चिड़िया की तरह फुर्र हो गए थे। उसके पास तो स्मृतियों के नाम पर साल भर का ख़ज़ाना भी नहीं था, जिसके स्मरण-सुख में वह समय काटती। मुन्नी सिंह ऊपर से नहीं, अन्दर से नाराज़ रहने लगी। ऊपर से लेकिन उसने पैसों वाली बात पर प्रतिक्रिया प्रकट नहीं की।

बाबा फिर आया, बोला, "बेटा, चल घर, पैसा मिलेगा जमाई का। सुख से दिन बीतेंगे। मन करे तो पढ़ना। न मन करे तो सिलाई सीखना। वो भी मन न करे तो कुछ न करना, माँ-बाप की छाया में सुख से पैर पसारकर राज करना।"

मुन्नी सिंह को लगा, सब बातें तो अच्छी कहीं बाबा ने, मगर वो जमाई के पैसे वाली बात क्यों की? अगर उसे ख़ुश रखना है तो जमाई के पैसे की क्या

ज़रूरत? पहले भी तो सुख करती थी बाबा के घर, तब बाबा का जमाई तो उसकी ज़िन्दगी में भी नहीं आया था, फिर आज जमाई आ के चला जब गया तो उसके पैसे को लेके इतना बवाल क्यों? क्या देगा उसको पैसा? क्या मुन्नी सिंह खरीद पाएगी वे सारे सुख, जिसके सपने वह देखती आई है? उसके अन्दर की नाराज़गी बढ़ने लगी। 'भाड़ में जाए पैसा!'

कुछ ही दिन बाद मुन्नी सिंह का बुलावा आया विधायक कार्यालय से। विधायक जी एक समाजसेवी संस्था से जुड़े हुए थे। उसी संस्था के मार्फत वे मुन्नी सिंह का सम्मान करना चाहते थे। वे मुन्नी सिंह के भविष्य की योजनाएँ बनाना चाहते थे। वे मुन्नी सिंह के भविष्य में तमाम रंग घोलना चाहते थे। उन्हें रंगविहीन साड़ी पहने नहीं अच्छी लगती थी मुन्नी सिंह। वे उसके उजासविहीन चेहरे पर रोशनी खिलाना चाहते थे। वे सिर झटककर दुख करते थे, "कितनी कम उम्र है मुन्नी सिंह की! उसका भविष्य लांस नायक की मृत्यु के साथ समाप्त नहीं हो सकता।"

ज़माने के दस्तूर बदल गए हैं आज। जमाना अब मुन्नी सिंह जैसी विधवाओं के साथ संवेदनशील हो जुड़ने लगा है। ज़माने ने अपने हीरो चुन लिए हैं। शहीद उनके हीरो हो गए हैं। लोग शहीद होना नहीं चाहते, पर शहीदों को हीरो बना आदर करना चाहते हैं। कारगिल के शहीदों का और भी ज़्यादा। लोग मुर्गे हो गए हैं, कारगिल उनके सिरों की कलगी। मुर्गे बाँग देने लगे हैं : 'शहीद अमर रहे! भारत माता की जय!' मुर्गों की बाँग नारा लगने लगी है। लोग नारे पूरे जोशो-खरोश से लगाते हैं। देशप्रेम का जज़्बा चारों ओर पसर जाता है। मुन्नी सिंह को देशप्रेम का जज़्बा मीठा-मीठा लगने लगता है। उसे मीठा पसन्द नहीं। अधिक मीठा ज़हर बन जाता है।

मुन्नी सिंह को माताराम के मीठे बोल बिलकुल पसन्द नहीं। "बहू, बेटी की तरह रखेंगे तुझे। पैसा जो मिलेगा उससे अपने मन की करना।"

मुन्नी सिंह को दुबारा पैसों वाली बात जहरीली लगती है। उसे पैसों से खरीद का उत्सव नहीं मनाना। उसे मन और आत्मा की आज़ादी का उत्सव मनाने का सपना आता है, हर बार। पैसा उसे यह नहीं देगा। पैसा तो चोला हो जाएगा उसका। भारी वज़न वाला चोला। उसे खट् से उतारकर कुएँ पर नहा भी नहीं पाएगी मुन्नी सिंह।

"पैसा, अम्मा, आपके नाम करना चाहती हूँ!"

"क्या?" माताराम ने रुआँसे मुँह और चमकती ख़ुश आँखों से पूछा। क़ायदे से माताराम को पूछना था, 'क्यों?' मगर हर्ष में निकल गया 'क्या।'

"हाँ," बोली मुन्नी सिंह दृढ़ता से। उसी दृढ़ता से जिस दृढ़ता से पति को

देश की सेवा में शहीद होने को बोलती थी।

दो बार अविश्वास से आँखों की पलकें झपकीं और फिर वहीं खाट पर बैठते-बैठते सुख के चक्रासन में चक्कर खाने लगीं माताराम।

मुन्नी सिंह को इतने दिन में पहली बार हँसी आई, बुढ़िया तो लट्टू लग रही थी। घिर्र-घिर्र करता लट्टू। 'एक गिलास पानी ला,' लट्टू की डोर खींच दी मुन्नी सिंह ने। लट्टू शान्त हो ढुल हो गया। मुन्नी सिंह ने लापरवाही से उधर देखा और बाहर चली गई।

बरामदे में बाहर बैठ डूबता सूरज देखने लगी।

उसी शाम के धुँधलके में एक नाचती छाया आती दिखाई दी मुन्नी सिंह को। छाया उसे यूँ अकेला बैठा देख ठिठक गई। छाया लुच्चे रमेश सोनाने में बदल गई। लुच्चा गम्भीर स्वर में बोला, "क्यों, अकेले बाहर क्यों बैठी हो मामी?"

मुन्नी सिंह लुच्चे की गम्भीरता से अचकचा गई। गम्भीरता ने मुन्नी सिंह के मन के बन्द कपाटों पर दस्तक दी। आँखों के कोनों पर दो बूँद पानी झिलमिलाने लगा। रमेश सोनाने जैसे लुच्चे के सामने अपने भीतर के पानी को यूँ गँवाते शरमा गई मुन्नी सिंह। कमीन कहीं का!

रमेश सोनाने पूरे दृश्य को भाँप और बेधड़क हो गया। ठीक मुन्नी सिंह के पास, बहुत पास बैठ गया और धीरे-धीरे उसके कान में कुछ बुदबुदाने लगा।

मुन्नी सिंह की डर के मारे साँस रुकने लगी। कोई देख ले तो? वो जल्दी से उठने लगी।

पर रमेश सोनाने कहाँ माननेवाला था! ज़ोर से हाथ पकड़ दुबारा घसीटकर बिठा लिया, मुन्नी सिंह को अपने पास। "सुनऽऽ, कहाँ भागती है? मेरी बात तो सुन ध्यान से...पूरी सुन।"

"पर मैं...।" मुन्नी सिंह को अब डर के मारे ज़ोर की रुलाई आने लगी।

"सुन...जिसे जाना है, अब वो तो चला गया। क्या ज़िन्दगी भर ऐसी बैठी रहेगी...? सच्ची बात बोल रहा हूँ मैं। मैं तुझे प्यार करता हूँ। आज से नहीं, बहुत दिन से। देख, मेरे साथ चल। मुम्बई चलेंगे। दोस्त रहता है मेरा वहाँ। सब सँभाल लेगा। झूठ नईं बोलता, अपनी क़सम, शादी करूँगा तेरे से...। चल न! दोनों की ज़िन्दगी बन जाएगी...।"

"मैं?" मुन्नी सिंह ऐसी शर्मनाक बात सुन हिचक-हिचककर रोने लगी।

रमेश सोनाने इस पर गर्म हो गया। उसने मुन्नी सिंह के आँसू से तर गालों पर गर्म-गर्म थप्पड़ जड़ दिया, "चुप्प...!" वह अधिकार से चिल्लाया। वह तो प्रेमी के अधिकार से चिल्लाया।

मुन्नी सिंह दंग रह गई। वह रमेश सोनाने की छाया को कमरे की दीवारों के साथ मिलकर, गुम हो जाने तक एकटक देखती रही।

ज़िला हेड क्वार्टर में मुन्नी सिंह का विधायक जी की संस्था द्वारा जो स्वागत हुआ, वह स्वागत शानदार था। मुन्नी सिंह बिलकुल सफ़ेद साड़ी पहन, सिर पर पल्ला रख, मंच पर विधायक जी के साथ बैठी। एस.पी. और कलेक्टर भी थे वहाँ। सब बड़े लोगों के बीच बैठ मुन्नी सिंह का दुख और काला हो गया। मन को काबू में रखने की कला में चूँकि मुन्नी सिंह पारंगत हो गई थी, इसलिए चुपचाप सब लोगों को देखती रही। एक के बाद एक बड़े लोगों का भाषण सुनती रही। सुनते-सुनते लगने लगा उसे कि वह एक काले लबालब काई भरे कुएँ में डुबकी लगा रही है या फिर उसके ठीक नीचे एक काली खाई का दलदल है जिसमें नीचे कहीं डूबा-डूबा अजय प्रताप सिंह भी है, जो उसे हाथ पकड़कर अपने पास घसीट रहा है। वह उसे प्रेम की मनुहार कर नहीं घसीट रहा, वह उसे 'ऐ जादूगरनी' भी नहीं बोल रहा, वह तो बस उसे अपने साथ डूबने को कह रहा है। मुन्नी सिंह चौंककर सीधी बैठ गई।

सामने स्टेज के ठीक सामनेवाली कतार में बैठा था रमेश सोनाने उसके दादा और माताराम के साथ, गाँव के और लोगों के साथ। उसकी नज़र मिली रमेश सोनाने से। रमेश सोनाने उसे बढ़े हुए अधिकार से देख रहा था।

उसने सहमकर आँखें बन्द कर लीं। यह नहीं हो सकता। रमेश सोनाने उसे अजय प्रताप सिंह की नज़रों से देख रहा था। यह नहीं होना चाहिए। पूरे शरीर में झुरझुरी फैल गई। जो दिमाग़ ने कहा, यह नहीं हो सकता, पर हो रहा है और न चाहते हुए भी मन को अच्छा लग रहा है। छीः, यह क्या हो रहा है उसे?

विधायक महोदय ने अपने भाषण के अन्त में मुन्नी सिंह को इशारा किया। वह उठ खड़ी हुई। देखा, सारे लोग उठ खड़े हुए। 'दो मिनट का मौन होगा।' घोषणा हुई। पूरा सन्नाटा पसर गया। लोगों ने मुन्नी सिंह की स्थिति का सन्नाटा चारों ओर फैला दिया और अपनी चाल में लौट आए। वे दुबारा मुर्गे हो गए। वह बाँग लगाने लगे। उनकी बाँग नारों की तरह थी। नारे देशभक्ति के थे : 'शहीद अजय प्रताप अमर रहे!' 'भारत माता की जय'!

मुन्नी सिंह को सहायतास्वरूप इक्कीस हजार का चेक समाजसेवी संस्था ने अपनी ओर से दिया।

जीप में बैठते ही वापस गाँव लौटने के रास्ते में मुन्नी सिंह ने पाँच गाँववालों के सामने नया मिला चेक माताराम को सौंप दिया।

"इसे बैंक में जमा करवा देना। निकालकर दे दूँगी पैसे, फिर उन पैसों को

अपने नाम करवा लेना। मुझे इस पैसे से कोई वास्ता नईं।''

माताराम को बहू के तेवर सही नहीं लगे। दिखाना क्या चाह रही थी? पैसे-रुपए का हिसाब घर जाके हो ही जाता। पैसे से उसे क्या इनकार? आनेवाला पैसा अच्छा ही लगता है। कमाऊ लड़का तो शहीद हो गया! मातराम की आँखें भीगने लगीं। मातराम की भीगती आँखों ने गाँववालों को भी भिगो दिया।

एक दद्दा बोल पड़ा, ''बहू! हर काम की जल्दी ठीक नहीं। तू शहीद की विधवा है, अब बड़ी जिम्मेदारी से रहना है तुझे।''

मातराम यह सुन और ज़ोर-ज़ोर से रोने लगीं। गाँववाले दुखी हो गए। गाँववाले सचमुच के दुखी हो गए। शहीद बेटे के आगे पैसा कहाँ ठहरता है! एक माँ का दिल माँ ही जाने।

मुन्नी सिंह ने मातराम को ढाँढस बँधाने की कोशिश भी नहीं की। उसे मातराम का रोना बेमौका लगा। उसे यह पसन्द नहीं आया।

ड्राइवर के बाजू में बैठा था रमेश सोनाने। उसने सिर मुश्किल से घुमाकर नज़ारा लिया। फिर एकाधिकार से उसकी नज़र मुन्नी सिंह पर ठहर गई।

मुन्नी सिंह इस बार नहीं घबराई। उसने ललकारती आँखों से रमेश सोनाने को वापस घूरा है—हिम्मत है कोई क़दम उठाने की; या यूँ ही एक लड़की को कमज़ोर समझ लफंगागीरी कर रहा है?

लफंगे ने एक गहरी साँस के साथ सिर सामने की ओर कर लिया।

मुन्नी सिंह अन्दर से गाँठों में बँध गई। उसके शरीर के पोर-पोर में गाँठे बँध गईं। वह कस गई। वह छटपटाने लगी। वह गाँठों से मुक्त होने को छटपटाने लगी। गाँठों की कहानी उसकी दसवीं कक्षा के पाठ्यक्रम में नहीं थी। गाँठों का रहस्य नहीं जानती थी मुन्नी सिंह।

मुन्नी सिंह के अन्दर के पहाड़ और ऊँचे और पथरीले होते चले गए। मुन्नी सिंह के दिन और भारी और न बीतनेवाले होने लगे। मुन्नी सिंह को गर्मी ज़्यादा सताने लगी। मुन्नी सिंह को प्यास ज़्यादा लगने लगी। मुन्नी सिंह का मन घड़ी-घड़ी नहाने को करने लगा।

मुन्नी सिंह ने अपना सारा पैसा मातराम के नाम कर दिया। एक दिन बैंक गई, मातराम को भी ले गई और हो गया काम। कितना आसान था सब! आसानी से बात आगे बढ़ती चली गई।

मातराम की तवीयत और खराब रहने लगी, जब जोड़ों के दर्द के साथ बदहजमी की शिकायत हो गई। मातराम को नमकीन कभी पसन्द नहीं था। मातराम की जीभ पर उभरी स्वाद ग्रन्थियाँ अब सिर्फ़ कड़वा पहचानने लगीं।

माताराम खाती तो रोटी-सब्जी थीं, पर जीभ उलटती करेला और नीम थी। "बहू, वो जो गहने मैंने चढ़ाए थे तुझे, वो सुषमा के लिए निकाल देना।" "हो।" गहने हाज़िर करने लगी मुन्नी सिंह। फिर अच्छी साड़ियों की बारी आई। वह भी हाज़िर। मुन्नी सिंह के पास अब जमा बचे तीन जोड़े कपड़े और एक भारी मन, जो घड़ी-घड़ी नहाना चाहता था शीतल ठंडे पानी से।

मुन्नी सिंह रोज़ थकने लगी। मुन्नी सिंह रोज़ रात रोटी सेंकते-सेंकते थक गई। उस दिन भी थक गई थी जब आया रमेश सोनाने। मुन्नी सिंह का मन न जाने कैसे-कैसे करने लगा!

माताराम की भृकुटि पर सवाल मचलने लगे थे, "क्यों बढ़ गया है रमेश सोनाने का आना आजकल?"

अलबत्ता रमेश सोनाने इन ऊभ-चूभों से बेख़बर (बनता बेख़बर) दादा और माताराम को प्रणाम कर ज़ोर-ज़ोर से कहानियाँ सुनाने लगा। "दादा, जा रहा मैं गाँव से अब। मेरा दोस्त रहता मुम्बई में। घर है उसका वहाँ। अकेला रहता वो, मेरे को बुलाया, बोला, 'आ जा रमेश, फैक्टरी में काम है और पैसा बढ़िया है।' मुम्बई मस्त शहर है, बोलता मेरा दोस्त। भूखे नहीं सोते लोग वहाँ।"

"हे...हे...हे!" दादा हँसा, "अच्छा, क्या सबका पेट भरती, तेरी मुम्बई?"

"हो दादा, सब सुन्दर हीरो लोग रहते वहाँ।"

"अच्छा...!" दादा घरघराया, "तेरे माँ-बाप क्या बोलते?"

"क्या बोलेंगे? बोलते, जाने को तू चला जा, पर बराबर पैसा भेजना, छोटे भाई-बहनों की लाइन लगी इधर।...मैं कल रात जाऊँगा दादा। इधर से रात दस बजे निकलूँगा, रात बारह बजे गाड़ी निकलती टेशन से। टिकट-बिकिट भी निकाला मैंने। कोई परेशानी नहीं होगी। हो दादा। जाता मैं, सबको गाँव में बता के नहीं जा रहा। अभी। पहिले कुछ कमा-धमा लूँ, फिर शान से वापिस आऊँगा इधर...।"

"अच्छा, जा रे...।" बोल माताराम ने मुँह बिचकाया और मन-ही-मन बड़बड़ाई, 'लुच्चे-लफंगे भी अब बड़ा सपना देखने लगे...हुँह!'

मुन्नी सिंह को सब सुनाई पड़ा। रमेश सोनाने इतनी ज़ोर से बोल रहा था, उसकी बातें और माताराम की बड़बड़ाहट मिलकर गर्मी घोलने लगे शरीर में। उसे लगा, वह अंगार पर बैठी है। 'माँ,' उसने मन-ही-मन प्रार्थना की, 'अपने बाबाजी को बोलना, अन्दर के पानी से आग अब ठंडी नहीं होती है। क्या करूँ?'

रोटी में आज ज़्यादा स्वाद था। "क्यों बहू?" दादा रँभाया, "आज ख़ुश लग रही?"

मुन्नी सिंह ने कुछ नहीं कहा। अपना काम ख़त्म कर, अपने कमरे में चली गई। धीरे-धीरे शान्ति से। मुन्नी सिंह के कुछ न कहने से सब चुप हो गए। हँसी-ठट्ठा का वैसे भी उस घर में चलन बन्द-सा था। मुन्नी सिंह ने अपना एक जोड़ा कपड़ा उठाया और घर के बाहर जाने को होने लगी। कोई कुछ न बोला।

मुन्नी सिंह जानती थी, कोई कुछ भी नहीं बोलेगा, मगर माताराम चुप नहीं रहेंगी, तो माताराम बोलीं, ''इतनी रात गए कहाँ बहू?''

''नहाने, बहुत गर्मी हो रही है।'' मुन्नी सिंह अपने मन में बोली।

माताराम को इतनी धीमी आवाज़ अच्छे से सुनाई न पड़ने से चिढ़ मच गई। वह ज़ोर से चीखीं, ''मना किया न, रात में कुएँ के पास जाने से? खेत का हाल जानती है न? लुच्चे घूमते रात में, शिकार की टोह में...? चल अन्दर, कोई नहाना-वहाना नईं।''

मुन्नी सिंह ने सारी बातें ठहरकर सुनीं फिर अपने धीमे स्वरों को थोड़ा उठा, स्थिर आवाज़ में बोली, ''बहुत गर्मी है।'' और उलटे क़दमों से वापस अपने कमरे में लौट आई।

रात तो रात है। रोज़ आती। उस दिन भी आई। उसके अगले दिन भी आई। पूरा गाँव रात के दस बजे तक सो ही जाता था। कोई अनहोनी बात नहीं थी। हाँ, अनहोनी थी तो उस रात गाँव की पगडंडियों पर सटकर चलती-फिरती दो अछोर परछाइयाँ। आसमान के सीने पर टँके एक आधे-अधूरे चाँद ने उन परछाइयों को देखा। वह रहस्य से मुस्कुराया। उसने उन परछाइयों को अलौकिक ढंग से गायब कर दिया। वह बादलों से लुका-छिपी खेलने लगा। गाँववाले इस घनघोर अँधेरी रात में अपनी चादरों में घुस और सिमट के सो गए। रात के बारह बज चुके थे। आज तो ट्रेन भी लेट नहीं आई। और ठीक बारह बजे लम्बी सीटी बजाती, मुम्बई के लिए तेज़ रफ़्तार में दौड़ पड़ी।

नक्शा और इबारत

काकू हठबुद्धी हैं।

कुछ ही दिन पहले अपने चौखाने, खानदानी, बेशकीमती पलँग पर टँगे, सिकुड़े-सिकुड़े शरीर की अनेक ऊबड़-खाबड़ जमीन पर बनी नसों में धड़कते जीवन को कसकर कंठ में समेटे, चीख पड़े थे, "रजत की माँ, आओ, इधर आओ, जल्दी...।"

काकी जो आजकल अधिकतर अपनी चौकी (चारपाई) पर बनी रहती हैं, देह की पृथुलता के साथ बुढ़ापा जनित कई रोग अपने पर मढ़ चुकी हैं, एकदम से जवाब देने की असमर्थता से विचलित हो ज़ोर-ज़ोर से हाँफने लगी थीं, "की होलो (क्या हुआ)?" अपनी उखड़ती आवाज़ में चिल्लाईं वे।

मगर काकू चीखते रहे, "अरे आओ न जल्दी..."

देह घसीटते हुए जब काकू के कमरे में पहुँचीं तो काकू भी उन्हीं की तरह तेजी से हाँफ रहे थे...।

"क्या हुआ...बोलो तो?"

"अरे बैठो, लम्बी बात है।"

काकी वहीं पड़ी कुर्सी पर बैठ गईं।

"याद है, हमारी शादी कैसे ठीक हुई थी?"

प्रश्न सुन काकी के अन्दर एक छीजन-सी उठने लगी। उनके लिए वह कोई सुखद याद नहीं थी।

शादी जब हुई थी तो काकी माँ के पिता ने समृद्ध पुरानी जागीरदारी की परछाईं की आभा देखी थी, बस! एक पुरानी हवेली थी कभी, काकू के पुरखों की। सुदूर मुर्शिदाबाद में। बांग्लादेश की सरहद छूती जमीन थी। जब तक विभाजन नहीं हुआ था, तब तक राजा कहलाते थे उनके पुरखे। आज के मुर्शिदाबाद के आधे और आज के बांग्लादेश के काफ़ी हिस्से में। नाम तो ऐसे चला था उनके खानदान का कि जब काकू के बाबा रेलवे के बाबू बन, मध्यप्रदेश के जबलपुर

शहर में आ के बसे तो, 'बोड़ो राजा बंगाली बाबू' के नाम से प्रसिद्ध हो गए थे। मुर्शिदाबाद वाली हवेली के खस्ताहाल खंडहर कहाँ आते बताने जबलपुर! मध्यप्रदेश में कि अंग्रेज़ों के पिट्ठू होने के एवज में मिली थी जमींदारी, कि जब प्लासी का युद्ध हुआ सन् 1757 में तो सिराजुद्दौला की पीठ में छुरा भोंकने वाले जगत सेठ के साथ के वे छोटे व्यापारी, जो 'पावदा और हिलसा माछ' (मछली) का धन्धा कर आजीविका चलाते थे, न जाने क्यों, वे ही कितने तरह के लालचों से घिर गए, जगत सेठ के सान्निध्य में, कि इतिहास तो इतिहास, बीतता चला गया, कि नया बनता भी चला गया, कि 1757 के वैभवशाली दिन फिर कभी नहीं लौट पाए, न मुर्शिदाबाद में, न बोड़ो राजा की बाड़ी में।

"हमारी शादी का वर्ष याद है या भूल गईं?"

काकू काकी माँ को प्राचीन स्मृतियों के खंडहर से धकेल लाए सन् 1956 में।

"हाँ..." क्षणिक उजास फैला भीतर जो झक से किसी बड़े बवंडर के आने के बाद-सा बुझ गया।

"हाँ, मई 1956 में शादी...और दिसम्बर, 1957 में तो खोखन (बेटा)...!"

"चुप...चुप!" इस असम्पृक्त विवश अवस्था में भी गरजे काकू, दाँत पीस-पीस... काकी माँ के अन्तर्निहित आशयों को अपनी समझ के मंच से बाहर भगाते हुए।

'कभी न समझे...न समझेंगे।' काकी मन के भीतर ही बुदबुदाई, 'पूरा खानदान ही...' थर्रा-थर्राकर काकी बुदबुदाती रहीं मानो शाप दे रही हों, खानदान को। और फिर अन्दर-ही-अन्दर बिन आँसू काकी कलपने लगीं। मैं सब देख रही थी। काकू के घर, परछाईं बन, हमेशा उपस्थित रहती थी, जहाँ स्मृति अवशेषों को खँगालने की प्रक्रिया चल रही होती थी। मैंने स्पष्ट महसूस किया, काकू काकी को फिर नहीं समझे—बस, रौ में हमेशा की तरह बकते रहे। शादी के ऐश्वर्य की स्मृति देह हाथ में लपेट-लपेट बखानते रहे। काकी मुझे ले इतिहास में दुबारा रेंगने लगीं।

इतिहास के कोहरे में गुम काकी के चेहरे की शिनाख्त के लिए मुझे धीरे से किचन में जा, किचन का बर्तन गिराना पड़ा था। काकी के चेहरे पर नमी थी। कोहरे ने अपना गीलापन वहाँ बो दिया था।

"मैं जाती हूँ, देखूँ, खाना बनानेवाला लड़का आया कि नहीं?" काकी बर्तन गिरने की आवाज़ को पहचान लेती हैं। वे थककर वितृष्णा से भरी काकू के पास से उठीं। और काकू? वो आगे-पीछे कहीं नहीं गए थे। वहीं ऐश्वर्य के दिलासे से अपना सारा आगा-पीछा ढक रहे थे। वह ऐश्वर्य—जो उनकी माया में उलझा हुआ

था, जिसे ही वह सच मानते थे।

काकी हिकारत से जल उठीं। काकू के पास से भागीं। किचन में पहुँच मुझे बैठा देख, वह भी भारी देह को मेरे पास ढुलकाती बोल पड़ीं, हमेशा की तरह, "देखा न तूने...? तूने तो सब देखा है रे! बता, है न रक्त की गड़बड़ी जो कभी इनके पुरखों के निकम्मेपन, कभी दुराचार में, कभी अपराध में झलकी? तभी सब भूत...भविष्य तक..." काकी के चेहरे की नमी पूरे रसोईघर में उतर आई।

भविष्य लफ़्ज ने मेरे अन्दर भी एक ठंडी सिहरन जगा दी। मुझे 'रजत घोषाल' याद आ गए और मैंने काकी के ठंडे हाथों को अपनी ठंडी हथेली से ढाँप, कुछ गर्मी पैदा करने की नाकाम कोशिश की, क्योंकि वे दिन गर्म दिन ही तो थे, जब रजत घोषाल और मेरा साथ हुआ करता था। 'रजत घोषाल'—काकू और काकी के बेटे। पुकार के बोड़ो दा, मेरे हीरो!

बहुत छोटी थी, जब से अपने घर में कम और काकू के घर ज़्यादा रहती थी। वैसे फासले ही कहाँ थे? बस, एक अदद दीवार की दूरी थी। हम उन दिनों पटना में रहते थे। इसे ऐसे भी कहा जा सकता है कि हम उन दिनों के पटना में रहते थे, क्योंकि यह भी तो है ही कि हम अब भी वहीं रहते हैं। हमारे मुहल्ले का नाम क़दमकुआँ था। मुहल्ले में घुसते ही एक विशाल बुद्ध प्रतिमा दिखाई पड़ती है। रिक्शेवाला जैसे ही मुझे स्कूल से लौटाते वक़्त उस बुद्ध प्रतिमा तक पहुँचाता था, मेरे मन में बवंडर उठने लगता था। घर पहुँचने का उल्लास इतना अधिक हुआ करता था! उसके विपरीत काकू की बेटी यानी बोड़ो दा की छोटी बहन, जो लगभग मेरी ही हमउम्र थी, मुँह बिचका लेती थी।

"ऐसे क्यों कर रही हो?"

"कैसे?" मैं घबराकर बोलती।

"जैसे ज़ोर की सुसु आ रही है और तुम दबा रही हो!" यह सुन मेरा मुँह लाल हो जाता था।

लगता था, ये काकू की बेटी कितनी चालाक है, मेरे मन की असली स्थिति भी भेद निकालती है! मुझे वह कभी अच्छी नहीं लगती थी। हमेशा एक दम्भ और होड़ की मानसिकता से लबरेज़। उसका नाम 'मौशुमी' था और वह मुँह बिचकाने वाली लड़की के रूप में हमारे मुहल्ले में कुख्यात हो चुकी थी। लोग हैरत प्रकट करते, रजत घोषाल जैसे ज़हीन लड़के की ऐसी छोटी बहन? न उसके पास बोड़ो दा की नफासत थी, न कोई हुनर, ऊपर से व्यवहार अजीब चिड़चिड़ा।

बोड़ो दा शाम की सन्ध्या आरती के बाद जब अपने घर से बाहर जानेवाली सीढ़ियों पर आसमान की छाती के फटते अँधेरे में बैठ कुछ गुनगुनाने लगते थे,

तो मैं घर के भीतर बैठी अपने खेल को बिसरा बाहर भाग जाती थी। पूरा वायुमंडल एक कम्पन से होता हुआ, एकाग्रता में विलीन हो जाया करता था। इतना अच्छा गाते थे बोड़ो दा! सत्तर के दशक में पटना में बिजली अक्सर कटी रहती थी। काकू चूँकि जबलपुर से स्थानान्तरित होकर आए थे, जहाँ हालात बिहार से भिन्न थे और शायद बेहतर भी, इसीलिए वे हमेशा बिहार की सामाजिक और राजनीतिक व्यवस्था के प्रति शिकायत से भरे रहते थे। उनकी ऐसे समय की बड़बड़ को बोड़ो दा, अपने गाने के बोलों की अठखेलियों से कहीं दूर ले जाकर डुबो देते थे, 'ओ हो, रे ताल मिले नदी के जल में, नदी मिले सागर में, सागर मिले कौन से जल में, कोई जाने न...!' गाने के असर से मेरी साँस रुक जाया करती थी। मुझे बोड़ो दा सागर लगने लगते थे, जो प्रश्न करता था, विराट प्रश्न, 'बताओ...मैं कहाँ जाकर समाऊँगा?'

मैं सोचती थी, सागर को आसमान से मिलना चाहिए। दोनों में विस्तृत फलक की कितनी समानता है! फिर मैं यह सोचती कि अगर बोड़ो दा सागर, तो आसमान कौन? अपने को तो मैं एक छोटा टिमटिम तारा मानती थी जो बोड़ो दा की बड़ी गोद में दुबकना चाहता था, बस। उस वक़्त तो हमारी उम्र में भी बड़ी दूरी लगती थी। मैं उनसे तेरह साल छोटी थी। लिहाज़ा मैं बच्चा, वे बड़े–ख़ूब बड़े। जब बोड़ो दा गाते थे तो मैं ऐसे भावमुग्ध हो उनको ताकती थी कि मेरी पलकें झपकना भूल जाती थीं। अपलक रहने से आँखों में आँसू आ जाते थे। बोड़ो दा गाने की रौ के बीच जो कभी मुझे देखते थे तो एक हलकी मुस्कान उनके गोल होते होंठों पर तिर जाती थी और स्नेह से वे अपना हाथ मेरे सिर पर फिरा देते थे। उस आत्मीय स्पर्श ने मुझे दा से कितना जोड़ा, क्या कभी समझा पाई उनको–तब या अब भी कभी...?

एक अपरिभाषित खिंचाव था जो मुझे बोड़ो दा तक पहुँचाता था। उनका साथ पाने को मैं हरदम बेचैन रहती थी। माँ पीछे पड़ी रहती थी, 'कुछ पल घर में भी बिता, हर वक़्त काकू के घर', मगर मैं तितली की तरह उड़ जाती थी और बोड़ो दा कहीं हों, कुछ भी कर रहे हों, मैं उनके साथ बनी रहती थी। मैं जानती थी, बोड़ो दा पटना यूनिवर्सिटी में राजनीति शास्त्र पढ़ते हैं। उनके कई दोस्त आते थे, वे बातें करते थे और मैं चुपचाप सब सुनती रहती थी। मैं उनकी मंडली का ऐसा हिस्सा थी, जिसकी अनुपस्थिति से पूरी मंडली असहज हो जाती थी। सिर्फ़ बोड़ो दा नहीं, उनकी सारी मंडली मुझे बहुत स्नेह करती थी।

खुशगवार से बोड़ो दा कभी-कभी ही झल्लाते थे, वह भी सिर्फ़ काकी माँ पर। मैं तब एक अबूझ-सा तनाव महसूस करती थी–घर के वातावरण में।

"तुम मुझे प्यार क्यों नहीं करतीं?" उन्होंने काकी माँ से मायूस आवाज़ में प्रश्न किया था।

काकी माँ चिहुँक गईं। "करती तो हूँ, खोखन (बेटा), मगर..."

"मगर क्या?" वे छोटे बच्चों की तरह हाथ-पैर पटकते शायद यूनिवर्सिटी से किसी परेशानी से जूझकर आए थे और चाहते थे, काकी माँ उन्हें प्यार से सामने बिठाकर खाना खिलाएँ, उनके मन का बोझ हलका करें। लेकिन काकी माँ के अन्दर एक शुष्कता पनप गई थी। शायद रक्त की विरासत वाली कहानी दुहराते हुए वे अन्दर ही अन्दर अपने पुत्र के भविष्य को लेकर अन्धविश्वासी हो गई थीं। उनके अन्दर पुत्र को लेकर एक विरक्त भाव, लगभग ध्यानयोग की तरह गम्भीर हो गहराता चला जा रहा था। वे हमेशा ही खाना परोस छिटक जाती थीं। ऐसे समय आदतन मैं, वहाँ ज़रूर होती थी, अपने ढंग से भारी वातावरण के बोझ को हलका करती हुई।

"बोड़ो दा, आप यूनिवर्सिटी में पढ़ने के अलावा भी कुछ करते हैं?"

बोड़ो दा खाते-खाते रुक गए, चौंकते हुए मुझे देखा और अपना क्लेश भूल निहायत भोली मुद्रा में मुझसे पूछा, "क्या मतलब तेरा?"

"मतलब..." मैं अपनी अधकचरी बुद्धि और बोड़ो दा के मित्रों के बीच हुए वार्तालापों से अर्जित अधकचरे ज्ञान को बोड़ो दा के सामने प्रस्तुत कर उन पर इम्प्रेशन जमाने की भरपूर कोशिश कर रही थी, "मतलब...बोड़ो दा, आप वहाँ जाकर समाज बदलने की कोशिश भी करते हैं?"

"अच्छा..." बोड़ो दा ठठाकर हँस पड़े, "समाज का मतलब जानती है तू?"

"नहीं," मैं अज्ञान के बोध से शर्मसार हो गई, मगर फिर भी बोड़ो दा को प्रभाव में लेने की कोशिश से बाज नहीं आई, "मगर वो सरकार पलटने की बात, जानती हूँ मैं..."

"क्या?" बोड़ो दा को पहली बार चिन्तित होते देखा था मैंने।

वे खाना छोड़ उठ खड़े हुए और मेरा हाथ तेजी से पकड़ अपने नकली रंग-बिरंगी छतवाले आँगन में बने कमरे की ओर ले गए। उन्हें यह अधपक्का कमरा उनके बड़े होने के एवज़ में मिला था इस आशा के साथ कि वे इसमें से जब पढ़कर निकलेंगे तो लौटकर एक नए स्टेटस वाली दुनिया इसमें खड़ी करेंगे।

मुझे पहली बार बोड़ो दा के हाथ की पकड़ बड़ी कड़ी लगी, मैं घबराकर चिल्लाई, "छोड़िए दा, छोड़िए, मेरा हाथ दुख रहा है।"

मगर बोड़ो दा नहीं माने और मुझे लगभग गोदी में उठाकर उन्होंने अपने पलँग पर पटक दिया। मैं धीमे-धीमे अपना इम्प्रेशन टूटने के डर से रोने लगी।

बोड़ो दा चीते की तरह कमरे में टहलने लगे थे। उनका मुँह लाल हो गया था—बिलकुल तली हुई उस रोहू मछली की तरह, जिसे बड़े प्यार से काकी माँ मुझे खिलाया करती थीं। एक-एक काँटा निकाल।

थोड़ी देर बाद बोड़ो दा शान्त हो पलँग पर मेरे पास बैठ गए और मेरा मुँह चिबुक से ऊपर उठा मुझे कहने लगे, "तू कितनी अच्छी है! मैं तुझे बहुत प्यार करता हूँ, मगर तेरी एक आदत गन्दी है, तू बड़ों के बीच में बहुत बैठती है। जब बड़ी हो जाएगी न—तब, सब समझाऊँगा तुझे, मैं यूनिवर्सिटी में पढ़ने के अलावा क्या करता हूँ, समझी? अभी तो तू बड़ों के बीच बैठना बन्द कर।"

मुझे पहली बार बोड़ो दा पर बड़ा गुस्सा आया। वे मुझे अपने से अलग कर रहे थे। मैं मान से उनकी आँखों में आँखें डाल तर्क करने लगी, "न, मैं तो बैठूँगी। मुझे आप लोगों की बातें अच्छी लगती हैं।"

बोड़ो दा मुझे कभी मना नहीं कर पाते थे और मेरे तर्क करने पर तो कतई नहीं। "ठीक है बाबा," उन्होंने हथियार डाल दिए। "सुन मैं तुझे रबड़ी खिलाने ले जाऊँगा अगर तू चुप रहेगी और किसी को कुछ नहीं बताएगी, प्रौमिस कर पहले?"

"न, पहले तुम प्रौमिस करो कि मुझे अपने साथ वैसे ही रखोगे जैसे पहले रखते थे। मैं अब इतनी छोटी भी नहीं, सात साल की हो गई हूँ।"

यह 1977 था। देश के बड़े दिन, बिहार के बड़े दिन और छात्रों के लिए और भी बड़े दिन थे, जो इतिहास में अपनी जगह तलाश रहे थे। आज व्याख्या कर सकती हूँ, कल सब सामने घट रहा था। उस घटित होते समय में मेरी कक्षा दो की किताब ने मुझे नहीं बताया था कि सरकार क्या बला होती है, और उसे बदला कैसे जा सकता है। मैंने तो तुक्का जड़ दिया था, और मेरे लिए यह काफ़ी था कि बोड़ो दा ने अविश्वास नहीं किया और मान गए कि मैं उनकी बातें समझती हूँ।

अनुराग से उनकी आँखें मुझे वैसे देखने लगीं, जैसे मैं अपने-आपको उनके गाना गाते वक़्त देखा करती थी। मैं टिमटिम करता छोटा तारा हो गई थी उनकी आँखों में भी। मैं सचमुच बड़ी हो गई उस दिन और बोड़ो दा ने मुझे उसके बाद कभी किसी काम के लिए मना नहीं किया।

उस दिन शाम को बोड़ो दा मुझे अपनी साइकिल पर बैठा, फर्राटे से हवा में मुझे उड़ाते चले थे। मेरे बाल, जो माँ ने पिन से माथे के दोनों ओर दबा दिए थे, पिन की गिरफ्त से छूट मेरे मुँह पर आते जा रहे थे।

"बोड़ो दा," मैं दबी-दबी आवाज़ में बोली।

ज़ोर से बोल मैं बोड़ो दा के भागते मन को अकस्मात् रुकने का इशारा नहीं करना चाहती थी। आसमान में उड़तें से बोड़ो दा मेरे अन्दर भी कितने सपने जगाते थे—सतरंगी, किस्म-किस्म के अबूझ! मगर बोड़ो दा ने सुन लिया। मुझे थोड़ी निराशा हुई। क्या सपना दिखा बोड़ो दा सपने से अलग हो गए थे?

मगर मेरी दुविधा को बोड़ो दा ने अपने दुलार से तुरन्त परे सरका दिया, "क्या हुआ?" उन्होंने साइकिल रोक दी।

"कुछ नहीं, बस बाल खुलकर सामने आ गए हैं। पिन ठीक से लगा लूँ, सामने कुछ दिख नहीं रहा।"

"अच्छा?" बोड़ो दा हँस पड़े। निश्च्छल हँसी। "देखना क्या चाहती है सामने? मैं तो पीछे बैठा हूँ।" बोड़ो दा मुझे चिढ़ा रहे थे।

मुझे लगा, यही मौका है मैं अपने बड़े और समझदार होने का प्रमाण उन्हें दे दूँ और बोड़ो दा के दिल और दिमाग़ में हमेशा के लिए जगह बना लूँ, लिहाज़ा मैंने अपने व्यक्तित्व का सारा उतावलापन झाड़ा और बोल पड़ी, "मैं तो बोड़ो दा, आगे ही देखूँगी।"

"किसे रे, किसे देखेगी आगे?"

"लोगों को—सड़क पर चलते, उठते, बैठते लोगों को। मुझे सबकुछ देखना अच्छा लगता है।"

क्या पता था, उस दिन भोलेपन में कही गई बातें आगामी भविष्य के संकेत साबित होंगी। फिलहाल तो वे बोड़ो दा पर इम्प्रेशन जमानेवाली एक बच्चे की बुद्धि की कारीगरियाँ थीं।

बोड़ो दा इम्प्रेस हुए, पूरी तरह। "तू मेरी साथी होगी छोटो, मैं समझ गया... चल, रबड़ी खाते हैं।"

मैं इतनी ख़ुश थी, मैंने देखा, अन्य बच्चे, जो दोने में रबड़ी खा रहे थे, उन सबसे अलग, मैं सबसे ज़्यादा ख़ुश दिख रही थी।

मौशुमी के साथ न चाहते हुए भी मुझे खेलना होता था। मगर उसके और मुहल्ले के अन्य बच्चों के खेल मुझे बिलकुल पसन्द नहीं थे। वे सब सिर्फ़ घर-घर खेलते थे। मैं चाहती थी, हम ऑफिस-ऑफिस खेलें या डॉक्टर-डॉक्टर या यूनिवर्सिटी, मगर वे सब पापा-मम्मी बनना चाहते थे।

उन्होंने मुझसे भी कहा, "बोलो, अम्मा बनोगी या दुल्हन?"

मैंने फट से कहा, "अम्मा।"

वे सारे मुझपर हँसने लगे, "सिर्फ़ बुढ़िया बनने का शौक है इसे।"

मैं गुरूर से बोली, "हाँ, है।"

फट से उन्होंने मेरे बालों में पाउडर उड़ेल दिया। मुझे एक उकही साड़ी पहनने को दे दी और एक कुर्सी पर बैठा दिया। ख़ुद मौशुमी दुलहन बन गई और पड़ोस के घर का दीपक दूल्हा। मैंने कुर्सी पर बैठे-बैठे देखा, दोनों ख़ूब मजे कर रहे थे, आपस में बतियाते थे ख़ूब और फिर खाने-पीने का स्वाँग कर नोक-झोंक भी करते जाते थे।

एक क्षण को मुझे बुढ़िया का रोल बोरिंग लगने लगा और मन में आया, क्यों न थोड़ी देर को मैं भी लाल-लाल मौशुमी वाली साड़ी पहन दुलहन बनकर देखूँ कि आखिर इन्हें इतना मजा क्यों आ रहा है। मैंने अपनी बात मौशुमी को कह दी।

वे सब फिर ख़ूब हँसे, "अच्छा, चल, बन दुलहन।"

मैं दुल्हन बन ही रही थी कि बाहर से सीटी की आवाज़ सुनाई पड़ी। शायद बोड़ो दा तरंग में हमेशा की तरह सीटी बजा घर में प्रवेश कर रहे थे। मैं घबरा गई और खिड़की के बाहर देखने लग गई। बोड़ो दा की नज़र मुझसे मिली और वे पहले तो चौंके फिर ज़ोर से हँस पड़े। मैं शर्म से गड़ गई और फिर दौड़कर कमरे में जा अपने कपड़े नोच-नोच फेंकने लगी।

सारे बच्चे हँसने लगे, "एक दिन भी ठीक से दुलहन नहीं बन पाई, एकदम पागल है।"

दुलहन बनना कभी मेरा सपना नहीं रहा था। मैं तो बड़े लोगों की तरह व्यवहार करना चाहती थी। बड़े लोग यानी बड़ी-सी दुलहन नहीं, बोड़ो दा और उनके दोस्तों जैसे बड़े लोग। उनकी तरह बातें करना चाहती थी, काली कॉफी बड़े मगों में डाल पीना चाहती थी और अगर बोड़ो दा इजाजत देते तो कैप्सटेन सिगरेट फूँकते हुए हवा में छल्ले बनाना चाहती थी। ये सारे सीक्रेट्स थे, जहाँ मैं बोड़ो दा की साझीदार थी, जिसे मैंने वादे के मुताबिक किसी को भी बताने से इनकार कर दिया था। वे सबकुछ कभी कमरे में, कभी पार्क में, कभी चाय-खाने की महफिलों में, कभी पान की दुकान की जुगलियों में होता था। मेरे पास इतनी बातें थीं, घूमने की इतनी जगहें थीं कि इन सबसे मैं दिन भर भरी रहती थी।

कई बार जब बोड़ो दा घर में नहीं होते थे तो मैं उनके कमरे में दबे पाँव चोरी-चोरी भरी दुपहरिया में घुस जाती थी, और उनके स्टडी टेबल और बुक रैक पर रखी किताब और तस्वीरों को उलट-पुलट करती रहती थी। वहीं मैंने देखी थीं कई तस्वीरें, जो काली सफ़ेद थीं और जिनपर मार्क्स, ऐंग्लस और लेनिन लिखा हुआ था। मैं अंग्रेज़ी-हिन्दी दोनों हिज्जे जोड़-जोड़ अच्छे से पढ़ने लगी थी। वहीं मैंने पहली बार कई नक्शे देखे थे, जिन पर लाल स्याही से कुछ हिस्से भर दिए

गए थे। कहीं-कहीं जंगली ठिकानों के हवाले थे और कहीं-कहीं व्यूह रचना जैसा कुछ था जिसपर लिखा रहता था : 'युद्ध के स्थान और पड़ाव।' यह मेरे लिए न सिर्फ़ अपरिचित बल्कि रोमांचित कर देनेवाली दुनिया में चोरी से घुसपैठ थी। जंगल, युद्ध की बातें और रहस्यमय चित्रों को देख मेरे भीतर गजब की उत्साह भरी झुरझुरी फैल जाती थी। मैं सबसे छुपकर यह काम करती थी और अपनी सात वर्ष की बुद्धि से उन जानकारियों का मतलब समझने की कोशिश करती थी। मैं अपनी उम्र से आगे भाग जाने को तत्पर थी। छुपाकर चलनेवाला खेल हमेशा ज़्यादा रहस्यों से अटा था, इसी से वह कितना आकर्षित करने लगा था! मुझे नशा होने लगा था और नशे की न जानेवाली लत मुझे कस के बाँध चुकी थी।

भरी दोपहरी में जब ये सब उलट-पलटकर मैं अपने घर जाती थी तो माँ हमेशा टोकती थी, 'फिर धूप में खेलकर आई है? कितना मुँह लाल हो रहा है तेरा और पसीना तो देख...जाओ, मुँह धो! थोड़ा आराम करो।'

मेरे अन्दर कितना बड़ा हलचल करता संसार था, माँ क्या जानती! मैं चीजों को छुपाने में माहिर होती जा रही थी।

ठीक इसी तरह मेरी निजी चोरी की जानकारियों के संसार में केया दी भी एक दिन चुपके से प्रवेश कर गईं। केया दी, जो कॉलेज में पढ़ती थीं—विमेन्स कॉलेज में। वे बड़ी सुन्दर दिखती थीं। अक्सर गहरे रंग की साड़ियाँ पहनती थीं जिनके पाड़ ख़ूब चौड़े होते थे। एक चोटी करती थीं, अपने लम्बे बालों की। मुहल्ले के कत्थक स्कूल से नृत्य की शिक्षा भी ले रही थीं। एक-दो कार्यक्रम पटना के रवीन्द्र भवन में दे चुकी थीं, लिहाज़ा मुहल्ले की शान समझी जाती थीं। हम बच्चे भी उनको ख़ूब पहचानते थे। वे अगर सड़क पर चलती दिख जातीं तो हम एक-दूसरे को बताते फिरते थे—'आज केया दी को देखा रे, क्या लग रही थीं!'

बोड़ो दा भी केया दी को देखा करते थे—पहले चोरी-चोरी, फिर बेधड़क। मैं ख़ूब समझती थी, वे हम बच्चों से अलग तरह से केया दी को देखते थे। अक्सर साइकिल पर मुझे बिठा वे उनकी गली के चक्कर काटते थे और 'दी' अगर दरवाजे पर खड़ी दिख जाती थीं तो बोड़ो दा उस दिन मुझे ज़रूर ही च्युंगम खिलाते थे। मुझे भी मजा आता था। मैं मनाती थी, रोज़ केया दी दिख जाएँ। वैसे केया दी के बाबा और काकू की अच्छी पहचान थी और केया दी कई बार काकी माँ से मिलने उनके घर भी आती थीं।

हम सब पहले से ही जानते थे कि केया दी की माँ नहीं, इसलिए काकी माँ भी अपनी तरफ से केया दी को बहुत प्यार करती थीं। केया दी के आने पर मैं केया दी के इर्द-गिर्द मँडराती थी और केया दी ने जो एक बार कहा था, 'अरे

बड़े दिन बाद देखा रे। कैसी है तू?' तो मैंने केया दी के कान में कह दिया, "अरे दी, कल ही तो मिले थे, बोड़ो दा के साथ।"

केया दी के गालों पर ऐसा रंग खिल गया था जिसे न लाल कह सकते हैं, न गुलाबी। उसमें लाज और उघाड़े जाने का भय शामिल था।

"हट्‌ट!" कह के उन्होंने मुझे भगा दिया।

और मैं झट बोड़ो दा की गुप्तचर बन उन्हें बताने भाग गई थी, "दा, केया दी आई हैं..."

बोड़ो दा मेरा हाथ पकड़ बाहर आए और काकी माँ के पास मोढ़ा डालकर बैठ गए, जैसे अचानक किसी नए आए मेहमान को देख, घर के लोग ठिठक जाते हैं! "अरे केया, कब आई? पढ़ाई कैसी चल रही है?"

"बस, ठीक। इस बार बाबा कहते हैं, मुझे कॉलेज में टॉप करना होगा..."

इससे बोड़ो दा असहज हो गए और काकी चुप। उठकर वे चाय बनाने चल दीं। शायद बोड़ो दा के रिज़ल्ट की देरी इसका कारण थी।

मैंने सुना था, वे आपस में बात करते थे दोस्तों के बीच कि 'सेशन कितना लेट हो रहा है यार, कितने साल में हम पास कर पाएँगे? क्या होगा, हमारा? हम जीवन में कुछ कर पाएँगे कि नहीं?' सारे दोस्त चिन्तित हो अपने कोनों में पसर जाते थे। उन्हीं बातों की अनुगूँज हमेशा काकू के घर फैली रहती थी। चूँकि इन बातों की गम्भीरता मैं तब नहीं समझती थी, इसलिए मैं बोड़ो दा की पीठ पर लाड़ से लटक गई थी। केया दी और बोड़ो दा इस दरम्यान बस एक दूसरे को देखते रहे थे। कोई बात नहीं हुई दोनों में, बस, देखा-देखी—कभी नज़रें उठा, कभी गिरा। मैं समझती, मन-ही-मन बातें करते होंगे तभी दोनों एक-दूसरे को पूरा समझ जाते हैं और बोलों की ज़रूरत नहीं होती।

थोड़ी देर बाद उठकर बोड़ो दा चले गए और केया दी काकी माँ के साथ चाय बनाने लगीं।

केया दी बोड़ो दा का बहुत सम्मान करती थीं। हमेशा बहुत ध्यान से उनकी बातें सुनती थीं। कई बार सुनते हुए उनकी आँखें गीली भी हो जाती थीं, कई बार उन्हें मैंने डरकर गुम होते हुए भी देखा था। चूँकि मैं बोड़ो दा से हमेशा चिपकी रहती थी, इसलिए ऐसे समय में बोड़ो दा उन्हें मुझसे चार क़दम आगे ले जाकर कुछ समझाते दिखते थे। उस वक़्त उनमें कैसा अद्‌भुत आत्मविश्वास दिखता था! मैं पीछे से खड़ी हो देखती थी, लम्बी इठलाती काया में बोड़ो दा के आम लोगों से ज़्यादा लम्बे बाल पीछे हवा में उड़ते हुए। सचमुच क्या हीरो लगते थे वे!

अपने उन्हीं दिनों में, चार क़दम पीछे रह जानेवाले दिनों में, एक बार—और पहली ही बार केया दी को बहुत नाराज़ होते देखा था मैंने। हम गांधी मैदान की सूखी भूरी घास पर चल रहे थे। जब बोड़ो दा के कुछ कहने पर पहले केया दी की बड़ी आँखें फैलकर फट गईं, फिर उनमें सनसनाता गुस्सा बिखरने लगा और साथ ही डरावने बादलों के फटने पर कमज़ोर तरह की कुछ बूँदें कहीं से टपकने लगीं। सबकुछ इतना अचानक और जल्दी हुआ कि मैं घबरा गई। मैंने अपना मुँह घुमाकर पीछे कर लिया। पता नहीं, मेरे पीछे क्या हुआ क्योंकि कुछ ही देर बाद बोड़ो दा धीरे से मेरे पास आके खड़े हुए और उतने ही धीरे से बोले मानो अपने लिए बोल रहे हों, पर जाहिराना तौर पर मुझे बोल रहे हों, 'चल रे, एक सपना पूरा करने के लिए दूसरे सपने को बलि चढ़ाना होता ही है।' फिर वे आसमान की ओर देख चिल्लाए थे, 'सपने इतने डरावने क्यों बना रहे हो तुम?' और उन्होंने अपने हाथ को अपने गले की ओर ले जाकर गला काटने का इशारा किया था। मुझे डर लगने के अलावा कुछ भी समझ में नहीं आया। बोड़ो दा तो सागर थे और उन्हें तो आसमान से ही मिल जाना था, फिर वही आसमान उनके सपनों को डरावना क्यों कर रहा था? मैं दुख से डरी-डराई चुपचाप बोड़ो दा की साइकिल पर बैठ घर आई और तीर की तरह माँ की गोद में दुबक गई। माँ कहती रही, 'खाना खा के सोओ, दिन भर खेल...ओह!' मगर मेरी भूख भी मेरे अन्दर भरे डर से कहीं बिला गई थी। मैं झूठमूठ आँखें भींच सोने की कवायद में लग गई।

केया दी और बोड़ो दा की उस न समझ में आनेवाली तकरार के सात दिन बाद, एक दुपहर मैं अपनी लत से अवश बोड़ो दा के कमरे में चोरी से घुस ही रही थी तो अन्दर बोड़ो दा को देख एकदम सकपका गई, "दादा, तुम? अभी?"

बोड़ो दा बदहवास दिखे मुझे। इतने बदहवास कि उन्हें आश्चर्य भी नहीं हुआ कि मैं इस वक़्त उनके कमरे में क्या करने आई हूँ। बस, उसी बदहवासी में बुखार में ताप की बड़बड़ की तरह, बड़बड़ करते रहे, "सुन, वो झोला ला। ले, इसमें ये कागज भर। अब ये और ये...ये..." बोड़ो दा अपने सारे कागज पत्र एक झोले में ठूँस रहे थे। नीचे फर्श पर पड़े बोरे पर कुछ गोल-गोल पत्थर रखे थे; जिन्हें वे हड़बड़ी में बोरी गीली कर लपेटते जा रहे थे।

"दादा, ये क्या?" मैं उस बदहवास क्षण में भी अपनी उत्सुकता जब्त नहीं कर पा रही थी।

"चुप," दादा फुसफुसाए, "ज़्यादा बात नहीं। मेरे साथ चुपचाप चल, शाम को फिर केया से मिलने चलेंगे और उसे लेकर रबड़ी खाने। ठीक?"

'केया से मिलने चलेंगे।' सुनकर ही मेरा मन इतना हर्षित हो गया कि मैं

नीचे पड़े पत्थर के गोलों की बात भूल गई। 'वाह दोनों में दोस्ती हो गई, अब हम तीनों फिर ख़ूब मजे करेंगे वाह!' इतने दिन बोड़ो दा को इतनी सिगरेट फूँकते, बिना गाना गाए, बिना मुझे खिलाए, देखना, मेरे लिए कितना दुखद रहा था मगर ये सब सुन मैं अब दुख भूल झूमने लगी।

इस बीच बोड़ो दा ने बोरी लेकर अपनी साइकिल के पीछे बड़े एहतियात से रख दी। झोला कन्धे पर टाँगा और हम कदमकुआँ की गलियों में पैदल ही साइकिल बगल में खींचते हुए घूमने लगे। हमारा सफर मुहल्ले के अन्तिम छोर में बहने वाले सीवेज नाले पर खत्म हुआ। वहाँ बड़ी गन्दगी और बदबू थी। उस जगह जानवर भी नहीं फटकते थे। हम बच्चे जब उधर गलती से पहुँच जाते थे तो तेज़ दौड़ लगा, उस जगह को सेकेंड्स में पार करते थे। मुझे उलटी आने लगी, मगर बोड़ो दा न जाने किस धुन में थे। उनकी आँखें पूरी खुली थीं और उनमें पानी भर रहा था। उन्हें देख मैं अपनी उलटी का ख़्याल भूल गई। क्या बोड़ो दा रो रहे थे? नहीं, वे कैसे रो सकते हैं? मैंने देखा, बोड़ो दा ने धीरे से बोरी को नाले में बहा दिया और साथ ही झोले से निकाल अपने सारे कागज-पत्र भी बहाने लग गए। उन्हें चिन्दी-चिन्दी फाड़-फाड़ जब गन्दे काले नाले में वह नक्शा भी बहने लगा जिसे मैंने कई-कई बार छूकर देखा था और जिसमें जंगल था, पहाड़ थे, रहस्य था, तो मुझे भी रोना आने लगा।

"दादा, वे सब तो आपकी पढ़ाई-लिखाई की चीजें थीं, उन्हें क्यों बहाया? क्या आप उन्हें नहीं पढ़ेंगे अब?"

बोड़ो दा ने दुबारा वही इशारा किया जो केया दी से उलझ के आने के बाद किया था, अपना हाथ गले पर ले जाकर खत्म हो जाने का इशारा। मैं कई दिनों बाद समझी—उस दिन की बात, एक सपने को पाने के लिए दूसरे सपने की कुर्बानी का मतलब।

गर्मी अपने औंधेपन में पीछे देखती हुई जा रही थी। दुपहर तो बीती भी नहीं थी जब माँ ने मुझे उठाकर दूध का गिलास पकड़ा दिया और मैं अपनी खिड़की के पार देखते हुए सोचने लगी, आज शाम क्या हम, यानी बोड़ो दा, केया दी और मैं और शायद आज मौशुमी (क्योंकि काकी माँ ने कहा था बोड़ो दा से, 'कभी-कभी उसे भी बाहर ले जाकर घुमा लाया कर'।) रबड़ी खाने जाएँगे, क्या? तभी अचानक ज़ोर से सीटी बजने की आवाज़ आई और लाठी और गन के साथ पुलिस के कई जवान हमारे गेट के सामने थे। उन्होंने हमारा पूरा मकान घेर लिया और कुछ लोग काकू के घर में घुस गए। ख़ूब डंडे पटकने की आवाज़ें आने लगीं और चीख-पुकारों की भी।

माँ दौड़ी आई और मुझे खिड़की से खींचने लगीं। माँ चिल्ला रही थी, 'अन्दर चल...' और मैं खिड़की से चिपक रोए जा रही थी, ज़ोर-ज़ोर से। पुलिस की मौजूदगी की आवाज़ कितनी खौफनाक थी और मेरी आँखों के सामने जो था, वह सच तो हो ही नहीं सकता था। पुलिस बोड़ो दा और उनके दोस्तों को घसीट-घसीटकर मार रही थी। बोड़ो दा के दाएँ घुटने से रक्त का फव्वारा छूट रहा था और वे चल भी नहीं पा रहे थे, बस घिसट रहे थे। माथा आँख के ऊपर फटा था, शर्ट पर चारों ओर रक्त था बेहिसाब-सा बहता हुआ। उनके दोस्तों का हाल भी लगभग वही था। सब आदमी नहीं, कटे हुए मांस के टुकड़े लग रहे थे, ठीक वैसे जैसे मैंने मीट शाप में कई बार देखे थे। मैंने दहशत में आँखें बन्द कर लीं और खोलने पर निचाटपने का सामना किया और देखा, निचाट-निस्तब्ध मिट्‌टी में सूखते रक्त के कई कण कई सपनों पर कई आक्रमणों की ओर इशारा कर रहे थे। वे मुझे नया पाठ पढ़ा रहे थे। अरे, लेकिन लाख भ्रमों के बावजूद मैं तो बच्ची ही थी न! थोड़ा-थोड़ा ही समझी और रोती रही।

थोड़ी देर में पूरा मुहल्ला इकट्‌ठा हो गया। काकी माँ छाती पर हाथ मार-मारकर रो रही थीं, 'अमार छेले...(मेरा बेटा...मेरा बेटा)' काकू और मेरे पापा को ऑफिस में ख़बर की गई। चारों ओर निराशा का धूसर रंग पुतने लगा। घरों में, मुहल्ले में, हम सभी के चेहरों पर 'ऐसा क्या हुआ था?' का भाव चस्पां हो गया था। काकू के कई मित्र एक टोली बना थाने गए। लौटे तो, हम सब जगे थे। न किसी ने कुछ खाया था, न किसी ने और भी कुछ किया था।

"ओ रजत की माँ," काकू रोते हुए घर में घुसे, "हमारा लड़का तो...! हम समझ ही नहीं पाए रे, खतरनाक अपराधी के रूप में पुलिस उसको कब से ढूँढ़ रही थी! आह रे भाग्य! हम सोचते थे, वो कितना बड़ा काम करेगा और उसने क्या कर डाला? सरकार का दुश्मन हो गया वो। हमें कहीं मुँह दिखाने लायक नहीं छोड़ा...आह!" काकू विलाप करते रहे।

काकी उन्हें क्या सँभालतीं? वे एक लम्बी सोच में डूब गईं, "क्या परवरिश में कमी रह गई? क्या उपेक्षा से पालने पर, लड़का ऐसा हो गया—विद्रोही? क्या हुआ ये?"

घर पर रात में कई बार की नींद, नहीं, झपकी के बीच एक शब्द ठहर गया था, दिमाग़ के भीतर। "छोटो की माँ," पापा माँ को कह रहे थे, "राजद्रोह के अपराध में बन्द हुआ है, अब नहीं छूटेगा।"

"राजद्रोह क्या?" राजद्रोह-राजद्रोह गूँजता रहा, दिमाग़ में। बरसों, बिना समझदारी के।

बोड़ो दा के जाने के बाद सबकुछ बदल गया। हम सब का ही जीवन। मेरे जीवन में ढेर सारा अकेलापन भर गया—न मेरे पास दोपहर बची, न शाम। सब अकेलेपन से भर गई, जिसे मैंने किताबों से खाली करना चाहा। ख़ूब पढ़ती थी मैं। जहीन पढ़ाकू बच्ची बड़ी हो गई। मौशुमी का पढ़ाई में मन नहीं लगता था। उसकी उम्र जैसे ही इक्कीस हुई, काकू ने गुजरात में बसे एक बंगाली परिवार के प्राइवेट सेक्टर में काम करते लड़के से उसकी शादी कर दी। मौशुमी बड़ी ख़ुश दिखी थी, जब पहली बार अपने घर शादी के बाद आई थी। वो मुझसे ढेर सारा बतियाना चाहती थी। अपने पति और ससुराल की बातें। मगर मैं तो बचपन से ही दूल्हा-दुल्हन के खेल से विमुख रहती थी और मेरे अन्दर इन बातों को लेकर हमेशा ही असहजता बनी रही। बड़े होने पर भी। उसे देखते ही मैं अनावश्यक कामों में व्यस्त हो जाती थी और कितना मजेदार था कि इतने वर्षों बाद भी उसके मुँह बिचकाने वाली आदत कायम थी। वह मुझे देख अब और मुँह बिचकाने लगी थी।

मेरे बड़े होने के समय में, अब जो अकेलापन और किताबों के हवाले था। केया दी भी मुझे अक्सर दिखाई पड़ती थीं। मैं अपनी ज़िन्दगी से ओझल हुए दृश्यों को कहीं-न-कहीं से खोज पुनः जीवित करना चाहती थी। केया दी इसमें मेरी मददगार हो सकती थीं, इसीलिए मैंने उन्हें रोक कई बार बात करने की कोशिश की। स्कूल से लौटते वक़्त रिक्शे से मैं उनके घर की ओर उचक-उचक देखती थी, यदि कहीं नज़र आ जाएँ वे, तो उनसे पूछूँगी, 'क्या बोड़ो दा की कोई ख़बर उनके पास है?' क्योंकि हम दोनों के घर में (काकू और मेरे) कोई इस विषय पर बात करना ही नहीं चाहता था और मेरी जिज्ञासाएँ जो थीं, वे शान्त होती ही नहीं थीं। केया दी मगर मुझे देख या तो अपने घर के अन्दर चली जाती थीं या दूर से टा-टा कर देती थीं मानो कह रही हों, 'हमारे बीच बातचीत का कोई मुद्दा अब बचा नहीं, यानी तुम भी भूलना शुरू कर दो, दुःस्वप्नों को।' मैं भीतर-ही- भीतर तिलमिलाती रहती थी। अपने आसपास अपरिचय अनिच्छा के काँटों को उगने से रोक नहीं पा रही थी किसी भी तरह। लगता था, ये सारे मेरे नज़दीक के लोग इतने असंवेदनशील क्यों हो रहे हैं? मेरे पास मगर जवाब भी कहाँ थे?

बोड़ो दा के पकड़े जाने के कुछ दिनों बाद तक काकू लगभग रोज़ थाने जाते रहे। थाने में उनकी बड़ी फजीहत होती थी। उनसे तरह-तरह के सवाल पूछे जाते थे। काकू बताते थे कि शक की सुई उन्हें भी चुभोई गई थी। काकू पापा से कहते थे, ''हम लोग सरकारी नौकर, हम क्या देश बदलने की बात करेंगे? ओह! ये

लड़का कहाँ से गलत लोगों की कम्पनी में फँस गया? सुनते हैं, हथियार भी इकट्ठा किया था, इन लोगों ने...''

उस दिन यह सुन मुझे साँप सूँघ गया। बोड़ो दा गलत थे? क्यों सब ऐसा कह रहे हैं? हथियार सुन मेरे दिमाग़ पर पत्थर के गोले ज़ोर-ज़ोर घुमेर लगाने लगे। मैं अब भी बड़ों के बीच बैठती थी और अब बड़ों की बातें बेहतर समझती थी। काकू की ये बातें सुन मैं वहाँ से भाग खड़ी हुई और बाहर गेट के पास पड़ी बोड़ो दा की साइकिल के पास खड़ी हो गई। मुझे वह दुपहर याद आई जब हमने सबकुछ कदमकुआँ की उस गन्दी नाली में बहा दिया था। वह कागज पत्तर, वह गोल पत्थर...! आज मुझे लेकिन उसका अफसोस होने लगा। मुझे लगा, अगर उनको रखने की वजह से बोड़ो दा जेल गए तो उनको पकड़े जाने के पहले ही फेंकने की ज़रूरत क्या थी? कितना अपव्यय था यह सपनों का। मुझे बोड़ो दा के द्वन्द्व और उससे उपजे निश्चय पर रोष जगने लगा।

कुछ दिनों बाद पता चला, बोड़ो दा और उनके साथियों पर मुकदमा चलने तक उन्हें अनजान ठिकाने पर क़ैद करने का सरकार द्वारा आदेश हुआ है। इस तरह सरकार ने बहुत लोगों की मुश्किल आसान कर दी। काकू के यहाँ बोड़ो दा को भुलाने की प्रक्रिया तेज़ कर दी गई। मुहल्ले में उनका नाम लेना वर्जित हो गया और केया दी, जो क्रमशः हमसे दूर से दूर होती जा रही थीं, ने अपना पता ही बदल लिया। किसी अनजान मुहल्ले में चली गईं वे।

जीवन तो घिसट रहा था। हम जीवन जीते थे और अव्यक्त-सा इन्तज़ार करते थे—किसी ख़बर का।

फाल्गुन की उतरती दुपहरी थी। (यह भी अजीब संयोग था, मेरे जीवन की सारी महत्त्वपूर्ण घटनाएँ दुपहर में घटित हुईं।) उस दिन कॉलेज से जल्दी लौटना हुआ। देखा, माँ काकी माँ के घर बैठी हैं। मैं भी वहीं चल दी। कमरे में धूपभरी चुप्पी गर्म हो रही थी। मुझे लगा, अगर जल्दी सवाल नहीं शुरू किए तो हम सब जल जाएँगे, ''क्या हुआ? सब लोग इतने चुप?''

''पानी उधर है, पी ले पहले।'' काकी माँ ने खाली आवाज़ में अनुनय किया।

मुझे अजीब लगने लगा। ''हाँ, लेती हूँ।'' मैंने धीरे से गिलास उठा, चुस्की से नाप-नाप पानी पीना शुरू कर दिया—एक, दो, तीन...

''रजत का फोन आया था।'' चुस्की कुल्ला बन बाहर आ गई। ''सँभाल के बेटा।'' काकी माँ की आवाज़ का खालीपन बरकरार था।

''फोन आया था, यह तो बड़ी खुशी की बात है...और आप लोग इस कदर चुप बैठे हैं...क्यों?''

''खुशी की क्या बात बेटा! क्या यह जान लेना कि वो ज़िन्दा है, खुशी की बात है?''

''क्या नहीं है काकी? अब तक तो हमें ये भी पता नहीं था...'' मेरी आवाज़ टूटे सितार के तारों-सी भर्राने लगी, ''वे जिन्दा हैं...वे जिन्दा हैं!''

''हाँ, बेटा ज़िन्दा है और अमेरिका में है, हमेशा के लिए अमेरिका में। देश छोड़ दिया उसने। बता, अब इस ख़बर पर क्या खुशी मनाएँ हम? बता तो...?'' यह कहकर काकी माँ अपने पृथुल शरीर को हिला-हिला रोने लगीं।

माँ उनके सिर पर हाथ फेरती रहीं और वे रोती रहीं अनवरत। हाँ, मुझे लगा ही था कि वह अनवरत चलने वाली रुलाई है और अब काकी माँ के जीवन से चिमट गई है। उनकी त्वचा पर उगते सफ़ेद चकत्तों में अपना ठिकाना ढूँढ़ लिया है उसने। अब काकी जब भी अपने शरीर का कोई चकत्ता छुएँगी, वहाँ से पानीदार रुलाई बह निकलेगी।

कैसा नाटकीय था सबकुछ! नाटक से अधिक नाटकीय जीवन! बहुत बाद में उड़ते-फिरते यह ख़बर हमें मिली थी—अमेरिका से ह्यूमन राइट्स कमीशन की कोई वॉलन्टियर टीम आई थी, जिसने बोड़ो दा के केस की ज़ोरदार पैरवी की और ऐसे अपराधियों की खबरों के सेंसरीकरण के युग में हमें पता ही नहीं चला, कब बोड़ो दा रिहा हुए और अमेरिकी हो गए हमेशा के लिए। अब तक के समझौतावादी जीवन के ठहरे पानी में एक गड़नेवाला पत्थर उछाल दिया था बोड़ो दा ने। मुझे शान्त रहने ही न दिया। सवाल करने लगी मैं।

''मगर बोड़ो दा अमेरिका कैसे जा सकते हैं? उसी अमेरिकी साम्राज्यवाद के खिलाफ तो उनकी लड़ाई थी...?'' मैं फालतू में काकी से सवाल कर रही थी।

काकी क्या जानती थी बोड़ो दा का कर्म और अमेरिका का धर्म? उनकी नज़रों में तो उनका बेटा खूँखार अपराधियों के चंगुल में फँस गया था और अब विदेशी हो गया था। उनके लिए तो वह जीते जी मरा-सा ही था—खास तौर से उस संवादहीनता और शीतयुद्ध के दौर में। कहती रहीं काकी बार-बार, ''कोई नाता नहीं रखा? मानती है न अब? हमेशा उसकी पैरवी करती रही।''

मैं क्या कहती? मेरे हीरो को तो किसी अमेरिका नाम के जादूगर ने छोटी-सी छाया बनाकर चिपका दिया था, उन दरो-दीवारों में जो मेरे मन के भीतर थे और जहाँ इससे पहले मेरे हीरो की एक धड़कती विराट छवि रहा करती थी, जो मेरी प्रेरणा हुआ करती थी—उफ!

काकू ने ख़बर सुन दाँत पीसे और वहशी की तरह घर का सामान पटक-पटक चिल्लाए, ''साला...मेरा बेटा हो ही नहीं सकता ये, पहले अपराध कर परिवार का

नाम मिट्टी में मिलाया और अब विदेश भाग गया...जरा भी साहस नहीं, आह! और जो हम पैरों में फफोले उगाए, उसका पता ढूँढ़ते रहे, इतने बरस तो वो साला विदेश में मजे से बैठा था और हमें फोन से ये ख़बर देता है...और इसके अलावा कुछ नहीं, न पता न ठिकाना, न मिलने की कोई बात?"

काकी ने कहा कुछ नहीं, बस काकू को देखती रहीं और काकू के रक्त को ही दोष देती रहीं।

सचमुच बोड़ो दा ने उसके बाद कोई ख़बर नहीं की—आज तक नहीं। लोग स्वीकार करें न करें, मगर वे उस आशा की डोर से कई वर्ष बाद तक बँधे ही रहे थे और सोचे थे कि वे वापस लौट आएँगे। मगर जब चुप्पी नियति हो गई तो भूलना उसका विस्तार और भीतर की कठोरता जीवन की पदचाप, जिसमें उमंग नहीं थी तो क्या हुआ, धीमी गति तो थी। वही, जिससे हम सब संचालित हो रहे थे।

सुना था, उसी दौरान केया दी—वही केया दी—बोड़ो दा के प्रेम की भट्ठी में तपती केया दी, प्रेम की आँच से गुजरती हुई पहले तो ताँबई हुईं फिर उस सफर में चलते-चलते अनायास झुलस गईं। बोड़ो दा के अचानक अमेरिका चले जाने की ख़बर के बाद उनके जीवन का मोड़ बदल गया। वह मोड़ केया दी के जीवन का प्रस्थान बिन्दु साबित हुआ क्योंकि ठीक वहीं से केया दी—हमारी सुन्दर, कॉलेज की टॉपर केया दी। एक भारी बड़े इंडस्ट्रियलिस्ट से अपनी पसन्द की शादी कर दिल्ली चली गईं—ख़ूब ठाठ करने! नए सपने निर्मित करने!

और काकू अब उम्रदराज और रिटायर हैं। अपने उसी पलँग पर टँगे रहते हैं। विभ्रम ऐसा कि जब आँगन में लगे जवाकुसुम के लाल-लाल फूलों से लतराए घने झाड़ पर पन्डूक चिड़िया अपनी सीटीनुमा आवाज़ से वातावरण में रहस्य घोलने लगती है, तो काकू चिल्ला उठते हैं, 'रजत कोथाये तुमी?' (कहाँ हो तुम रजत?) पन्डूक बोड़ो दा की सीटी, बस क्षण भर को बनती है। वही रहस्यमय सीटी जो बोड़ो दा और उनके दोस्तों के मध्य की भाषा थी, जिससे ही संकेत, आदेश, और निर्देश सम्प्रेषित होते थे। मैं जानती हूँ, जिद कर बोड़ो दा से मैंने भी उस सीटी को बजाना सीखा था बचपन में। फिर पन्डूक उड़ जाती है फुर्र असीमित सम्भावनाएँ उत्पन्न कर...फुर्र—ठीक बोड़ो दा के समान, अनर्गल प्रलाप करते काकू को वहीं पलँग पर टँगा छोड़—भूलने और याद रखने की महीन सुतली पर डगमग।

काकी बगल के दूसरे कमरे में अपने घर में काम करनेवाली लड़की से अपने पैर दबवाती रहती हैं। उन्हें इतिहास अपने ढंग से दुहराना अच्छा लगता है। सिराजुद्दौला, उसकी तमाम बेगमों और उनकी औलादों की चीखों को दफन कहाँ

कर पाया खानदान? ''सुन,'' वे कहती ही रहती हैं, ''वे सिसकियाँ सिर्फ़ मुर्शिदाबाद के उन मकबरों में नहीं, (जहाँ काठ की नाव पर सवार होकर जाया जाता है) बोड़ो राजा के वंशजों की साँसों में भी उतरी हैं, पता नहीं, तू सुन पाती है या नहीं?'' उन्हें यह कहना अच्छा तो लगता है, मगर वे मुझ जैसे इतिहासविद् की वस्तुपरकता पर भी ढेर विश्वास रखती हैं। बहुत प्यार करती हैं मुझे। कई बार मुझे लगता है, मेरे भीतर वह एक रजत घोषाल ढूँढ़ती रहती हैं।

और मैं? मैं उसी कॉलेज में पढ़ाती हूँ, जहाँ कुछ वर्षों पहले तक पढ़ती थी।

अब उस दिन की बात, जिस दिन कॉलेज में एक्स्ट्रा क्लास लेने के बाद, मैं पटना मार्किट चली गई थी। बस यूँ ही, कुछ दुकानों को देखने। बोड़ो दा की साइकिल पर बैठ कितनी बार आई थी यहाँ। तब से बदल गई थीं दुकानें। रोशनी, रंगीनियत और शोर, 'प्रिय, अप्रिय' दोनों प्रकार का भर गया था बाजार में। मैं लौटना चाहती हूँ एक दूसरे समय में लेकिन इस तेज़ी से गुज़रते समय की रफ़्तार मुझे बतलाती है बार-बार—'कुछ भी स्थिर कैसे हो सकता था? सब तो बदल ही गया न?' यह मैं नहीं, मेरे सामने चलनेवाले दो पुरुष कह रहे थे। मैं मुस्कुरा दी। वे भी मेरी तरह कुछ पुराना ढूँढ़ते हुए भटक रहे थे। कुछ बन्द गलियों को अपने भीतर तलाश रहे थे क्या? पता नहीं क्या सूझा मुझे, मेरा मन किया, मैं उन दोनों का चेहरा देखूँ। यूँ ही बस कुछ छूट जाने की निराशा मुझे उनको देखने को उकसा रही थी। मैं तेज़-तेज़ चल, कुछ दूर आगे एक बिजली के पोल के पास खड़ी हो गई। वे मेरे नजदीक आए और मैं बचपन की तरह उछल गई। मैं उनमें से एक पुरुष को पहचान गई थी, वे 'प्रफुल्ल दा' थे—बोड़ो दा के सबसे अभिन्न मित्र। थके, हारे, निराशा के लबादे में लिपटे। काले फ्रेम के पीछे छिपी आँखें मगर अपनी हलकी होती चमक के बावजूद मुझे बता गई—'प्रफुल्लदा' ही हैं रे! मेरे अन्दर बचपन वाली शरारत भर गई। कितनी बार प्रफुल्ल दा का चश्मा चुपके से उतार अपनी नाक पर चढ़ा लेती थी मैं। मैं उनके सामने दोनों हाथ सीने पर बाँध खड़ी हो गई। वे दोनों सिटपिटा गए। भरे बाज़ार में एक स्त्री इस तरह उनका रास्ता रोक रही थी। वे अगल-बगल देखने लगे। मुझे मज़ा आ गया। आज वर्षों बाद मैंने किसी को खुलकर तंग किया था। मैं ज़ोर से हँस पड़ी। शायद वह भी वर्षों बाद।

''प्रफुल्ल दा...!''

प्रफुल्ल दा हैरत से मुझे देख रहे थे, ''हैं? आप मेरा नाम कैसे जानती हैं? कौन हैं आप?''

''नहीं बताऊँगी, बूझिए,'' मैं इठलाई।

प्रफुल्ल दा सकपका गए और उनका साथी पसीना-पसीना।

मैं फिर हँस पड़ी। "मैं जानती हूँ, नहीं बूझ पाएँगे आप...मगर मैं इतनी जल्दी नहीं बताऊँगी। चलिए, पहले कॉफी पिलाइए, तब...और वो भी अपने घर पर।"

प्रफुल्ल दा घोर असमंजस में पड़ गए, "घर? चलिए, फिर वहीं..." फिर अपने साथी से कहने लगे, "तुम भी चलो।" साक्षी के साथ का साहस खोज रहे थे वे और मुझे जानने की उत्सुकता भी दबा नहीं पा रहे थे।

कोई बात नहीं, उन्हें छकाने में मजा आ रहा था मुझे। उनके घर पहुँच ख़ूब तंग करूँगी उन्हें, हँसूँगी, और जी किया तो रो भी लूँगी।

हम रिक्शा कर राजेन्द्र नगर पहुँचे जहाँ प्रफुल्ल दा का घर था। मैं उस घर में बोड़ो दा के साथ कई बार आ चुकी थी। प्रफुल्ल दा अकेले रहते थे, उस वक़्त तो...मुझे लगा, अब परिवार होगा—पत्नी, बच्चे वगैरह, मगर घर खाली था। अजीब-सी अस्पताल वाली ठंडक का आभास देता। फर्नीचर भी कुछ खास नहीं। वही एक राकिंग चेयर, एक पलँग और एक मेज और कुर्सी जो बरसों पहले हुआ करती थी। कमरा खुलते ही मैं राकिंग चेयर पर भागकर बैठ गई। प्रफुल्ल दा हत्प्रभ। घर से परिचित होने की मेरी सहजता से।

फिर उनको और हैरान करते मैंने पूछा, "और वो जो उस दीवार पर लेनिन का बड़ा चित्र हुआ करता था, वो कहाँ गया?"

प्रफुल्ल दा धीरे से बोले, जैसे कब्र की खाई से ऊपर आती आवाज़ में कह रहे हों, "ये तो लगभग तीस साल पहले की बात है...आपको कैसे मालूम? कौन हैं आप?"

"भूत नहीं हूँ प्रफुल्ल दा।" मैं स्वरों में पूरी नाटकीयता भर बोली। मुझे उन्हें छकाना जो था। "मैं वर्तमान ही हूँ मगर कल भूत में भी थी, थोड़ा याद करने की कोशिश तो कीजिए...!" कमरे में खालीपन बढ़ने लगा, चुप्पी उसमें इजाफा करने लगी, "क्या आप भी सब भूल गए?" फिर मैंने तुरुप का पत्ता फेंकने के अन्दाज में कहा, "क्या रजत घोषाल याद नहीं? भूल गए क्या? क्या रजत घोषाल को पूरी तरह आप भी भूल गए?"

"क्या...?" प्रफुल्ल दा का चेहरा पहले क्रोध से लाल हुआ, फिर निचुड़कर रंगविहीन हो गया। प्रफुल्ल दा मुझे पहचान गए थे...पूरा पहचान गए थे।

"पहचाना अब?" मेरी आवाज़ में वर्षों का जमा भारीपन आज प्रफुल्ल दा के सामने बेबाक ढंग से खुल गया और प्रफुल्ल दा अपने दोनों हाथ विवशता में मलने लगे थे। मुझे यकीन होने लगा, अब हम सब रजत घोषाल को याद कर रोने लगेंगे—उनको, उनके टूटे सपनों को...सबको याद कर।

"प्रफुल्ल दा," मैं उनकी बात का इन्तज़ार किए बिना बोल रही थी। मैं अपने

परिचय को ले आत्मविश्वासी हो गई थी। वर्षों बाद डंके की चोट पर बोलने लगी, "अब तक तो मैं बोड़ो दा के खानदान की इतिहासविद् बनी हुई थी। आपको जानकर अच्छा नहीं लगेगा, शायद, निरी रोमानियत लगे ये, मगर, बोड़ो दा मेरे हीरो थे। वे मुझे कहते थे—बड़ी हो जा तू, तब ज़रूर मेरी साथी होगी। तब नहीं समझ पाती थी उनकी बातें; मगर जब से सब समझने लगी और वे रहे नहीं सामने, तब से आपको ढूँढ़ रही हूँ।"

"क्यों?" प्रफुल्ल दा की आवाज़ में कमरेवाला ठंडापन भर आया था। "क्यों? क्या जानती नहीं, देखती नहीं, पूरी दुनिया बदल गई? अब क्या बचा? एक अप्रासंगिक लुटा-पिटा बचा-खुचा प्रतीक! आह!"

मैं देख रही थी, प्रफुल्ल दा मातम मना रहे थे—सच्ची का मातम। इतने वर्षों से अपनी हार को छुपाते-छुपाते कितने निरीह हो गए थे वे! क्या इतने वर्षों में कभी रोए भी नहीं? कैसे बिलख-बिलखकर रोने लगे! किसी भी बीमारी का उपचार तो पहले उस बीमारी को स्वीकार करना था न...सब जानते थे, क्या प्रफुल्ल दा नहीं जान पाए थे अब तक...? और रजत घोषाल? जो बीमारी का पता लगते ही भाग गए...उन्होंने भी माना नहीं कि बीमारी को पहचान उसका उपचार ज़रूरी था। वे भी क्या किसी के इन्तज़ार में आज भी बैठे होंगे? कोई ऐसा जो उन्हें रुला सके? मुझे अचानक अपने चारों ओर फैला विषाद मनगढ़ंत लगने लगा। मैंने धीरे से उठ प्रफुल्ल दा की हथेली अपने हाथ में ले ली और उन्हें छोटे बच्चों-सा धीरज बँधाने लगी, "प्रफुल्ल दा, मैं फिर आऊँगी।" मैं कहना चाहती थी, हमें सिर्फ़ रोना नहीं, हँसना भी तो है इसीलिए फिर आऊँगी। लेकिन कह नहीं पाई। इस बीच प्रफुल्ल दा मुझे नितान्त अबूझ ढंग से देखने लगे। मानो मैं कोई फंतासी फिल्म हूँ! वे अपनी जगह उठ खड़े हुए, उन्होंने अपने दोनों हाथ सलीके से जोड़े, मुझे नमस्कार करने के लिए। मैंने देखा, उनके बाएँ हाथ में पाँच के बजाय तीन ही उँगलियाँ बची थीं। नमस्कार करते वक़्त प्रफुल्ल दा मुझे सम्बोधित भी कर रहे थे, उतने ही सलीके से, "माफ कीजिएगा, आप अच्छी बातें करती हैं, मगर मैं आपको पहचान नहीं पाया।" और उनके हाथ दरवाजे से बाहर जाने को, मुझे इशारा करने लगे।

सम्भावना तो थी कि प्रफुल्ल दा मुझे नहीं पहचानेंगे, मगर उम्मीद नहीं थी कि प्रफुल्ल दा मुझे ऐसे नकार देंगे। सच कहूँ, मुझे अपमानित जैसा नहीं लगा। सब विश्वास और आस्था की बात थी...अपने ऊपर विश्वास और आस्था की। मैं प्रफुल्ल दा के घर से बाहर निकल आई। मैंने एक रिक्शा रोका और घर की ओर चल पड़ी।

आसमान में सूरज डूब रहा था। थोड़ी देर में तो रात ही हो जाएगी। मैंने सही समय अपनी राह पकड़ ली थी। डूबता सूरज भी ग़ौर से देखने पर कितनी लाली और आभा से भरा दिखता है, मैंने महसूस किया। उसकी अन्तिम किरणें मेरे आसपास को अपने दुलार से सहला रही थीं। सड़क किनारे की दीवारों पर पपड़ियाए, उखड़ते रंगों के बीच, एक नारे ने मेरा ध्यान खींच लिया। कितनी बार तो इस सड़क से गुजरी थी। आश्चर्य, आज से पहले क्यों न देख पाई थी इसे– 'जल, जंगल, जमीन पर हमारा अधिकार है?' मैं आसमान ताक मुस्कुरा उठी। सूरज की अन्तिम किरण ही सही, मगर कितनी काफ़ी थी–भरे, फैले पपड़ियाए शब्दों को स्पष्ट दर्शाने के लिए!

टोली

एक दोमंजिला पक्की इमारत के नीचे खुला-खुला-सा बरामदा था। बरामदा सड़क के सामने मुँह बाए रहता था। चौरस। आमन्त्रित करता हुआ। न जाने उसके वहाँ होने का क्या प्रयोजन था, क्योंकि बरामदे से होकर घर का कोई दरवाजा भीतर, घर के भीतर, नहीं खुलता था। घर के भीतर जाने के लिए, बरामदे से सटी कुछ सीढ़ियाँ थीं, जो पहले एक सँकरे रास्ते से होते हुए दरवाजे के सामने ठक से पहुँचा देती थीं। लगता था, ऊपर की मंजिल पर लोग रहते थे, नीचे सामान-वामान रखा जाता था, इसलिए नीचे के हिस्से को खास तवज्जो नहीं दी गई थी। वहीं सीढ़ियों से लगा, एक एस.टी.डी. बूथ था, जिसका मालिक 'लेज' के चिप्स और 'चीटोस' के साथ 'कोक' और 'पेप्सी' भी रखता था। उस बूथ से सटी फिर कई इमारतें थीं। नीचे की सारी मंजिलें व्यावसायिक और ऊपर रिहायशी।

सबसे पहले भागीरथी की नज़र उस बरामदे पर पड़ी थी। वह इब्राहिमपुरा, पीरगेट और चौक बाजार में धन्धा करता था। उसका धन्धा गतिशील था। उसे अपने धन्धे की गतिशीलता से बाकदम दौड़ लगानी पड़ती थी। कई बार दिनभर चलता रहना पड़ता था, कई बार बैठते वक़्त ठिकाना बदलना पड़ता था और सोने के लिए नित नई छप्पर की छाँह तलाशनी पड़ती थी।

बचपन से उसकी वही स्थिति रही थी। बस, वेशभूषा में अन्तर आ गया था। बचपन में बच्चा, लड़कपन में लड़का और आज प्रौढ़ावस्था में साधू बाबा लगता था वह। बड़ी-बड़ी खिचड़ी दाढ़ी, छाती तक झूलती हुई, लम्बे बाल तेल लगाकर जतन से पीछे डोरी से बँधे हुए, मोटा सफ़ेद कुर्ता और मोटी औरस धोती। कन्धे पर तह कर जमाई हुई रामनामी के साथ जब लाल त्रिपुंड माथे पर हाहाकार करने लगता तो वह पूरा-का-पूरा बच्चों की किताबों में अंकित साधू बाबा की नकल लगता, जो मौसम की तरह मिज़ाज बदलने में भी माहिर होता है। नौ रसों के सारे रस उसकी विहंगम मुद्राओं से झलकने लगते। वह एक चतुर चितेरा था, आदर्श और पूरा। लड़कपन से अभ्यास करते-करते मिज़ाज-मुद्रा प्रदर्शित करने में

एक चालाकी पनप गई थी। वैसे इसके अलावा उसके पास कोई चारा भी नहीं था, उसके धन्धे की माँग ही ऐसी थी। उसका धन्धा जो अनन्तकाल से चला आ रहा था। अपने आप में जरायम और तिरस्कृत! समाज के नासूर के रूप में चर्चित और बहिष्कृत। निहायत एकाकी और वनैला।

भागीरथी के लिए मगर उसका धन्धा प्राणों से प्रिय और बेहद अपना। बचपन से जिसका आदी हो तन और मन—उसका तनिक भी विस्थापन अपने में से सम्भव नहीं और भागीरथी जैसे व्यक्ति के लिए तो यह और भी असम्भव था। वह कड़ियल था, जिद्दी था और थेथर होने की हद तक बेशर्म! मगर साथ-ही-साथ वह आनन्द से था—परम आनन्द से! उसके अपने तन और मन की अपने धन्धे द्वारा प्रदान की व्यवस्था अच्छी लगती थी। उसे अपना धन्धा अच्छा लगता था। उसे अपने त्रिपुंड का हाहाकार अच्छा लगता था। उसे अपनी रामनामी की माया अद्‌भुत लगती थी। आने-जाने वालों की नज़रों से जब उसकी नज़रें टकराती थीं, तो उसे रोमांच हो उठता था और जब उसके सामने पसरी अल्मूनियम की थाली पर सिक्के झन्नाटेदार संगीत के साथ जुगलबन्दी स्थापित करते थे तो वह अध्यात्म की परम अवस्था में पहुँच जाता था। 'आज के खाने-पीने का इन्तज़ाम हो गया।' उसका रोयाँ-रोयाँ चीखने लगता था। हो गई बैठकी बहुत। अब पाए गए पैसों को ठिकाने लगाना था। उस एरिया के सब लोग कर्फ्यू माता मन्दिर के बाहर बैठनेवाले उस भिखारी को अच्छी तरह से पहचानते थे, जो अपने निहायत निजी क्षणों में अपने को भिखारी बाबा नहीं अपितु 'भागीरथी' बुलाना पसन्द करता था, उसी भागीरथी की नज़र जब उस खुले-खुले बरामदे पर पड़ी तो उसकी आँखें चमक गईं। वैसे तो देखने में बरामदा नाबाद लगता था, पर हमेशा यही आलम रहता होगा, इसकी गारंटी सुरक्षित करने के उद्‌देश्य से उसने हफ्ते भर उस बरामदे पर नज़र रखने की सोची।

जब हफ्ते भर तक वहाँ लँगड़े मरियल कुत्तों के पूँछ फटकारकर गुड़ी-मुड़ी होकर सोने के अलावा किसी तीसरे प्रकार के प्राणी की आमद नहीं हुई, तो भागीरथी आश्वस्त हो गया। सड़क के डिवाइडर पर बिताई गई रातें खाली बरामदे द्वारा प्रस्तुत की गई सम्भावनाओं के आगे अब तंग करनेवाली प्रतीत होने लगीं। उसे याद आने लगा, कभी ठंड ज़्यादा हो जाती थी, कभी बारिश बेईमान हो जाती थी, ऐसी मूसलाधार होकर तांडव करती थीं कि रात भर जागना पड़ता था। वैसे उसके लिए अब ये सब बड़ी बातें न थीं। ये सारी प्राकृतिक अड़चनें उसे अपने और प्रकृति के साथ होने का संयोग मात्र लगती थीं। इससे उग्र कोई खास उज्र न था। पर यह तो था ही कि कोई आसानी से उपलब्ध छाँह अगर मिल जाती

तो कुछ रातें ज़रूर अधिक आराम से कट जातीं और साथ ही छाँह का धन्धे के क्षेत्र से नजदीक होना एक अनुकूल स्थिति उत्पन्न करता था। अब उसे रात की निश्चिन्तता के साथ दोपहर का 'सिएस्टा' भी नसीब होने लगा था; अर्थात् दोपहर के भोजन के बाद 'एक लम्बी खरार्टेदार नींद'।

एक दिन भरी दोपहर को ग्राहकों से लस्त-पस्त चौक के पास, कर्फ्यू माता मन्दिर के बहुत पास स्थित, उस बरामदे में भागीरथी अपना बोरिया-बिस्तर गट्ठर-शट्ठर ले स्थापित हो गया। खेत में लावारिस पड़ी देवता की मूर्ति समान मन्दिर में स्थापित और प्राण प्रतिष्ठित। लगता था, घर में कोई मालिक-वालिक रहता नहीं था। सब-के-सब किराएदार थे, सो बरामदे के भ्रष्ट और नष्ट होने के ख़्याल से चिन्तित नहीं दिखते थे। अड़ोसी-पड़ोसी ने भी भागीरथी के आने को पहले तो जिज्ञासा से देखा फिर उसको वहाँ देखने की उन्हें आदत पड़ गई। किसी ने भी उसे वहाँ से बेदखल करने की कोशिश न की। लिहाज़ा, अब सब जय सिया राम था। टंच और सन्तुष्ट।

उस उमस-भरी दोपहर में जब एक दिन भागीरथी अपने कर्म की नियति को अंजाम दे, रोटी और छोले खरीद, भागता हुआ अपने दौलतखाने लौटा तो देखकर हैरान रह गया—एक कुर्ता-पायजामा पहना हुआ उसी की उम्र का आदमी निहायत हड़बड़ी से अपना बोरिया समेटकर भागने की जल्दी में था। उसने धम्म से अपना सामान बरामदे के एक कोने में पटका और कड़का, "क्यों, कौन है तू? यहाँ क्या कर रहा है?"

बोरिया समेटनेवाला इससे डर गया और बिना कुछ बोले अपना बोरिया काँख तले समेटकर तेजी से बरामदा पार करने लगा। लम्बे-चौड़े, कौड़ियाले भागीरथी से बचना इतना कहाँ आसान था। कूदकर, कन्धा कसके पकड़, दाब लिया, "बोल...वरना यहीं चित करता हूँ।"

"मीं-मीं-मीं।" पाजामा, कुर्ता मिमियाया, "मुसद्दी नाम है, अब नहीं आऊँगा यहाँ, खाली जगह देखी तो थोड़ा सो गया...अब कभी नहीं...।"

"क्यों, बाहर गाँव से आया?"

"हाँ," मुसद्दी ने सिर जल्दी-जल्दी हिलाया, "दूर गाँव से आया हूँ।"

"अच्छा...।" भागीरथी ने उसे ऊपर से नीचे तक घूरा, जब ठीक से ठोंक-बजाकर देख लिया तो बोला, "बहुत गरीब तो लगता नहीं है, कपड़े भी साफ़ हैं तेरे, पैसा तो कुछ कमाता ही होगा...ठीक...रह जा कुछ दिन यहाँ, पर रोज़ पाँच रुपया देना पड़ेगा, रहने का किराया समझ...।"

भागीरथी की चालाकी का शिकंजा कसने लगा। मुसद्दी करता क्या न

करता! बाबा के तेज के सामने औचक धँस गया। वापस बोरिया खोल बरामदे के बाहरी सिरे पर भागीरथी के जानमाल की सुरक्षा हेतु नियुक्त चौकीदार समान पड़ गया।

भागीरथी अपनी इस जीत पर मुस्कराया। पाँच रुपए की इस बँधी-बँधाई आय से रात के दो घूँट के इन्तज़ाम होने के आसार बँध रहे थे। उसके लिए तो आज का दिन जय सिया राम हो गया था।

भागीरथी ने अपनी दिनचर्या से मुसद्दी को परिचित करवा दिया। नहाए-धोए बिना दो दिन से ज़्यादा गुज़ारा नहीं। हर दूसरे-तीसरे दिन ये दिल से नामंज़ूर प्रक्रिया अपनानी ही पड़ेगी। कपड़े चूँकि एक ही जोड़ हैं तो हैंडपम्प पर नंग-धड़ंग बैठ उनके सूखने का इन्तज़ार भी करना होगा। हो सकता है, उस दिन कमाई आधी हो, पर चीकट साधू बाबा आज के युग में पैसे नहीं बटोर पाते। कुछ त्रिपुंड के हाहाकार से मेल खाता परिधान का चमत्कार भी होना ही चाहिए। खाना दोपहर को मन्दिर बन्द होने पर कालू के ठेले से खरीद कर खाना होता था। रात को भट्ठी के अड्डे से पव्वा भरकर शीशी में लाना होता था और फिर जय सिया राम—अगली सुबह तक न होश न सपने।

मुसद्दी आज्ञाकारी नौकर समान भागीरथी के क्रियाकलापों की प्रत्याशा में जीने लगा। वह भागीरथी की ओर ताकता और उसकी भावों की प्रत्यंचा में सधे अपने आदेशों को पढ़ लेता था। ज़्यादातर शामों को वह भागीरथी के पाँच रुपए अदा करता था। जिस दिन नहीं कर पाता, रिरियाता, असफल दिन का ब्यौरा पेश करने को व्याकुल हो उठता था, पर भागीरथी उसकी एक न सुनता था, धुन के रख देता था।

जब प्रेत ने एक दिन यह नजारा अपनी आँखों से देखा कि दबंग भागीरथी डरपोक मुसद्दी को डपट रहा है और पड़ोसी दुकानदार लुत्फ उठा रहे हैं तो उससे रहा नहीं गया। वह बरामदे के सामने खड़ा हो अपनी देसी और अफीम से मिलकर बनी समझ में न आनेवाली आवाज़ में चिल्लाया, "अब...साल्ले, कमज़ोर को छेड़ता है? रैकेट बना रखा है। तेरे बारे में सब जानते हैं।"

भागीरथी और मुसद्दी के इस गोपनीय समझौते पर एक अजनबी के बोल उल्कापात से थे। वे डगमगा गए। भागीरथी ने नफरत और शक से मुसद्दी की ओर देखा। मुसद्दी समझ गया, उसे मौखिक जुबान की आवश्यकता नहीं थी, सवाल था, "क्यों बे! पैसे वाली बात की गद्दारी की क्या?"

मुसद्दी उठकर खड़ा हो गया और जवाब में चीखा, "कौन बे? ये हमारा आपस का मामला है, तू कौन होता है बीच में बोलनेवाला...भाग नहीं तो टाँगें

तोड़ दूँगा। साला दो कौड़ी...!"

मुसद्दी के इस शौर्य-भरे प्रदर्शन पर आस-पड़ोस इकट्ठा होने लगा। ललकार थी भई, एक कुख्यात डरपोक की! भागीरथी भी डरपोक का यह रूप देख एकबारगी असन्तुलित हो गया। खड़ा हो गया मुसद्दी के साथ। अब तो मुसद्दी और चौड़ा हो गया। अड़ोस-पड़ोस छेड़ने लगा, चुहल करने लगा, "चलो...हो जाए, देखो, कौन है ये...चल साला...वाह-वाह...!"

भागीरथी जैसे अकेले भिखारी के पक्ष में एक पूरा आदमी खड़ा हो गया था। क्या मज़े की बात थी!

"ओ...हिक...हिक...नाम पूछता है? मेरा नाम? साला, मालूम नहीं, जाटव बोलते लोग मेरे को...हिक...हिक...मरा ढोता हूँ...साले, तुझे ढोने की बारी है आज। ढोंगी बाबा की फटकार खाता है रोज़, चल आज...ही फेंकूँ तुझे मरा कहीं का!"

"चोप्प!" अबके भागीरथी गरजा, "एक पड़ेगा तो अधमरी बॉडी यहीं नाले में लोट जाएगी। नंगा कहीं का, अफीमची! एक बार में ही चकनाचूर हो जाएगा। भाग यहाँ से...साला...प्रेत कहीं का!"

बस! उसी दिन से जाटव (जो उसका नाम नहीं, जाति थी) का नाम प्रेत पड़ गया। अधनंगा शरीर, नीचे फटी काली फुलपैंट, जो उसके शरीर के रंग से एकसार हो एक हवा में झूलते प्रेत की इमेज गढ़ती थी, पर प्रेत नाम एकदम नाप के कसे हुए जूतों समान फिट हो गया।

एस.टी.डी. बूथ का अठारह वर्षीय नौकर किशोर इस नामकरण पर ख़ूब हँसा, "अरे बाबा—देखो तो, पी-पी के फूँक सरकी हुई है, फिर भी सीने के नाम पर ढाँचा फुलाकर अटैक कर रहा है...। प्रेत ही है, सही का प्रेत।"

भले ही नशे की मार से प्रेत पूरा पिटा-पिटा था, फिर भी उस एक क्षणिक लम्हे में उसे अपने को एक नाम द्वारा नवाजा जाना भला-सा लगा। नाम यानी भीड़ के बीच एक अलग व्यक्ति के तौर पर पहचान, वरना आज तक तो वह जाटव था, मरे जानवर ढोनेवाला अपनी जाति का प्रतिनिधि। कुछ लोग इस दलील पर शुबहा कर सकते हैं कि इतने पिए-पाए गुरबा गलीज़ को क्या ऐसी बातें तंग करती होंगी कि उसका आज तक कोई नाम नहीं था और उसका भी एक नाम होना चाहिए...? पर पहचान की इस बेचैनी की बात ख़ुद प्रेत ने उद्घाटित की एक रात, जब वह भागीरथी और मुसद्दी से दोस्ताना गाँठ चुका था, यानी कि इस घटना के कई दिन बाद।

"क्यों?" किशोर एक दिन भागीरथी को छेड़ता बैठा था, "उस प्रेत के दर्शन

हो रहे हैं कि नहीं?''

''हा...हा...हा...!'' भागीरथी बादलों की तरह कड़का, ''बच्चा है, बाबा के चरणों से दूर कैसे रह सकता है?''

''अरे बाबा, तुम तो वाकई पहुँचे हुए हो, उससे कितना लोगे यहाँ रहने का? हा...हा...!'' किशोर ने भँवें मटकाईं।

''अरे हट...वो यहाँ क्यों रहने आएगा, अफीमची है। बड़ी बावड़ी के बाहर पड़ा रहता है, कब्रिस्तान के सामने ठिकाना है उसका। बस, यहाँ थोड़ी मौज करने आ जाता है, पीने-खाने के बहाने। अपनी शीशी का बचा पानी मिला के दे देता हूँ उसे। माँग-मूँग के यहाँ-वहाँ से इतना पी के पहले से आया रहता है कि दो घूँट में ही तृप्त और हमारा भगत... ।''

''अच्छा!'' किशोर का मन उन दो घूँटों की छटाँक भर कल्पना कर ललचने लगा। उसे ऐसे कड़क बाबा से किसी के प्रति ऐसी उदारता की उम्मीद न थी, फिर भी बोल पड़ा, ''कभी हमें भी... ।''

''किशोर...'' तब एक एस.टी.डी. बूथ का मालिक गरजा और किशोर अपने वेल डिसर्व्ड ब्रेक के बाद वापस काम पर चल दिया।

अब पड़ोस देखने लगा था। हर दोपहर तीन लोग उस बरामदे पर बैठ खाना खाते थे और रात गए गाली-गुफ़्तार करते हुए कच्ची शराब का लुत्फ़ उठाते थे। आपस में मारा-मारी भी होती थी और लगभग रोज़ प्रेत बरामदे के सामनेवाली सूखी नाली में बेहोश पड़ा हुआ मिलता था।

वैसे फ़ितरतन मुसद्दी और प्रेत लापरवाह थे। भागीरथी की तरह चौकस और सजग नहीं। उनका बस चलता तो भागीरथी के बनाए ज़िन्दगी के सारे नियम तोड़-ताड़ वहीं बरामदे पर मक्खी भिनभिनाने की हद तक पसरे रहते। न काम पर जाते, न नहाना-धोना करते। वहीं कुछ खाने-पीने का जुगाड़ हो जाता तो और भी उम्दा होता। पर यह सम्भव नहीं था। कारण, एक तो वे बसे-बसाए मुहल्ले में रहते थे, जहाँ दुकानदार रहते थे। दूसरे, उनकी ज़िन्दगी पर भागीरथी का कंट्रोल था। लिहाज़ा अपनी मूल प्रकृति से लड़ते हुए वे एक दूसरी ज़िन्दगी जीने को मजबूर थे। मगर समझ में न आनेवाले बन्धन से जकड़े हुए भी थे।

शुक्रवार की दोपहर जब भागीरथी बहुत देर तक मुसद्दी का इन्तज़ार करता रहा और मुसद्दी नहीं आया तो उसका माथा ठनका। कहीं चोर-वोर तो नहीं जो धरा गया? वैसे भी बाहर गाँव का था, कहीं भाग-वाग तो नहीं गया? कहीं पुलिस के चंगुल में पड़ गया तो भागीरथी भी लपेटे में आ सकता था। पुलिस उसके ठिकाने तक तो पीछा ज़रूर करती, फिर यह आसरा भी जाता। परेशान हो सबसे

पहले भागीरथी ने अपने जमा पैसे देखे। ठीक-ठाक थे। हज़ार-एक रुपए जमा हो चुके थे। बोरिया-बिस्तर, थाली-गिलास सब सुरक्षित था। फिर वह मुसद्दी, जो रोज़ भुक्खड़ की तरह खाने पर टूटने को उतावला रहता था, रह कहाँ गया आज? अभी थोड़ी ही देर पहले मन्दिर में किसी ने बूँदी चढ़ाई थी, भीख में उसे भी मिली थी। रोटी के साथ वही खाने का मन था उसका। लालसा बाँध तोड़ रही थी। खाने पर टूटा भागीरथी भी, पर चूँकि मुसद्दी के साथ लड़-झगड़ के खाने की आदत हो चुकी थी, सो न बूँदी मीठी लगी न रोटी पेट भराऊँ। अनमने ढंग से खा निकल पड़ा मुसद्दी की तलाश में।

मोती मस्जिद के पास चलते-चलते उसे दोपहर की नमाज़ अदा कर लौट रहे झक सफ़ेद कुर्ते-पायजामे का रेला नज़र आया। वे सब हुजूम बना अपने-अपने घर लौट रहे थे। मोती मस्जिद के लाल बलुआ पत्थरों के इमारत के आकाश-पाताल से निकलते ये सफ़ेद पाखी जाने कहाँ उड़ जाते थे—फर्र...फर्र...। भागीरथी वहीं उन्हें देखते हुए ठिठक गया और सुस्ताने बैठ गया। बच्चे, जवान, बूढ़े—सब एक साथ थे तभी भीड़ में उसे एक पहचाना-सा चेहरा दिखा। धूप आँखों में भरती जाती थी, आँख मिचमिचाते देखा तो दंग! मुसद्दी जैसा दिखता इंसान सिर पर दुपल्ली टोपी लगाए हुए, भीड़ का हिस्सा बनते हुए, फिर भी भीड़ से अलग दिखते हुए, मुस्तैदी से दौड़ लगा रहा था, न जाने कहाँ की ओर...!

दृश्य देख भागीरथी की प्रतिक्रिया घोर असम्भव से आश्चर्य की थी। ये कर क्या रहा है यहाँ, और कहाँ भागा जा रहा है? काइंया कहीं का! लगा फिर, कि साले का पीछा करना चाहिए...। आज उसकी दिहाड़ी की मजूरी का सच पता चल ही जाए कि कौन इसको काम पर रखे हुए है और कहाँ!

मुसद्दी इस बात से बेखबर मस्जिद से निकल, तेज़-तेज़ चलने लगा था। काफ़ी दूर चलने पर उसने ताजुल मस्जिद के बाहर लगी दुकानों का रुख़ किया। वहाँ कुछ देर रुका फिर उसने वहीं की दुकान के कोने में रखा अपना लोटा लिया, दो घूँट पानी पिया, हाथ में रखी एक पन्नी से पुरानी बज्जर थाली निकाली और रॉयल मार्केट से मस्जिद की ओर अन्दर प्रवेश करानेवाले सँकरे रास्ते पर शान्ति से छुपा छुपा-सा बैठ गया।

चूँकि भागीरथी का त्रिपुंड हाहाकार मचा रहा था उसी शिद्दत से, जिससे सुबह उसे टिका गया था, इसलिए वह मस्जिद के अन्दर प्रवेश करने की हिम्मत नहीं जुटा पाया। बाहर दुकानवालों के साथ सुस्त-सा बैठ गया। पर मुसद्दी के बारे में जानने की ऐसी उत्कंठा थी कि वहाँ से आधा-अधूरा ही सही, मुसद्दी को देखने का क्रम बरकरार रखा।

थोड़ी ही देर बाद एक विदेशी टूरिस्ट-ग्रुप कुछ देसी-शहरी लोगों के साथ मस्जिद में अन्दर जाने को होने लगा। टूरिस्ट को देख भागीरथी की आँख चमक गई। इस शहर में ज़्यादा विदेशी टूरिस्ट तो आते नहीं थे पर जो आते थे, भागीरथी जैसे कुशल चितरे को बाइपास नहीं कर पाते थे। ठगे रह जाते थे, विस्मृत...। और एक बार में कुछ नहीं तो पचास-सौ रुपए दान कर जाते थे। पर भागीरथी की आँखों की चमक जिस तेज़ गति से उठी थी उतनी तेज़ गति से गायब भी हो गई। यह उसके धन्धे का इलाका नहीं था। मन मारकर बैठने के अलावा कोई चारा नहीं था। आजू-बाजू के दुकानदार अलबत्ता ज़ोर-ज़ोर से हाँका भरने लगे थे : 'वुड समान...चीप वेरी चीप...टॉयज...फोटो फ्रेम...ले जाओ...ले...जाओ...।'

विदेशियों को इन सब चीजों का कोई आकर्षण नहीं था। वे तो एशिया की दूसरी सबसे बड़ी मस्जिद देखने आए थे, जिसके पीछे कुछ नहीं तो सौ-सवा सौ साल का इतिहास कुलाँचे भरता हुआ पीछे लौट रहा था। वे 'वाओ...वाओ...' करते हुए आगे बढ़ते जा रहे थे, तभी 'गूँ...गाँ...गें...गें...' जैसा कुछ सुनाई पड़ने लगा।

भागीरथी ने गर्दन सिकोड़, मुड़कर देखा, मुसद्दी अपने हाथ-पैर अजीबोगरीब ढंग से हिला-हिलाकर, आँखें पपोटों में पीछे धकेलकर, कन्धे अन्दर-बाहर कर, मुँह से फेन जैसा कुछ निकालते हुए 'गूँ...गाँ' कर रहा था। विदेशियों ने पास से गुजरते हुए पहले इस मंज़र पर हैरानी प्रकट की, फिर दया भाव से पीड़ित हो सीधे सौ रुपए मुसद्दी के सामने रखी थाली में पटक दिए, फिर अपने दया भाव का समुचित निर्वाह कर वे मस्जिद की पच्चीकारी देखने को उत्सुक तेज़-तेज़ कदमों से उधर की ओर हो लिए।

भागीरथी ने फिर और ग़ौर से देखा, विदेशियों के आँखों से ओझल होते ही मुसद्दी ने अपने अकड़ाए हाथ-पैर सीधे किए, फिर कुर्ते से अपना मुँह पोंछा, अपनी टोपी उतार पन्नी के झोले में रखी, टोंटीवाला लोटा खाली किया, बज्जर थाली समेटी, उसमें से सौ रुपए के नोट को नथुनों के पास ले जाकर पहले नोट को सूँघा फिर नोट को होंठों के करीब लाकर चूमा और फिर हौले-हौले उठा, मस्जिद से बाहर...रॉयल मार्केट के बाहर, फिर मेन रोड पर चुस्त कदमताल।

भागीरथी को सारा दृश्य और दृश्य से उद्घाटित जानकारी अपने अन्दर उँड़ेलने में असुविधा होने लगी। उसकी साँस तेज़ की बजाय धीमी हो गई। उसके पैर मनों-टनों घन भारी हो गए। बुद्धि लस्त हो कराहने लगी। यह कैसा संयोग था! यह कैसा ईश्वरीय बोध का प्रस्फुटन—अपना कायर, पिलपिल मुसद्दी तो चालाक भिखमंगा निकला, ठीक उसी की तरह! तभी इतना जुड़ाव हो गया था

उस पट्ठे से। इस एक सत्य के विस्फोट से भागीरथी के हृदय में उबलता क्रोध जाने क्यों फ़ना हो गया। मुसद्दी का यूँ मस्जिद से लपकना दूसरे नमाजियों के साथ बाहर की ओर, यहाँ इस अड्डे पर भीख माँगना...और इन सब बातों को सफलतापूर्वक अपने पेट में पचा लेना–कितना बड़ा पेट था उसका! भागीरथी से भी कैसे छुपा ले गया वह यह सब...! क्रोध के फ़ना होने के बाद आख़िरी सत्य जो जीवित और धड़कता बचा था, वह था मुसद्दी का हमपेशा होना। उसी का भाई निकला वह तो! इस विश्वास पर पहुँच भागीरथी आनन्द से भर गया...। आज मुसद्दी को मिले पैसों से भरपेट पी जाएगी और प्रेत को भी कुछ सुच्ची दी जाएगी, पानी मिली नहीं। भागीरथी उठा और सिर इधर-उधर हिलाता हुआ जय सिया राम करता हुआ, लम्बे डग भरता हुआ अपने ठिकाने पहुँच गया।

जब मुसद्दी अपने ठिकाने पर पहुँचा तो प्रेत और बाबा को सिर जोड़ कुछ षड्यन्त्र रचते पाया, ''क्यों बे प्रेत, रात हुई नहीं और तू यहाँ...?''

प्रेत ने हड्डियों का ढाँचा फुलाकर कहा, ''आज बाबा रास्ते से पकड़ लाया। बोला, पाल्ट्री होगी।''

''क्यों बे, कैसी पाल्ट्री?''

''मुझे न मालूम। मुझे असली दारू की बात भी कही गई है।''

''अच्छा...!'' मुसद्दी थोड़ा आशंकित होने लगा। धीरे से अपना सामान दूसरे कोने में जमा, उकड़ूँ बैठे भागीरथी और प्रेत के पास पहुँचा और वैसी ही मुद्रा में बैठ गया। ''क्यों बाबा, ये पाल्ट्री वाली बात क्या है?''

''साले...छछूँदर मुझसे पूछ रहा है...?'' बोलकर उस पर पिल पड़ा भागीरथी। मुसद्दी के सचों की जानकारी से हो रही मन की उथल-पुथल को संयमित नहीं कर पाया। मुसद्दी के गंजे सिर पर दे दनादन चटकनों की बरसात कर दी।

मुसद्दी अवाक्! आज तो उसने ऐसा कुछ किया नहीं, जिसका यह पुरस्कार उसे मिलता, और जहाँ तक बात आज के पाँच रुपयों की थी तो वह अभी बाबा की सेवा में हाज़िर करनेवाला ही था। फिर बाबा को यह गुस्सा क्यों आया? वह भी इस कदर बेलाग और भयानक? पर मार खाकर भी मुसद्दी 'आह...उह...' के अलावा कुछ न बोला। उसे पता था, कई बार बाबा का प्रेम ऐसे भी प्रकट होता है। सहने और इन्तज़ार करने में ही भलाई थी और सच बाबा जल्दी बता भी देगा...। वह मुसद्दी से ज़्यादा बातें छुपा नहीं पाता था। अलबत्ता पड़ोस के एस.टी.डी. बूथ का नौकर किशोर और प्रेत मार की बरसात देख घबरा गए।

''ओ-ओ-बाबा, काहे मार रहे हो?'' किशोर शोर सुन दौड़ा आया।

''अब छोड़ दे बाबा, छोड़...।'' प्रेत दावत की आशा का बहिर्गमन होने के

अन्देशे से घबराया, "चल, मूड खराब मत कर बाबा, पाल्ट्री करते हैं।"

"चुप!" भागीरथी गरजा, "तुझे भी धक्का खाना है क्या?"

"नहीं बाबा, खाना खाना है और दारू पीना है अपने को।" प्रेत तरसा।

"अच्छा...!" भागीरथी थककर बैठ गया, "तो बोल इस पापी को, हमारे खाने-पीने का इन्तज़ाम करे।"

"अरे बात क्या है...? मुझे भी क्या पाल्ट्री का कुछ हिस्सा मिल सकता है?" किशोर लालच में हिनहिनाया।

"किशोर...कहाँ मर गया बे?" मालिक की अट्टालिका भेदी आवाज़ सुनाई पड़ी और फिर एक आधे-अधूरे ब्रेक के बाद किशोर अपनी नौकरी पर तैनात हो गया। एक सुन्दर-सा गोलू-मोलू बच्चा और उसकी सुन्दर गोलाइयों वाली मम्मी 'लेज चिप्स' का सौदा कर रहे थे।

जब किशोर के जाने के बाद भी बरामदे की फिजाँ में चुप्पी छाई रही तो भागीरथी फट पड़ा। न जाने कैसा भीमकाय व्यक्ति था, इतना थकाने के चन्द मिनटों के बाद ही क्रोध की ऊर्जा से फिर लबालब हो गया।

"साले मँगते, छिपा-छिपा के माँगता है? बता देता तो क्या धन्धा छीन लेता तेरा? वैसे भी तेरा इलाका अलग है और मेरा अलग। फिर झूठ क्यों बोला?"

उफ! हवा अचानक वजनी हो गई। एक अदृश्य-सी एका का स्वर हवा में झूमने लगा। मँगतों की एका की ध्वनि थी वह। प्रेत सब न जानते हुए भी सब समझ गया। उसे प्राकृतिक छूट थी सब समझ जाने की। जो मरे जानवरों को ढोने का काम करता हो (कई बार तो सड़े-गले जानवरों को ढोने का काम करता हो), वह क्या जीवन में घटित होनेवाले मर्मों को यूँ ही बिना बताए नहीं महसूस सकता...? सब महसूसता था वह। इतना धीरे बोला मानो अँधेरों को भेदता एक छद्म-सा जुगनू हो, टिम-टिमकर निशा के तारों को धीरे-धीरे टटोलता, "बाबा, भूख लगी है...पाल्ट्री का सामान ला दूँ?"

"हाँ," मुसद्दी ने सिर ऊपर किया, उघाड़ होने की शर्म की जगह एका होने की दुर्दम्यता ने ले ली थी। शान से पन्नी बोरिया में दबाए सौ के नोट को निकाल प्रेत को पकड़ा दिया, "जा, तीन पव्वा और रोटी-कबाब ले आ।"

प्रेत चल दिया, अपने काम को अंजाम देने।

बाबा को मुसद्दी सफाई देने पर उतारू हो गया, "असल में रमज़ान में हर साल आ जाता हूँ यहाँ। पूरे महीने अच्छी कमाई होती है। लोग रमज़ान में मक्कारी नहीं करते, दान देने से सबाब जो मिलता है। उसी समय काफ़ी कमाता हूँ, वरना तो पूरे साल ऐसे ही भुखमरी—हाँ... ।"

"अब चुप हो जा," भागीरथी को सफाई बिलकुल अनावश्यक लग रही थी, ऊबाऊ और झेलू। उसे इससे क्या फर्क पड़ता था कि कोई क्यों और कैसे अपना धन्धा चलाता है? उसे इन सब बातों से क्या मतलब? वह तो मानता था, बस कुछ पैसा होना चाहिए, पेट भरने लायक और यदि इस तरह की कलाकारी से पेट भरता रहे तो क्या कहने! धन्धा तो हमेशा अपनी पसन्द का होना चाहिए, किसी के दबाव का नहीं। सामनेवाला भी हमपेशा निकल आया था, बस इतनी पहचान काफ़ी थी आराम के साथ रहने के लिए। उसके आगे क्या ज़रूरत किसी और बात की?

मुसद्दी का एकल प्रलाप प्रेत के सामान लाने से भंग हुआ।

"हा...हा...हा...।" तीनों टूट पड़े खाने और पीने पर।

छककर खाते-पीते अन्न और शराब दोनों का नशा हावी होने लगा। प्रेत डबडबाया, "वाह, क्या नाम है मेरा—प्रेत! बाबा, तू मेरा सगा जैसा है, तूने ही नाम दिया मेरे को...वाह...!" और उसने दुलार से मुँह में दारू का कुल्ला भरा और अपने दोनों सगों पर आचमन समान छिड़क दिया।

तीनों इस पर ख़ूब हँसने लगे। असभ्य बेसँभाल हँसी। भागीरथी लेकिन हँसते हुए सोचने लगा, इस बदज़ात को भी नाम होना अच्छा लगता है...उसे भी तो यह अच्छा-सा लगता है, अपने को 'भागीरथी' बुलाना—उसका ख़ुद को दिया हुआ एक नाम। यह अलग बात है कि दुनिया उसके इस अपने संसार में अभी तक सेंध नहीं लगा पाई है।

सचमुच नाम होना बड़ी बात है, एक अलग पहचान बनती है उससे...। पर फिर दर्शन गया भाड़ में, गाली-गुफ़्तार में, यारों के बाज़ार में। गजब की पाल्ट्री रही! पी-पी धुत्त, उलटी करते-करते मुसद्दी घायल और प्रेत नाली में बेसुध विक्षिप्त।

अगले दिन जब दिन चढ़ने पर भी किशोर के देखने में आया कि सब भारी गन्दा किए हुए पड़े हुए हैं, तो पानी के मग उन पर उड़ेलने लगा अपने ब्रेक के समय।

हड़बड़ाकर पहले भागीरथी उठा, फिर मुसद्दी को दो हत्थड़ मार जगाया। प्रेत की उसे खास चिन्ता नहीं थी। बरामदे की बाउंड्री के बाहर पड़ा था वह। दोनों जने वहाँ से भागे। आज की आमदनी तो मारी गई थी, बस साफ़-सफाई कर लौट आना था।

जब दोनों लौट आए तो प्रेत जा चुका था। किशोर का मालिक उसे धमका रहा था, "साले, काम ठीक से किया कर, वरना आज ही नौकरी से बाहर कर दूँगा। भिखमंगों के साथ उठता-बैठता है। हर समय वहीं भागता रहता है। हरामी

साले, गन्द मचाए हुए हैं। इनकी तो।''

पता नहीं किशोर को आज क्या हुआ! रोज़ तो ऐसी ही डाँट खाता था, मगर आज न जाने क्यों पिनक गया, ''चल बे...रख अपनी नौकरी अपने...में। ऐसी नौकरी मेरे ठेंगे पर। दिन-रात धौंस दिखाता है साला...।'' बोलकर किशोर दुकान से फुर्ती से निकल आया।

दुकानदार, 'अरे...रे' करता रह गया। जले पर नमक और पड़ गया, जब किशोर बरामदावासियों को फाइनल गुडबाई करने आया। चिल्लाकर बोला, ''अरे भाई लोग, अपना टाइम इधर से अब खत्म।'' फिर रुककर हौसला अफ़जाई वाले अन्दाज़ में और ज़ोर से चिल्लाया, ''धन्धा फले-फूले तुम लोगों का। तुम लोगों को नया साथी मिलनेवाला है तुम्हारा पड़ोसी साला...अभी आकर बैठेगा तुम लोगों के साथ...।''

दुकान का मालिक किशोर के जाते वक़्त दी गई बद्दुआ से खासा चिढ़ चुका था। ऊपर से प्रेत का दिन-रात वहीं उसकी दुकान के सामने पड़े रहने से बिजनेस प्रभावित होने लगा था। बच्चे प्रेत जैसे भुतहा ढूह को देख डरते थे। इसीलिए गुस्से में उसने आजकल में ही भिखमंगों के खिलाफ पुलिस में कम्प्लेन करने की सोची। सालों को पिटवाकर अन्दर करवाना ही होगा...!

एक हफ्ते बाद माथे पर त्रिपुंड का हाहाकार सजाए बिना, प्रेत से उधार माँगी काली पैंट पहन भागीरथी मुसद्दी के साथ एक जुमे को मदीना होटल गया। वहाँ हाजी सेठ की ओर से खाना बँटवाया जा रहा था। दोनों ने छककर खाया। रोटी और गोश्त का सालन। उस दिन शाम के धन्धे को धता बता दोनों कमला पार्क में घास पर जाकर देर तक सोते रहे।

उनके लम्बे सिएस्टा में व्यवधान बरसात ने डाला। दोनों कुछ देर तो पेड़ों के नीचे दुबके रहे, फिर भागते-गिरते अपने ठिकाने पर पहुँचे। वहाँ मजमा लगा हुआ था। उनका बोरिया, गट्ठर-शट्ठर, अनाप-शनाप ढंग से फेंका जा रहा था। एक हवलदार लाठी से गोद-गोद उनके सामानों की तलाशी ले रहा था। एस.टी.डी. बूथ का मालिक डंडे से प्रेत की मरम्मत करने को हवलदार को उकसा रहा था। प्रेत दो सिपाहियों के बीच घिरा पूरा फँस चुका था। हवलदार परकाला का रूप धरे चीख रहा था, ''साले, माँ के...कहीं भी जमा हो जाते हैं। अब भिखमंगों के रैकेट का भी पर्दाफाश करो...काम-धन्धा करते नहीं। हमारा काम बढ़ाते रहते हैं। हट्टे-कट्टे साले मुफ़्तखोरी की आदत पड़ी है—हरामखोरों को...ले...साल्ला,'' और दनादन प्रेत पिटता रहा।

दूर से मुसद्दी और भागीरथी देखते रहे।

जब प्रेत के मुँह, हाथ, कान से खून बहने लगा तो हवलदार ने अपने हाथ रोके और सिपाही को इशारा किया, ''हटाओ इसे मेरी नज़रों के सामने से।''

सिपाही ने सड़क पर प्रेत को घसीटते हुए दूर दूसरे किनारे खड़ी जीप में पटक दिया। प्रेत की हालत देख भीड़ इधर-उधर छँटने लगी। सारा खेल खेला जा चुका था सिलसिलेवार। अद्‌भुत! स्मरणीय!

धीरे से दुकान का मालिक कोक की बोतल हवलदार साहब को पकड़ा रहा था। थक गया था पूरी वर्जिश से वह।

''हाँ, भई, और बाक़ी ल़ोग जैसे दिखाई दें, ख़बर करना...इस जगह को साफ़ नहीं किया तो...अपने बाप का नहीं...!''

''जी...जी...'' करता दुकानदार अपनी सफलता पर फूला नहीं समा रहा था। लग रहा था, पूरी दुकान भेंट चढ़ा देगा—इस देव पुरुष को, जिसने बाजू से महकती-बहकती गन्दगी आधी साफ़ कर दी थी और आधी साफ़ करने को उतना ही उत्साहित था।

मुसद्‌दी और भागीरथी की हिम्मत नहीं हुई अपना बचा-खुचा सामान उठाकर लाने की।

सामने मुस्तैद रहने को एक सिपाही को बोल हवलदार चलता बना था, ''ध्यान रखना, कहीं दिखाई दिए साले तो हड्डी तोड़ देना...।''

बीच रात, जब लगा ड्यूटी पर मुस्तैद सिपाही कुछ ऊँघता-सा दिख रहा है तो अपने अज्ञातवास से बाहर आए भागीरथी और मुसद्‌दी। पहले अपना बचा-फिंका सामान देखा, थाली-गिलास मिला, टाट-पट्टी कुछ, बस...! गठरी-मोटरी कुछ नहीं। जो मिला, उसे ही हाथ लगाया और भागते-भागते भी प्रेत के जमे खून पर नज़र पड़ गई। एक क्षण को वे ठिठके। खून रिस-रिस थक्के बन, कई प्रजातियों के मच्छर, मक्खियों की देवस्थली बन चुका था। वे सब वहीं भजन गाते पूजा में लीन दिखे। मुसद्‌दी के गले में मदीना होटल का गोश्त कबड्डी खेलने लगा। 'अऊक-अऊक' की तीखी आवाज़ के साथ विजयी गोश्त के टुकड़े वहीं प्रेत के ख़ून के निकट विराजमान हो गए। आवाज़ ने ऊँघते सिपाही की चेतना में जान प्रवाहित कर दी, ''हेट्‌ट...कौन साले...'' बोलता हुआ वह अपने तेल पिलाए डंडे को ले, आवाज़ की दिशा में दौड़ा।

डंडे का निशाना मुसद्‌दी का सिर था। धड़ाम! दाईं आँख के ऊपर का हिस्सा चाक लगे लाल तरबूजे समान खुलकर और प्रहारों के लिए आकर्षित करने लगा। भागीरथी हाथ में जान लिए दौड़ा। मुसद्‌दी सिर दबाए उसके पीछे।

सिपाही ने अपने तैनात इलाके से बाहर जाते उन्हें देखा और इत्मीनान की साँस ली, ''अच्छा हुआ, भाग गए साले। अब बीच रात कौन भागा-दौड़ी करे। सुबह साहब को बता दिया जाएगा। आए थे साले रात में, खदेड़कर भगा दिया। लॉकअप में क्या डालो सालों को? टुच्चे भिखमंगे...अपना लॉकअप ही गन्दा होगा—ऊँह!''

बहुत दूर, न जाने कब तक, भागते-भागते दोनों मँगते रुके एक जगह। एक गड्ढा था वहाँ पानी भरा। वहीं के पानी से सिर धोया मुसद्दी ने। दर्द से बिलबिलाते बोला, ''इलाका बदलना होगा...उधर कहीं और चला जाता हूँ, शहर के और अन्दर।''

भागीरथी कुछ न बोला। उसने ग्यारह सौ क्वार्टर एरिया के मन्दिर के बाहर डेरा डालने की जुगत सोची। वह बिलकुल भी अव्यवस्थित नहीं था। उसे अपने भीतर निरन्तर उगते चमत्कारों पर विश्वास था। उसे प्रकृति के साथ सामंजस्य पैदा कर चलना आता था। पर विस्थापन के साथ विघटन की डरावनी पीड़ा डरपोक मुसद्दी की आँखों में तैर गई।

'खुदा हाफ़िज़', 'जय सिया राम', 'अल्लाह के नाम दे दे', 'राम जी तेरा घर भरा रखें!' दोनों की शायद अन्तिम बार आँखें टकराईं और दोनों के रास्ते अलग हो गए।

''लाहौल विला कूवत,'' खुदा जी ने हँसते-हँसते रामजी को गले से लगा लिया।

प्रेत छाया दूर खड़ी-खड़ी मुस्कुराती रही।

नमक

माथुर ने उसे पहली बार एक छोटी-सी घरेलू पार्टी में देखा था। कमरे के कोनों में जुगनू से चमकते टेबललैम्पों के बीच। रजनीगन्धा की पूरी डाली ही मानो एक ओर लचकी-सी, कोने के हरे सोफासीट पर धँसी एक अलहदा एहसास की तरह। बाक़ी जमा औरतों से अलग तरह का खिंचाव, चेहरे में, देह में, व्यक्तित्व में। ऐसा नहीं था कि बाक़ी औरतें सुन्दर नहीं थीं। सभी तो परियाँ लग रही थीं—कमरे के वितान पर हँसतीं, थिरकतीं, बेशुमार परियाँ। माथुर की पत्नी भी उसमें शामिल थी। उसने ग़ौर से देखा, उसकी पत्नी निस्सन्देह सभी से कमउम्र और हसीन थी, गोरी, गदबदी, गुड़िया परी। माथुर जानता था, उसके साथी इसका रश्क उससे किया करते थे, क्योंकि वह ख़ुद कहीं से ख़ूबसूरत नहीं था। लम्बा वह ज़रूर था और उसका शरीर भी छरहरा दिखता था, पर नाक-नक्श उसके साधारण थे, अलबत्ता आँखें एक चालाक, चपल चीते की तरह थीं और आवाज़ में गम्भीरता का वजन था। कुल मिलाकर एक पैकेज के रूप में वह एक महत्त्वपूर्ण व्यक्ति होने का भाव जगाता था। एक ऐसा व्यक्ति जिसके लिए सत्ता उसके व्यक्तित्व का विस्तार हो। ऐसा व्यक्ति जो सत्ता से भी ज़्यादा मज़बूत हो और एकदम ऐसा व्यक्ति जिसकी सत्ता को चुनौती देना एक दुस्साहसी प्रयास होता।

उसकी शादी अभी दो ही साल पहले हुई थी और नौकरी भी उसकी आला थी। उद्योग मन्त्रालय में ऊँचे पद पर था वह। उसके काम की रफ़्तार से उद्योग मन्त्रालय की फाइलें दौड़ती थीं, और इस प्रदेश की उद्योग-नीतियाँ जीवन पाती थीं। माथुर का अन्तस जब आईने में उभरी छवि पर उँगली धरता था तो आईने में रोशनी खिल जाती थी। वहाँ नज़र आता था एक प्रसन्न सन्तुष्ट, पूरा व्यक्ति जो माथुर ही होता था। बस, वही! उसी की आवाज़, उसी के ठहाके, उसी की उपस्थिति हर ओर।

आज की पार्टी उसके महकमे में काम करनेवाले एक जूनियर अफ़सर ने रखी थी। 'न जाने किस खुशी में...।' उसे याद नहीं पड़ रहा था, न उसने याद करने

की ज़हमत उठाई थी। इन छोटी बातों को याद रखने से उसका वक़्त और उसकी ऊर्जा अनावश्यक रूप से ख़र्च हो जाते थे जिन्हें बचाकर ही वह अपने घर में लगे आईने से इतर लोगों के चेहरों के आईनों पर भी अपनी ही रौशन छवि देखता था, हर ओर माथुर। पार्टी में भी वह अपने प्रभाव की छाप सब पर देख रहा था। वहाँ आए सारे लोग उसकी जान-पहचान के थे। सब ऊँची नौकरियों वाले, सुन्दर पत्नियों और ऊँचे ओहदेवाले थे। सब खाने-पीने, बात करने में मशगूल थे। सब व्यवहार में अपने को श्रेष्ठ समझ रहे थे। फिर भी इन सबके बीच जिसने माथुर का ध्यान आकृष्ट किया था, वह कहीं से श्रेष्ठ नहीं थी। न ही वह परी थी, न उसे महत्त्वपूर्ण पुरुष की पत्नी होने का गौरव हासिल था। उसने अनुमान लगाया, उम्र उसकी होगी यही कोई पच्चीस-छब्बीस वर्ष, पर न तो वह लड़की लग रही थी, न भरी-पूरी औरत। बस, एक अपरिचित से काकटेल-सा था उसमें कुछ और माथुर बिलकुल नहीं समझ पा रहा था कि क्यों वह अपने खाने-पीने और बातचीत करने के सिलसिले को तोड़ उसे बार-बार देखने पर मजबूर हो रहा था।

पहली बार वह उसे पीले फूलोंवाले सफ़ेद शिफान की साड़ी में नज़र आई—मुस्कुराते हुए, सबसे परिचित होते हुए। तेज़ चुस्त चाल से किचन में दौड़-दौड़ खाने-पीने का इन्तज़ाम करती हुई। शायद वह मेज़बान के करीबी दोस्त की पत्नी थी। अगले ही पल जब माथुर की नज़र उसपर पड़ी तो वह इठलाकर किसी पुरुष को अपनी वाक्चतुरता से मात कर रही थी, और उसके बाद तो लगा, जैसे महफ़िल उसकी हँसी के खनक के नाम हो गई। सारे लोग उसे ही देखने लगे। औरतें उससे बात करने लगीं, पुरुष बात करने को उत्सुक होने लगे। ऐसे ऊँचे ओहदेवाले अभेद्य अफ़सरों और उनकी पत्नियों के कँटीले बाड़ों के भीतर असरदार सहजता से यूँही प्रवेश करनेवाले लोग कम ही होते थे। यह माथुर के लिए एक अप्रत्याशित घटना थी। वह बेचैन हो गया। एक ही कुर्सी पर देर तक चीजों को देखते हुए बैठे रहना, उसके लिए दूभर होने लगा। वह उठकर कमरे में टहलने लगा और मेज़बान के घर पर लगे पिकासो के प्रिंट को बेचैन आँखों से तौलने लगा। कनखियों से उसने अपनी पत्नी की ओर भी देखा। वह जानता था, उसकी भली गुड़िया-सी पत्नी उसपर हुए इस असर से अनजान ही होगी। उसकी दुनिया माथुर को ख़ुश करने से शुरू होती थी और उसके सन्तुष्ट होने पर खत्म। माथुर अपनी पत्नी के इस कमसिन अन्दाज पर ख़ुद को ही शाबाशी देता था। उसने बड़ी मेहनत से पोसा था इस अन्दाज़ को, इसीलिए वह आश्वस्त था। लेकिन जैसे-जैसे वक़्त बीतता जा रहा था, माथुर की परेशानी बढ़ती जा रही थी। उसे अपनी यह किशोरों-सी हरकत जम नहीं रही थी। भला बताइए तो 'यह सब...

और माथुर साहब करें', उसे लगता था, इस तरह की चीजों के वह पार जा चुका है। उसके ओहदे, उसकी उम्र ने उसे इन छिछली भावनाओं से बहुत दूर, बहुत ऊपर पहुँचा दिया था, इसलिए भी यूँ...?

रात बारह बजते-बजते महफ़िल बर्खास्त होने लगी। बारी-बारी से बड़े लोग अपनी गाड़ियों में जाने लगे—ज़ोर-ज़ोर से हाथ हिलाते, अभिवादन करते। माथुर भी धीरे से दरवाज़े की ओर बढ़ा और अपनी पत्नी को इशारा कर पास बुलाया। पत्नी के सान्निध्य से उत्पन्न हिम्मत बटोर, सबको नमस्कार कर, उसने उस बेचैन करनेवाली औरत को नमस्कार करने के लिए भी हाथ उठाया। उसने माथुर को खुशनुमाई से जवाब दिया। वह कितनी ताजा लग रही थी, माथुर ने देखा और उसी एक क्षण दोनों की निगाहें आपस में मिलीं। माथुर को न जाने क्यों लगा कि वह समझ गई है कि माथुर उससे आकर्षित हो गया है। जब उसने अपनी अचानक स्पंदित होती पलकों को नीचे झुकाया तो माथुर को लगा, उसके आकर्षण को भी कहीं हलका-सा समर्थन मिल गया है। बस, उसी क्षण बाद माथुर लौट गया, अपनी प्यारी पत्नी को बगल में दबाए हुए, फर्राटे से उड़नेवाली गाड़ी में सवार, अपनी ऊँची ज़िन्दगी जीने।

माथुर की दूसरी मुलाकात उस औरत से माथुर के अपने घर में हुई, उस पार्टी के रेले के गुज़र जाने के चन्द महीनों बाद। उसे देखते ही माथुर की कसक फिर आज़ाद हो गई। उसने बड़ी मुश्किल से उसपर काबू पाया था। उस पार्टी के बाद उसके भीतर रह-रहकर एक खलिश-सी उठी थी और वह जानने-समझने के क्रम में निरन्तर झुँझलाता चला गया था कि वह ऐसे कौन से सुख का निमन्त्रण था जो उसे आज तक नहीं मिल पाया था और जिसका वादा उससे वह अनजान औरत अपनी आँखों से कर चुकी थी? माथुर सोच-सोच मीठी नींद से जग गया था और यूँही थका रह गया था कई बार।

वह दूसरी मुलाकात भी पहली की तरह माथुर को असहज करनेवाली थी। वह अपने पति अतुल चौधरी के साथ उसके यहाँ पहली बार मिलने आई थी। माथुर उसके पति का नाम याद रह जाने से अपने पर हैरान हो रहा था। हाँ, उसने उसके पति का नाम याद रखने की ज़हमत उठाई थी। क्यों? 'उसके पति की डेपुटेशन पोस्टिंग उद्योग मन्त्रालय में हो गई थी।' यह बताते-बताते वह माथुर की पत्नी को देख, लगातार मुस्कुराए जा रही थी। उसकी पत्नी भी किसी पुराने अच्छे लगनेवाले परिचितों से मिलने पर होनेवाली खुशी से भरी-भरी, उनसे उल्लास से बतिया रही थी। माथुर को आश्वस्ति हुई, उसकी पत्नी बिलकुल भी नहीं बदली, वैसी ही भोली-भाली है। उसकी पत्नी ने उसकी ओर देख उस औरत का माथुर

से परिचय कराया। "याद है, तान्या चौधरी...?" माथुर ने बड़ी मुश्किल से औपचारिक-सी हामी भरी और झुककर बैठ गया ठीक कमरे के उस हिस्से में, जहाँ से उसकी नज़र पत्नी की पीठ से शुरू होकर तान्या चौधरी की आँखों पर ठहरती थी। उसने देखा, तान्या चौधरी ज़रा भी नहीं बदली थी, वैसी ही साँवली अनगढ़ सीधी अपने स्वभाव से विपरीत इस लुका-छुपी वाले अन्दाज़ से माथुर चोर की तरह महसूस करने लगा। उसके अन्दर का चोर एक सियासत को जन्म देने की फिराक में लग गया। तान्या के सामीप्य को हासिल करने का सबसे सीधा तरीका उसके पति का दोस्त बनकर उसके नजदीक जाना था। उसने अपनी सारी इच्छाशक्ति समेटी और चौकन्ने समर्पण से तान्या के पति की ओर मुखातिब हो गया।

"वाह, यार अतुल, वेन डिड यू ज्वाइन? लास्ट जो मुझे पता था, तुम कहीं और पोस्टेड थे?"

"जी सर, इसी मंगलवार को यहाँ ज्वाइन किया, इस दरमियान हम लोग ज़िले में थे सर। चाहता था, ऑफिस में ही मिल लूँ, पर आप बहुत व्यस्त थे...! आज संडे था, सोचा, आप घर पर थोड़ी फुरसत में मिल जाएँगे, इसलिए बिना अप्वाइंटमेंट हम चले आए, सॉरी फॉर दिस...।"

"अरे नहीं यार, तुम भी...कैसी बात कर रहे हो! इट्स ए प्लेजर यार! तुम लोग तो आया करो हमारे यहाँ, अच्छा लगेगा हमें भी, वरना तो आजकल महानगरों के ऐब हमारे इन शहरों में भी आ गए हैं और जेनयुइन लोगों से वास्ता ही नहीं पड़ता है। आया करो यार!"

अतुल चौधरी सर की बात सुन सहज हो गया। नई नौकरीवाला जूनियर अफ़सर था, सर की उदारता पर भीतर से मुग्ध-मुग्ध भी हो गया। माथुर की पत्नी का स्वभाव भी बड़ा मीठा-मीठा लगा उसे और माथुर की बातों का समर्थन कर माथुर की पत्नी ने कमरे में मौजूद दोनों पुरुषों का जी ख़ुश कर दिया।

धीरे-धीरे दोनों पति-पत्नी का माथुर के घर आना-जाना तकरीबन रोज़ ही होने लगा। माथुर उन्हें कभी नाश्ते पर बुलाता, कभी खाने पर। जब नाश्ते पर बुलाता तो खाने तक रोक लेता, दोपहर का खाना रात तक चलता। माथुर की पत्नी अपने नए बनाए मित्रों की आवभगत में माथुर का पूरा साथ देती। माथुर अपनी पत्नी की इन भोली अदाओं पर और रीझ जाता और अपनी पत्नी को और ज़्यादा प्यार करने लगता। माथुर की पत्नी निहाल हो जाती और माथुर को रोज़ तान्या चौधरी से मिलने का एक और मौका मिल जाता।

तान्या अब माथुर से ख़ूब घुल-मिलकर बतियाने लगी थी। कई बार माथुर

की पत्नी से मिलने वह, अकेले ही चली आया करती थी और माथुर की पत्नी के घर पर नहीं होने पर, माथुर के दस महीने के बच्चे से खेलने लगती थी या माथुर से ही लम्बी गप्पों में मशगूल हो जाया करती थी। कितनी बेलाग है यह! माथुर समझता और रोमांचित हो जाता। उस रोज़ माथुर की पत्नी बाज़ार गई थी, जब तान्या माथुर के घर आ पहुँची।

''मैम...?'' तान्या की आवाज़ ड्राइंगरूम से होते हुए माथुर के कानों तक बेडरूम में पहुँची।

वह सपना देखते-देखते चिहुँक गया हो जैसे, वैसे ही उठा, उसने शीशे के सामने खड़े हो अपनी बगलों में डीओ का स्प्रे किया और धीरे-धीरे किसी आशा से भरा बाहर आया, ''हाय, तान्या!''

''अरे सर, मैम कहाँ हैं? ओह हाँ, भूल गई थी, बाजार गई हैं न? फोन पर बात तो हुई थी, फिर भी मैंने चांस लिया। सोचा, कहीं लौट आई हों!''

माथुर को लगा, कोई घूँसा-सा पड़ा हो उसके दिल पर। यह सबकुछ जानते-बूझते यहाँ आई है, क्यों? उसे क्या कोई फिक्र नहीं? क्या माथुर अभी तक उस तक पहुँचा नहीं पाया अपनी चाहत और उससे उपजती पेचीदगियाँ? उसके अन्दर की सियासत की स्कीम में तान्या का नाफिक्र होना कहीं नहीं था, उलटे फिक्रमन्द और भरपूर हो लचक जाना था, ठीक माथुर की दिशा में, फिर...? वह निराश हो गया। तान्या सचमुच सम्भव थी, या वह सम्भव है, यही बताने आई थी...। उसने दबी ज़ुबान से कहा, ''बैठो तान्या, फील कम्फर्टेबल।''

एक गैरज़रूरी चुप्पी कहीं से आकर दोनों के बीच बैठ गई। तान्या को उसका इस तरह दोनों के अच्छे रिश्ते में घुसपैठ कर जाना अखर गया, वह बोल पड़ी, ''सर, चाय पीएँ?''

माथुर को जाने क्यों लगा, तान्या की आवाज़ उसके चिर-परिचित लहजे से कहीं ज़्यादा सूखी-सूखी थी। वह एक और भ्रम में पड़ गया, क्या तान्या भी कुछ अपनी तरफ से चाहती थी और वैसा नहीं होने पर शुष्क हो जा रही थी? पत्नी के आने पर, निरुद्देश्य-सा बैठा, 'वक़्त जाया कर रहा हूँ', वाला भाव लेकर पत्नी को उलाहना देता-सा वह देखने लगा।

पत्नी को माथुर का भाव सहज और परिचित लगा। वह तान्या से भी पहले, माथुर से बोली, ''सॉरी...सॉरी, रियली सॉरी!''

''ठीक है, कोई बात नहीं,'' माथुर ने बात को एक हाथ के इशारे से बर्खास्त कर दिया और अपने कमरे की ओर चल दिया।

माथुर एक अतल गहराई में डूबता जा रहा था। उसके अन्दर के मज़बूत किले

की रेत अनजाने थपेड़ों के प्रभाव से धीरे-धीरे झरने लगी थी। उसका आकर्षण पहले तो शगल में बदला, अब गाढ़े-गाढ़े द्रव्य-सा रक्त में एक न बदलने वाली आदत के रूप में जमने लगा था। माथुर इस नए उद्घाटन की गिरफ़्त से डरने लगा। यह तो एक कमज़ोरी थी और माथुर का कमज़ोरियों से क्या वास्ता? उसके अन्दर माथुर-माथुर के अलावा तान्या-तान्या की चीख़-पुकार भी बसने लगी थी, मगर वह निराश था। वह चाहता था, कुछ ऐसा ही हो, तान्या चौधरी के भीतर भी और वह उसे दिखाई भी दे...! इसी आशा से वह उसे हरदम आँकने-परखने लगा।

तान्या का अकेला आना और फिर लौटते वक़्त सुनसान रातों का सामना करना बढ़ गया, क्योंकि अतुल अक्सर काम के सिलसिले में शहर के बाहर जाने लगा था। पहली बार उसे घर पहुँचाने की बात माथुर की पत्नी ने ही की।

"सुनो, तान्या आज अकेली है, अतुल किसी प्रोजेक्ट के सिलसिले में शहर से बाहर गया हुआ है, देर हो गई है यार, छोड़ दो न उसे?" माथुर की पत्नी अपने भोले प्रपोजल के साथ खड़ी उसे ग़ौर से ताक रही थी। हमेशा के कुशल प्रशासक माथुर को कुछ भाँपे जाने का सन्देह हुआ। पत्नी की मामूली आशंकाओं को कुचलने के उद्देश्य से उसने चिढ़ा हुआ मुँह बनाया और पत्नी मुस्कुरा पड़ी, "प्लीज...!"

माथुर चल दिया तान्या को छोड़ने, "चलो...!"

बस, गाड़ी में वे दोनों...माथुर फिर न चाहते हुए किशोर हो गया और अक्सर ऐसे मौकों की तलाश में रहने लगा। जिस दिन पहली बार तान्या के हाथ पर गलती से अपना हाथ रखा जाना उसने प्रदर्शित किया, तान्या सामान्य रही। मगर जिस दिन सीट के नीचे गिरी चाभी ढूँढ़ने के बहाने उसने तान्या की एड़ी में अपने बढ़े नाखून वाली उँगली चुभोई, तान्या सामान्य नहीं रह पाई थी। उसकी आँखें बन्द हो गई थीं। माथुर पढ़ ही नहीं पाया उन आँखों में क्या था—आनन्द, दुख या वितृष्णा? वह चाहता था कि उसे मन की बात दिखे, मगर तान्या ने अपने ऊपर विद्युत गति से काबू पाया और ज़ल्द ही सहज हो गई। रात को शंका से भरा हुआ वह सोया और रिश्ता बनने और टूटने, दोनों ही सम्भावनाओं से आक्रान्त रहा। बार-बार उठने से उसकी पत्नी चिन्तित हो गई। उसने बत्ती जला दी और अँधेरे में फँसी बातों को सुलझाने के लिए उन्हें रोशनी दिखाने में लग गई।

"क्या तबीयत ज़्यादा खराब है? आजकल देखती हूँ, लगातार सोचते हो, क्या ऑफिस की परेशानी बढ़ गई है?"

इतना सुनते ही माथुर ख़ुद को न रोक पाया, सुबक उठा। थोड़ी घबराहट,

थोड़ी निश्चिन्तता (चलो...पत्नी अभी तक इसे ऑफिस की ही परेशानी समझती है) और थोड़ी ग्लानि उभर आई। ''हाँ...।'' उसने धीरे से सिर हिलाया, ''परेशान हूँ आजकल...मन्त्री साला...हर काम में नाक घुसड़ेता है...लेकिन तुम, तुम भी तो कुछ अनमनी दिखाई पड़ती हो आजकल?'' माथुर ने टोह लेने के अपने तरीकों को आजमाना शुरू किया...''क्या बात है?''

''कुछ नहीं यार'' पत्नी कुछ डबडबाई आँखों से बोली, ''बस, थक जाती हूँ। तुम्हें फुरसत है नहीं कि सुनो, ऑफिस-ऑफिस तुम्हारा तो और उससे छूटते ही तो दोस्तों की महफिल...दोस्त तो अच्छे हैं लेकिन फिर भी...।'' बातों को यूँही हवा के तारों पर टाँग दिया पत्नी ने।

माथुर को धक्का लगा। सब कुछ इतना आसान नहीं रह गया था अब तो। वह क्या ढूँढ़ रहा था और सबकी ज़िन्दगी उलझा रहा था। शायद जो ढूँढ़ रहा था, वह मिलना आसान नहीं था। तान्या हर बार बिना साबित करने के प्रयास के साबित कर ही जाती थी, 'तान्या चौधरी को अपने पति अतुल चौधरी से प्यार है और वह ख़ुश है।' फिर इस रिश्ते की परिणति क्या थी? माथुर का पागल होना? इस निष्कर्ष पर पहुँच वह पागलों के समान हँस उठा और अपनी पत्नी को बाँहों में भींच लिया। औरत का महत्त्व उसकी ज़िन्दगी में एक पत्नी से अधिक नहीं हो सकता था। एक भोली गदबदी गुड़िया से अधिक।

उसने अगली सुबह सन्तोष से देखा, उसकी कल की अनमनी पत्नी दुबारा घर में इतरा-इतराकर चल रही थी और नौकरों पर हुक्म चला रही थी।

अतुल चौधरी का उस अनायास ख़बर के साथ माथुर के घर में प्रवेश करना उतनी ही असहज घटना थी, जितनी असहज माथुर के लिए उन दोनों की पहली विजिट थी। अतुल उत्साह से भर ख़बर बता रहा था, ''सर, दिल्लीवाला ऑफर ले लिया मैंने, बहुत पहले अप्लाई किया था, कल ही रिजल्ट आया।''

''क्यों यार, वाई? यू वर डूइंग वेल हीयर?'' माथुर को लगा, किसी ने उसकी जमीन ही खिसका दी। वह खड़े-खड़े डगमगा गया।

''यस सर, सही, मगर ये बड़ा ब्रेक है मेरे लिए।''

''इतनी अच्छी सरकारी नौकरी छोड़, प्राइवेट सेक्टर में...क्यों यार? सम हाउ मेरा अभी तक इस सेक्टर में बहुत कॉनफिडेंस बन नहीं पाया है। वैसे जल्दी क्या है, थोड़ा और सोच लो।'' माथुर ने अपने लिए मरती आशा से पैरवी की।

''नहीं सर, अब तो मैं रिजाइन कर चुका। अभी मैं यह रिस्क ले सकता हूँ। दिल्ली में तान्या को भी कोई प्लेसमेंट मिल जाएगी। इट्स क्रिमिनल, उसके पास, एच.आर.डी. में डिग्री है और वह कुछ कर नहीं पा रही है।''

"हाँ...!" माथुर ने तान्या की ओर देखा, एक हताशा से, एक टूटी-फूटी इच्छा से। थोड़ी कहीं हलकी-सी उदास नज़र आए वो।

"तान्या..." उसने उस परत को उघाड़ना चाहा, "तुम तो बहुत एक्साइटेड लग रही हो...तुम्हें तो ख़बर बहुत सूट कर रही है...?"

"हाँ सर," तान्या की आँखें थिरक रही थीं, "अब कितने दिन यूँही ऐश करते हुए बिताऊँगी, काम करना तो ज़रूरी है...।"

"ओह, यस," माथुर ने पूरी दिलेरी दिखाई और ड्रिंक बनाने चल दिया, "तुम लोग सेलिब्रेट करो, मैं कुछ ग़म गलत करता हूँ।"

उसके लफ्जों की सच्चाई सभी को उसके जबरदस्त ह्यूमर का नतीजा लगी। ख़ूब ठहाके लगे उस रोज़ और जब माथुर अपने अन्दर के आवेग को टायलेट में फ्लश करने गया, तो उसके कानों में उसकी पत्नी की आवाज़ सुनाई पड़ी, "कितने अच्छे दिन हमने साथ गुजारे..." पत्नी पर भी व्हिस्की का नशा तारी हो रहा था, वह कुछ लड़खड़ाई फिर बोल ही गई... "वी विल मिस यू आर...।" माथुर की आँखें गर्म गीली होने लगीं।

स्टेशन पर उन दोनों को विदा करते वक़्त उसे न जाने कैसा-कैसा लगता रहा। फिल्मी फ्लैशबैक की तरह तान्या के साथ गुज़ारे पल याद आते रहे। उसने अतुल को गर्मजोशी से विदा किया और तान्या की पीठ पर भी एक औपचारिक ठंडा, निस्पंद हाथ फेरा और बाय कह दिया। आदतन उसने, तान्या की आँखों में झाँककर, पार जाना चाहा और जानना चाहा कि इस ठंडी बिदाई पर तान्या क्या सोच रही होगी। वह यह देखकर दंग रह गया कि तान्या का साँवला चेहरा तमतमा रहा था और उसकी दाईं आँख के कोने पर एक नन्हा आँसू अन्दर ही बने रहने की नाकाम कोशिश कर रहा था। मतलब तान्या को उसकी बेरुखी अच्छी नहीं लगी, वह उससे कुछ अधिक की अपेक्षा कर रही थी...। उसे अचानक ही सारा माहौल अपने पक्ष का लगने लगा। उसकी सियासती चाल कुछ कामयाब रही थी।

घर लौटने पर, मगर फिर उसका विजयी भाव क्षीण होने लगा। उसे लगा, उसका कुछ स्टेशन पर ही पीछे छूट गया है। वह खाली-खाली महसूस करने लगा। बेहद अधूरा। उसे लगा, उसे ऐसा नहीं महसूस करना चाहिए, उसे कुछ तो मिला ही था, मगर वह फिर सवाल खड़े करने लगा, 'उसे पूरा क्यों नहीं मिला था?' उसे झुँझलाहट घेरने लगी, वह इस पाने और खोने के चक्कर में कब तक फँसा रहेगा? वह अपना महत्त्वपूर्ण होना कहीं से मिस करने लगा। उसने तय किया, वह अतुल और तान्या से अब आगे कोई सम्पर्क नहीं रखेगा। वह दुबारा वही

शक्तिशाली पुरुष बनकर जिएगा, व्यवस्थित और अपने आप में पूरा...जैसा वह तान्या के मिलने से पहले था।

उसकी पत्नी लहराते-गुनगुनाते हुए उसके पास आई, "चाय पियोगे?" वह उसकी ओर दावत देती झुकी।

माथुर मगर उसे देख ही नहीं पाया, वहीं सामने दीवार की ओर देख कुछ तय करता रहा। उसे अपने ऊपर हैरत हुई, जब तान्या चौधरी को उसने अपने जीवन में बसा रखा था, तो वह अपनी पत्नी को कितना प्यार कर लेता था और आज जब उसने अपने वजूद को व्यवस्थित कर तान्या को अपने जीवन से बाहर करने का निर्णय लिया है तो वह अपनी पत्नी को ठीक से जवाब भी नहीं दे पा रहा है। "सुनो...।" वह ज़ोर से चिल्लाया।

पत्नी उसकी उपेक्षा से आहत गार्डन में टहलने लगी थी। उसे कुछ माथुर की आवाज़ में अकुलाहट का भ्रम हुआ। वह अपनी उपेक्षा भूल दौड़ी चली आई। "ओह...मैं तो डर गई थी, तुम इतनी ज़ोर से चीखे क्यों?" माथुर के चेहरे पर सारे ऊहापोहों के दमन के बाद की बेशर्म हँसी चढ़ आई थी जिसे उसकी पत्नी ने प्यार-भरा मज़ाक करार दिया और पूछ बैठी, "क्या चाहिए?"

"तुम!" माथुर ने उसे पकड़ दबोच लिया, मानो मुट्ठी में क़ैद तितली और धीरे-धीरे मुट्ठी खोल, तितली के पंखों को सीधा कर, उसे उड़ान देने में लग गया।

कुछ ही महीनों बाद माथुर को दिल्ली जाने का मौका मिला। उद्योग मन्त्रालय में उसका प्रजेन्टेशन था। माथुर का मन्त्री उसका मुरीद हो चुका था, क्योंकि माथुर प्रदेश की योजनाओं के लिए दिल्ली से हमेशा ही बहुत सारा पैसा लाता था। माथुर की हर जगह चर्चा थी। आजकल उसके जीवन में एक ही रंग खिला हुआ था—सफलता का रंग।

दिल्ली में अपने काम से फुरसत पा, माथुर के वजूद में बहुत दिनों बाद कुछ हलचलों ने दस्तक दी। उसे तान्या चौधरी की आँख में रुका हुआ वह नन्हा आँसू शिद्दत से याद आने लगा। उसके सेल पर तान्या का नम्बर सेव्ड नहीं था। शायद किसी डायरी में नोट किया था उसने वह नम्बर। उस वक़्त उस नम्बर का उसके सेल पर नहीं होना उसे सुकून से भर गया था मगर आज वह उसे परेशान करने लगा। वह बेचैनी से नम्बर ढूँढ़ने की फिराक में लग गया। उसने अपने सारे फाइल फोल्डर्स फर्श पर पटक दिए और होटल के कमरे में चारों ओर सूटकेस का सामान फैला दिया। तभी उसे दिखाई पड़ा, वह छोटा-सा पाउच जिसमें उसने उन कागजातों को बन्द कर दिया था, जिसका उसके भविष्य से अब कोई वास्ता नहीं होना था। उसे याद आया, उसी में थी वह डायरी जिसमें तान्या का नम्बर था।

उसने काँपते हाथों से पन्ने पलटे, हरे जेल पेन से लिखा था नम्बर '981...!' वो पसीने से तर हो गया। उन्माद में डायल करने लगा। एक बार, दो बार...तीसरी बार में रिंग गई। उसकी तेज़ी से दौड़ती साँस रुक गई।

''हेलो...तान्या हीयर, आप कौन?''

''मैं माथुर...!''

''अरे!'' वो किलक उठी।

''आप...आप कहाँ हैं? क्या यहाँ दिल्ली में? नम्बर तो लोकल लग रहा है आई डोंट बिलीव इट।''

इतनी पुलक, इतने सवाल?

''तुम बहुत ख़ुश हो?''

''हाँ,'' वह चहकी, ''मैं अभी ऑफिस में हूँ, पर आपसे मिलने आ सकती हूँ, अतुल तो सिंगापुर गए हैं, आप बताएँ, घर आएँगे या मैं आपसे मिलने आऊँ?''

फिर वही, एक सम्भव-सी तान्या और माथुर की असम्भव-सी इच्छा। वही असम्भव-सी इच्छा तान्या में देखने को वह उत्सुक था और नहीं देख पा रहा था। उसे कच्चा-कच्चा लगने लगा। ''इस बार नहीं तान्या... ।'' वह यह क्या-क्या बोल रहा था? उसे अपनी आवाज़ बेगानी लगी। ये उसके शब्द भी नहीं हो सकते। कैसे आखिर? उसने तो दुबारा मिलने के लिए ही फोन लगाया था। इसमें कहीं कोई संशय था ही नहीं। वह क्यों यह मौका गवाँ रहा था? लेकिन फिर भी वह दुबारा ज़ोर देकर बोलने लगा, ''इस बार नहीं, मेरी फ्लाइट है थोड़ी देर में, अगली बार ज़रूर, ज़रूर मिलेंगे।''

इतना सुनते ही तान्या एक विचित्र स्वर में अपनी साँस गटक चुप हो गई।

माथुर ने फोन के इस पार भी उसका तनाव अपनी रगों में महसूस कर लिया। वह भारमुक्त हो उड़ने लगा।

''बाय!'' उसके शरीर का तरल रक्त गति के साथ दौड़ने लगा था।

''बाय!'' उधर से एक निराश आवाज़ आई।

माथुर ने होटल के कमरे में अपना बिखरा सामान समेटा। उसे सब करते हुए कुछ ऊँचा-ऊँचा लगने लगा। उसने अपने अन्दर की व्यवस्था को दुरुस्त रखा था, उसने कहीं कोई समझौता नहीं किया था। खासा मुश्किल काम था यह! उसने आराम से सामान समेट, एक सिगरेट सुलगाई और राख को ऐश-ट्रे में झाड़ते हुए अपने को शाबादी देने लगा, 'वह फिर बच निकला था!' इसी एहसास के साथ धुएँ के छल्लों से खेलता हुआ वह उठा, अपना सूटकेस उठाया और अध पी सिगरेट उसने ऐश-ट्रे में मसलकर छोड़ दी।

तस्वीर

पास्कल टोपनो के लाख मना करने के बावजूद आज फिर वह पास्कल की खिड़की के सामने था। उसी खिड़की के सामने, जो सड़क पर खुलती थी और जहाँ रिक्शेवाले, रोज़ रात को रिक्शे जोड़ सोया करते थे। उनके वहाँ लगातार होने से संयोगवश पास्कल की खिड़की और खुली सड़क के बीच एक ओट उठ गई थी, और पास्कल बेपर्द होने की शर्मिन्दगी से बच गया था। पास्कल के जिस कमरे में यह खिड़की थी, वह पास्कल के इस्तेमाल में लगभग हर समय आता था। हर उस समय जब पास्कल घर में होता था। पास्कल के पास यही एक कमरा था, सोने-बैठने के लिए। जिस मिशन स्कूल में पास्कल ड्राइंग टीचर था, उसका नाम सन्त आग्नेस था। स्कूल उसके कमरे के पास था। इसीलिए बड़ी सुविधा थी। वह पैदल चलकर दो ही मिनट में स्कूल चला जाता था और दो ही मिनट में चल लौट भी आता था। किराए के पैसे बचते थे। मगर कमरे की इकलौती खिड़की का सड़क की ओर खुलना कुछ दिक्कतें भी पैदा करता था। एक तो सामने सड़क पर चलनेवाला ट्रैफिक, धूल, धुआँ शोर का रेला कमरे में छोड़ता रहता था, दूसरे लोगों की उत्सुक निगाहें खुली खिड़की के भीतर के रहस्यों को यूँ उजागर होते देख, ख़ुद-ब-ख़ुद ठिठक जाती थीं। जिस कस्बे की गलियों को वह छोड़ आया था, ठीक वहाँ की तरह यहाँ के लोगों का भी मिज़ाज था। चलते-फिरते किसी की खिड़की खुली दिखी तो झाँक लिया। फर्क बस इतना था कि उसके कस्बे के लोग उससे परिचित थे, इसलिए 'ऐ भैया' की आवाज़ देकर उसका खिड़की के बाहर इन्तज़ार करते थे और हालचाल लेने के बाद अपने रास्ते चले जाते थे। यहाँ के लोग कई बार ताक-झाँक करते थे, कई बार यूँ ही खिड़की से सटकर खड़े हो आपस में बतियाते थे। पास्कल उनके इस तरह खड़े होने को लेकर कई बार घबरा जाता था। क्या पता बाहर खड़े लोग चोर-उचक्के हों? हालाँकि उसके घर में चुराने लायक कुछ था ही नहीं। फिर भी कुछ न होने का ख़्याल उसे और शर्मिन्दा करता था। इतनी दूर जो वह डालटनगंज से यहाँ तक आया था, किसलिए? यहाँ उसे

जाननेवाले कितने कम थे! कितना अकेलापन था यहाँ! कितनी भीड़ थी इस शहर में फिर भी कितना अकेलापन! वह तो मौसी पहले आकर यहाँ बस गई थी, वही ले आई। जिस स्कूल में मौसी आई थी, वहीं उसे ड्राइंग टीचर की नौकरी मिली थी। पढ़ने में तो खास जी नहीं था उसका, मगर चित्र उससे बहुत अच्छे बन जाते थे। किसी तरह ग्रेजुएशन किया था वहीं डालटनगंज के मिशन कॉलेज से और फिर ट्रेन पकड़...

शुरू में अकेलेपन को काटनेवाली साथिन लगी थी खिड़की, फिर वह उसकी झल्लाहट का हिस्सा बनने लगी। पहले तो झाँकनेवाले लोगों का कभी न ख़त्म होनेवाला सिलसिला था फिर रिक्शेवालों की चकल्लस। रात को पी-पा लेने के बाद माँ-बहन की शान में गीत भद्दे-भद्दे। रात के वे पल उसे पाप की अभिव्यक्ति लगते थे। उसे लगता था, वह भी उन पलों में ज़बरदस्ती का भागीदार हो रहा है।

जिस कस्बे से वह आया था, वहाँ नैतिक शिक्षा का बड़ा महत्त्व था और चारों ओर भाईचारा, शान्ति फैलाने की ज़िम्मेवारी हर यीशु के भक्त की अपनी जिम्मेवारी थी। वह अपने दायित्वों को हमेशा से बड़ी गम्भीरता से लेता था और वही करता था, जिसके प्रवचन वह अपने बड़ों से सुनता आया था। अपने माता-पिता और फादर थॉमस से। फादर थॉमस उसके गुरु ही नहीं थे बल्कि यीशु के बाद उसके मन में देवता समान स्थान रखते थे। अपने कस्बे में वह फादर थॉमस का सबसे लाडला शिष्य था। कस्बे से चलते वक़्त जब वह चैपल गया था, फादर उसे कुछ पढ़ते हुए मिले थे, बाहर धूप में बैठे सुबह की सर्विस ख़त्म करवा। कैसा चित्र था वह! उसके हृदय में बैठ गया है। कभी उसे ज़रूर बनाएगा पास्कल। वे उसे देख चौंक गए थे। बढ़ती सुबह की धूप में उनके चश्मे का रंग भूरा हो गया था। उनके गाल और चश्मे में अन्तर सिर्फ़ कमानियों का था। उनके सफ़ेद चोगे से भूरे के बीच का सफर तय करती धूप उजली और चमकीली बन गई थी। उनके हाथ में बाइबल की कोई अंग्रेज़ी प्रति थी, जिसे वह चैपल के कभी हरे, आज भूरे हो चुके लॉन में एक काठ की बेंच पर झुककर पढ़ रहे थे। पीछे चैपल की सफ़ेद दीवार, दो ऊँची मीनारें, यीशु की सादगी और बलिदान की नुमाइंदगी में शान से खड़ी थी। छोटे से रौशनदान का पीला काँच सुनहरा हो दमक रहा था—यीशु के आत्मउत्सर्ग की आभा का दीप्त प्रतिबिम्ब। उसने उदासी से अपनी नज़रें, चैपल से हटाईं और फादर थॉमस से बोला, "जा रहा हूँ, आज ही। रिजर्वेशन नहीं है, मगर मौसी कहती है, उसके पास तीन रिजर्व्ड टिकटें हैं, हो जाएगा। टीटी से बात कर लेगी।"

फादर ने प्रेम से सिर हिलाया, "समझदार है स्टेला, बैठो।" वह फादर के पैरों के पास घुटने मोड़ बैठ गया। फादर ने उसके सिर पर हाथ फेरा। वही आत्मीय स्पर्श जिसे वह बचपन से हर पल महसूसता था, अब कब मिलेगा? कभी मिलेगा भी क्या? सोच तो रहा था, पैसा कमाकर लौटेगा और यहीं फादर के साथ कस्बे के लिए, चैपल के लिए कुछ करेगा। कुछ अच्छा।

"पास्कल, वहाँ जाकर भी अच्छा करना सबके लिए, समझे? यीशु को अपने दिल में रखना हमेशा। देखना, ताक़त बढ़ेगी। भेद नहीं करना। मनुष्यों में भेद बिलकुल नहीं। सब यीशु के रूप हैं।"

पास्कल के कंठ से हमेशा ही ईश वचन सुन आवाज़ नहीं निकलती थी। वह मन्त्रबिद्ध चुप बैठा रहा। भावों के आवेग से और डर गया। आवेग के साथ रुलाई फूट पड़ी तो? वह धीरे से उठा, अपनी पैंट से सूखी भूरी घास झाड़ी, फादर के दोनों हाथों को हाथ में ले बारी-बारी चूमा और बिना पीछे मुड़े चल दिया। दुबारा मुड़ने से मन्त्रों के तिलिस्म के टूटने का डर था, उसके रोने के डर से जुड़ा-जुड़ा। उस दृश्य को वह ज़रूर कागज पर उतारेगा, ज़रूर...

खिड़की के बाहर सारी गच्चपच्च थी और उसको आदेश था कि वह इसके बावजूद अपना सन्तुलन न खोए। फादर थॉमस का आदेश था। वह पूरी कोशिश करता था कि आदेश की अवहेलना न हो, मगर वह रिक्शेवालों की झूमाझटकी और उस खिड़की का घनचक्कर-सा चक्कर!

फादर थॉमस के लाख स्नेहिल स्पर्शों के बावजूद मनुष्यों के बीच में फर्क नहीं करने की हजारों ताकीदों के बावजूद, पास्कल मनुष्यों में फर्क करता था। कमरे के बाहर से आती आवाज़ें उसे घृणित लगती थीं। बाहर से झाँकते लोग उसे गन्दे लगते थे। खासतौर से वह लड़का उसे बेहद गन्दा लगता था, जो उसके इस कमरे में रहने आने के महीने-भर बाद से ही लगातार खिड़की से झाँकने लगा था। वह उसे हट्ट-हट्ट कर, हर वक़्त भागता रहता था।

दस बार, बीस बार...कोई कितनी बार हट्ट कर सकता है?

'भेदभाव नहीं पास्कल,' सुबह-दोपहर-शाम हर वक़्त फादर थॉमस की आवाज़ उसके अन्दर मीठे दर्दवाले काँटे उगाती रहती थी। मगर वह जो उसे तंग कर रहा था, गन्दा भिखमंगा-सा था। गन्दे कपड़े पहने, बदबूदार कीड़े-सा महकता। वह पास्कल को शायद दयालु मान उसके यहाँ झाँकता था। वह कुछ भी हो सकता था, भिखमंगा तो लगता ही था, चोरों का जासूस या उचक्का भी हो सकता था। पहले तो उसकी ऐसी गुहार सुन पास्कल हाथ से दूर हटने का इशारा कर खिड़की के पल्ले बन्द कर देता था। लेकिन वह ढीठ सलाखों वाली

ग्रिल के भीतर पंजे डाल पल्ले पीटता रहता था। 'भूख लगी है, भूख लगी है'' चिल्लाता रहता था। पास्कल के पास होता ही क्या था खाने को, जो वह लड़के को दे देता और इस परेशानी से अपनी जान छुड़ाता? दिन में एक बार कभी बनाई गिनी-चुनी रोटियाँ होती थीं या थोड़े दाल-चावल, उसमें भी बाँट बखरा—कैसे सम्भव था?

एक दिन कुलथी की दाल और चावल खाने बैठा तो तुरन्त कस्बे में वर्षों पहले खाए भात की याद आ गई। वहाँ गरम-गरम भात घर में सबसे पहले उसे ही परोसा जाता था। उसे वहाँ आदत ही थी गरम भात खाने की। इस याद के उभरने के बाद ठंडा चावल गले के नीचे उतरने से इनकार करने लगा, तभी खिड़की का परदा हटा—उसी ढिठाई से जैसी ढिठाई देखने की पास्कल को आदत हो गई थी। वही था, चिल्लाने लगा, ''सर, भूख लगी है...'' पास्कल के सामने रखा खाना देख लड़के की पीली कीचड़ से सनी आँखें चमक उठीं, ''देनन... थोड़ा-सा...थोड़ा...'' वह अपने हाथ को कौर बना अपने मुँह में रखने लगा।

पास्कल उठा, तमककर। लड़का उसके तेवर देख घबरा के दो क़दम पीछे हटा, लेकिन चूँकि डर से ज़्यादा भूख या लालच हावी था उस पर, वह वापस खिड़की की सलाखों से आधा सिर भीतर कर, आवाज़ को भी ऊपर-नीचे करते हुए बोलने लगा, ''सर, थोड़ा दो न...''

पास्कल उसे ग़ौर से देखने लगा, यह लड़का डरता क्यों नहीं? क्या भूख की शिद्दत भीतर से डर खत्म कर देती है? वह अपने अन्दर उठनेवाली खाने की चाहत को लड़के की भूख से तौलने लगा। न, लगता है, यह उचक्कों के लिए आम बात है यूँ बेशरम होना? उसने अपनी कलाई की चमड़ी दो उँगलियों के बीच में उठाकर खींची। ख़ूब दर्द हुआ। उस लड़के को इतना खींचने से असर नहीं होगा—पक्का। उनकी चमड़ी मोटी होती होगी ज़रूर। उसके मन में आया, जाए और लड़के के दोनों होंठों को एकसाथ दबाकर उसका थूथन बना उसे देर तक सलाखों के भीतर खींच, उसे कष्ट दे। मगर...सब ख़्याल थे। सब के सब। और ख़्याल अच्छे नहीं थे। और पास्कल अच्छा था। ऐसा फादर थॉमस ने कई बार कहा था, 'मेरे यीशु का सबसे सच्चा बच्चा।' उसने खाती हुई थाली उठाई और लड़के को इशारा किया। ''सामने दरवाजे पर आ जा,''

लड़का तुरन्त उड़न-छू हो गया और दरवाजा भड़ाक से खोल अन्दर आ गया। उसने कुर्तेनुमा लम्बा शर्ट पहन रखा था, एक मटमैली काली पैंट पर जिसे वह अक्सर पहना दिखता था। उसने अपने दोनों हाथ फैला दिए।

पास्कल असमंजस में था, कैसे दे खाना लड़के को? उसने लड़के को कहा,

"रुको," और अख़बार या पन्नी जैसा कुछ ढूँढ़ने लगा।

जब तक वो कमरे में सामान ढूँढ़ रहा था, लड़के ने जल्दी-जल्दी थाली से सारा खाना अपनी शर्ट को झोला बनाकर उसी में रख लिया।

पास्कल को ज़ोर का गुस्सा चढ़ गया... "साले...सबर नहीं जरा,"

"नहीं..." बोल लड़का तीर की तरह कमरे से बाहर हो गया।

एक दिन खाना मिलने के बाद लड़का बेधड़क हो गया। लगता था, अब वह पास्कल पर नज़र रखने लगा था।

पास्कल उसे सड़क पर खड़ा देखता था। अपने इन्तज़ार में या उसे ऐसा ही कुछ शक होता था। कई बार वे घर छोड़ते वक़्त ताला खींच-खींच आश्वस्त होने लगा, मज़बूती से बन्द है न? लड़का कई बार बीड़ी फूँकता दिखता, कई बार रिक्शेवालों से बतियाता, कई बार सड़क पर कुछ अपने ही जैसे बच्चों के साथ कंचे खेलता। पास्कल उस दिन के बाद से उसके लिए कभी पूरा दरवाजा नहीं खोलता था।

चूँकि लड़के का आना जारी था, इसलिए वह एक रोटी ज़्यादा बनाने लगा था। लगातार खिड़की पर उभरते शोर से बेहतर उपाय था, आधा दरवाजा खोल, लड़के को बुला, कभी रोटी, कभी ब्रेड, कभी ठंडे चावल पकड़ा देना।

उस दिन दोपहर तीन बजे जब वह स्कूल से लौटा तो उसने देखा, लड़का सड़क पर बच्चों के साथ कंचे खेल रहा था। उसे भयानक तरह की थकान हो रही थीं। आज स्कूल में सिस्टर सुचिता से उसकी ज़ोर की बकझक हो गई थी। अब ड्राइंग जैसे विषय में भी वे अपने प्रिंसिपल होने का रुतबा ठेल रही थीं। उसने अपनी क्लास के बच्चों को कह रखा था, वे प्रकृति का दृश्य बनाएँ और प्रकृति को अपने हिसाब से अपनी कल्पना से रँग डालें। वह धीरे-धीरे हर बच्चे के पास जाकर देख रहा था। बच्चे कैसे-कैसे रंग पेड़ों में, पौधों में, आसमान में भर रहे थे। तभी सिस्टर सुचिता क्लास में आ गई और कुछ बच्चों की कॉपियाँ देख कहने लगीं, "पास्कल सर, सूरज पीला होता है और आसमान नीला, बच्चे तो गलत-सलत रंग भर रहे हैं, प्लीज़, इन्हें सही रंग तो बताइए!"

बच्चे उसकी ओर असमंजस से ताकने लगे। उसे थोड़ा अपमानित लगा। लेकिन फिर भी वह हिम्मत कर बोला, "सिस्टर, बच्चों के मन के रंग हैं, ड्राइंग क्लास में उन्हें मन की बात करनी चाहिए।"

"नहीं," सिस्टर सुचिता अड़ गईं, "बच्चों के माँ-बाप इसलिए उन्हें स्कूल भेजते हैं कि हम उन्हें सही चीज़ सिखाएँ, प्लीज, ध्यान दीजिए..."

वह चुप हो गया था। प्रेम और उदारता का प्रवचन हृदय में धड़-धड़ धड़कने

लगा। उसका सिर झुक गया था। बच्चों को ज़ोर से कह उठा था, "बाद में हम दोबारा चित्र बनाएँगे और रंग भी मैं बताऊँगा,"

"सर, इस शीट का क्या करें?" बच्चे कोरस में पूछ उठे थे।

"फाड़कर फेंक दो...सब फेंको, डस्टबिन में डालो," उसकी आवाज़ में लाचारी का पनपनाता गुस्सा था। वह सहज नहीं रह पाया था।

घर लौटने पर सड़क पर उसने उस लड़के को देखा था और सड़क पर ही ठहर गया था। कितना अबढंग था लड़का! जिन बच्चों के साथ वह खेल रहा था, सब उससे कद में छोटे थे। उनके बीच उछलता एक चीकट बनमानुस, हूँ-हाँ की हुंकार भरता हुआ। ख़ूब सारे कंचे जीत हवा में जो उछला बनमानुस तो पास्कल का दिल भी उछल गया। उसे लगा कि उसे भी कंचे खेले बहुत दिन हो गए हैं और कितना अटपटा तो यह ख़्याल है, मगर उसका जी भी कंचे खेलने को कर रहा है। वह अपनी इस प्रतिक्रिया पर चौंक गया। एक हाथ से छाती दबाए, वह अपने कमरे का ताला खोलने लगा मानो अपनी प्रतिक्रिया वापस भीतर की ओर धकेलने का प्रयास कर रहा हो! तभी जैसी उसे उम्मीद थी, वह शातिर लड़का खेल छोड़ उसके पीछे आ खड़ा हुआ, "सर, आज क्या पकाया है?"

उसकी खीज़ में इजाफा हुआ। मन किया, पीछे मुड़ एक रैपटा लड़के की कनपटी पर जमा दे, "दिन-रात खाना...खाना..."

मगर वह सोचा हुआ न कर, सीधे दरवाजा खोल भीतर आ गया। मुड़कर दरवाजा बन्द भी नहीं किया। ज़ाहिर-सी बात थी और वह जानता भी था, पीछे-पीछे लड़का भी भीतर आ गया। उसने फिर भी कुछ नहीं कहा और थके कदमों से जूते के फीते खोलने अपनी चौकी पर बैठ गया। लड़का उसके बहुत पास आकर उसके पायताने बैठ गया। सभ्य शिष्ट-सी पालथी लगा। पास्कल ने नज़र ऊपर उठाई और लड़का उसकी आँखों में आँखें डाल उसे बेखौफ़ ताकने लगा। पास्कल ने आज पहली बार इतने नजदीक से लड़के को देखा। गरीबी ने उसे दुबला-पतला क्यों नहीं रखा था? उसकी देह पर मांस की इतनी मोटी-मोटी परतें क्यों थीं? वह अपनी उम्र से बेतरह लम्बा भी था। पास्कल ने अनुमान लगाया, उम्र बारह वर्ष के लगभग थी, पर आँखों में और पूरे शरीर में एक कमअक्ल इंसान की जुम्बिश थी, बच्चों का भोलापन नहीं। तभी यह खाने के अलावा कुछ और नहीं बोलता। इसकी सारी चेतना खाने के इर्द-गिर्द सिमट गई है।

"नाम क्या है तेरा..."

"पप्पू..." यह बोल वह ज़ोर से हँसा। लगा, पास्कल का मज़ाक उड़ा रहा हो जैसे! "वैसे, लड्डू भी है और कद्दू भी!"

"चुप!" पास्कल गुर्राया, "खाने के अलावा तुझे कुछ सूझता क्यों नहीं?"

पास्कल जान रहा था, इस अल्पबुद्धि से इस तरह का सवाल बेमानी-सा है। फिर भी उसे लगा कि हमेशा की तरह उसके अन्तरंग क्षणों में उसके अन्दर फादर थॉमस आ गए हैं और वे लड़के को माफ कर, हृदय से लगा एक अच्छे काम को अंजाम देने का मन बना रहे हैं। लिहाज़ा लाख क्रोध, घृणा के बावजूद वह लड़के से मुखातिब हो उसे जीतने का मन बनाने लगा।

"माँ-बाप कहाँ हैं तेरे?"

"नहीं हैं..."

"क्या? ठीक से बता और सच बोल।"

लड़का फें-फें कर फिर एक झागदार हँसी हँस दिया, जिसमें निहित भाव पास्कल को चिढ़ाना ही था।

पास्कल तिलमिला गया। "बता, वरना खाने को कुछ नहीं दूँगा।" उसने चतुराई से लड़के की कमज़ोर नब्ज पर हाथ रख दिया।

सचमुच लड़का इससे परेशान दिखने लगा। उसका चेहरा रेखाओं में बँट गया। पेशानी पर बल, होंठ ऊपर की ओर मुड़े-मुड़े और आँखों में चिन्ता की रेखाएँ कीच सने कोओं में थिरकने लगीं। वह पट से बोला, "बाप नहीं है, माँ काम पे जाती है, झाड़ू-पोंछा उधर वाली सोसाइटी में, सच। एकदम सच, अब रोटी..."

पास्कल को लगा, अब लड़के को रोटी न देना अन्याय होगा। वह उठा और रोटी के साथ एक हरी मिर्च ले आया। सब्जी नहीं थी।

लड़का लपका और लगभग छीनते हुए रोटी वहीं गाबुर-गाबुर खाने लगा। लड़के के खाने का अन्दाज भुक्खड़ जैसा होते हुए भी नहीं था। उसमें पास्कल को लालच की लार ज़्यादा टपकती-सी लगी। इसका मतलब लड़का शायद इतना वंचित भी नहीं जितना पास्कल समझ रहा था।

"पप्पू, क्या माँ खाना कभी नहीं खिला पाती?"

"खिलाती है न दो टाइम, पर मुझे और चाहिए—हे...हे...हे...हमेशा चाहिए—हे...हे..."

इतना सुनते ही पास्कल की सारी उदारता हवा हो गई। जब देखो तब निर्लज्ज हँसी। उसने लड़के को कन्धा पकड़ उठाया और घर के बाहर कर, धड़ाक से दरवाजा बन्द कर दिया।

वह चौकी पर आधा शरीर गिरा लेट गया और इच्छा-अनिच्छा के सपनों में बदहवास दौड़ने लगा। इतना थका था, पर बैठने का ठौर कहीं नहीं था। सपने

में भी नहीं। फादर थॉमस के मज़बूत शिला समान विचारों को पकड़ने की जद्दोजहद में उसके हाथों में पसीना आता-जाता था और भारी मेहनत के बावजूद पकड़ छूट जाती थी। वह अच्छे से बुरे विचारों पर चलने लगता था। उसके मन में क्रोध, घृणा और निराशा बड़े-बड़े कंक्रीट के ढेर खड़े करते रहते थे। ये अच्छे आदमी होने की महत्त्वाकांक्षा को डिगाते रहते थे। वह कैसे इसे हो जाने देता? इसीलिए कभी मीठी नींद सो भी नहीं पाता था।

आज भी लड़के को भगाने पर उसके अन्दर ग्लानि उभरकर उसे सताने लगी। घड़ी देखी पाँच बज गए थे। वह खाली पेट क्षुब्ध हो सो गया था। पेट में तभी आवाज़ें उठने लगी थीं। उसने अपना खाना लड़के को दे दिया था और अब बनाने की इच्छा उसे बिलकुल नहीं थी।

वह दुबारा अपने जूते पहन घर के बाहर निकल आया। बगल की चाय की दुकान पर बैठ चाय और पकौड़े खाने लगा। उसने जैसे ही पकौड़े का दूसरा हिस्सा मुँह में डाला, उसका उद्दिग्न मन शान्त होने लगा। खाना मरहम हो गया। क्या, खाना खाते ही सबके लिए मरहम हो जाता है? धत, लड़के को भगाने की ग्लानि भी काफूर हो गई, कितनी जल्द। पास्कल का मन उस लड़के से कम जुड़ाता था, तो क्या हुआ? छोड़ो, उसने अपने विचारों को परे धकेला और थोड़ी बेवजह की चहलकदमी के मन्न से यूँ ही चल पड़ा। अपनी सड़क के दाईं ओर देखने पर उसे वह झुग्गी की कुकुरमुत्ता बसाहट दिखने लगी। छतरी लगाए कच्चे-पक्के कमरे सिर जोड़े बैठे थे। वहीं की कच्ची गली से निकलता, वह अबढंग भी दिखाई पड़ा।

पास्कल को कस के खीज़ हुई। लड़का उसे देख दौड़ा चला आया। पास्कल ने मुँह अलग घुमाकर स्पष्ट करना चाहा कि वह लड़के को ढूँढ़ने नहीं, यूँ ही इस सड़क की ओर चल दिया था, मगर लड़का बोल पड़ा, "क्या सर, पप्पू को ढूँढ़ रहे थे?"

वह पप्पू को ढूँढ़ने तो नहीं निकला था? या निकला ही था? वह ढीठ की तरह गुर्राया, "सारा दिन क्या तेरे बारे में सोचता हूँ? और काम नहीं मुझे?"

लड़का जारी रहा, चिढ़ाता-सा, "सर जी, आप करते क्या हो और काम?"

पास्कल इस सवाल पर एकदम ढीला पड़ गया, "क्यों, स्कूल में पढ़ाता हूँ और..." और सचमुच उसे लगा, वह कुछ नहीं करता था, लिहाज़ा एकदम से प्रभाव ज़माने के लिए विषयान्तर कर बोला, "पढ़ना-लिखना सीखेगा? पढ़ाऊँगा तुझे और काम करूँगा अच्छा-सा।"

लड़के ने जितने उत्साह से हामी भरी, वह पास्कल के लिए भी अप्रत्याशित थी। उसे अपने प्रस्ताव की गम्भीरता पर पहले से ही शक था, पर लड़के के उत्साह

ने तो उसके अन्दर के पशोपेश को और हवा दे डाली, "तू सचमुच पढ़ेगा?" उसने अपनी भँवों को ऊपर चढ़ा पूछा।

लड़का वही हँसी हँस दिया। वही बेशर्म वाली, "नहीं, पढ़ाओगे न?"

पास्कल शर्म घोंटते हुए कहने लगा, "पढ़ाऊँगा, पढ़ाऊँगा मगर नहा-धोकर चार बजे आना। मुझे पता है, तेरे पास घड़ी नहीं लेकिन अगल-बगलवालों से पूछकर चार बजे ही आना और आते ही खाना-खाना मत करना। अच्छे से रोज़ एक घंटा पढ़ेगा तो मैं तुझे उसके बाद चाय-रोटी दूँगा, मगर पढ़ने के पहले नहीं। समझा?"

लड़का शिकंजों में कस गया हो जैसे, ऐसे भाव से उसे ताकने लगा। अभी तक की पास्कल को उसके उकसाने की प्रवृत्ति पर विराम लग गया और दोनों एक-दूसरे को इस भाव से देखने लगे कि यह नया सत्य क्या दोनों को सुहाएगा?

अगले दिन से पप्पू ठीक चार बजे हाज़िर। पास्कल आश्चर्य से भर उठा। बाल तेल और पानी मिला कंघी से दबाकर सोंटे हुए। एकदम चिपकाए से। बालों के यूँ पीछे होने से आँखें अलग से नज़र आने लगीं। छोटे माथे के नीचे बसी घनी भौंहों के बीच हर वक़्त कीच से सनी आँखों का रंग, आज-सफाई के बाद, देख पाया पास्कल। हलकी-हलकी भूरे रंग की आँखें थीं ये तो, जो बहुत बोलने के बजाय बहुत छुपाने का माद्दा रखती थीं। छोटी फूली नाक के नीचे कटे-फटे जामुनी होंठ थे। चेहरे का आकार चौड़ा और फैला हुआ था। कपड़े वही पुराने थे, लेकिन साफ़ और धुले हुए लग रहे थे। पास्कल के भीतर का चित्रकार इस छवि को देख रोमांचित हो गया। उस पर से जिस शिष्ट भाव से लड़का स्लेट और खड़िया लिये आया था और आग्रह से पास्कल का मुँह ताकने लगा था, पास्कल को फादर थॉमस की याद आ गई। उसने उन्हें मन-ही-मन बताया, 'फादर, आज से मेरे अच्छे काम की शुरुआत हो गई है,' उसके अन्दर के अच्छे कामवाले श्रेष्ठता बोध ने उसके स्वर में विनय और करुणा का अद्भुत सृजन किया और वह प्यार से बोल उठा, "पप्पू, बैठो, मैं कुछ लिख के दूँगा, उसका बार-बार अभ्यास करो। एक किताब लाऊँगा कल, उसमें से भी पढ़ाऊँगा, ठीक?"

"उस किताब में फोटू होगी।" पप्पू की आँखों में उजास भर गया।

"हाँ!"

"अच्छा" वह सन्तोष से बैठ गया और 'अ' लिखने के अभ्यास में मग्न हो गया।

पास्कल ने भी अपनी ड्राइंग शीट निकाली और पेंसिल से पप्पू का चेहरा बनाने लगा।

पप्पू के सीखने की गति बहुत धीमी थी। उसकी उम्र देखते हुए पास्कल को लगा, एक घंटे में उसे कई अक्षर सीख लेने चाहिए थे, पर वह 'अ' पर ही अटका हुआ था। मगर पहला दिन होने की वजह से पास्कल उसपर नाराज नहीं होना चाहता था लिहाज़ा उसने मुस्कुराकर कहा, "पप्पू, आज के लिए बस इतना। अब तुम रुको, मैं तुम्हें चाय-रोटी देता हूँ।" वह उठकर पुराने अख़बार में बची हुई रोटी रखने लगा और एक चूल्हे की गैस पर चाय बनाने लगा।

लड़का कोई सस्ता गीत गाने लगा और ज़ोर से धप्प से उछलकर चौकी पर बैठ गया।

कड़ाक जैसी कुछ आवाज़ हुई। पास्कल डरकर घूम गया। चाय छलक गई और उसके साथ उसका श्रेष्ठता-बोध भी। वह लगभग चीखता-सा बोला, "क्या कर रहा है गधे?"

पप्पू चौकी पर रखे पास्कल द्वारा अपने बनाए चित्र को निहार रहा था और उसका पूरा शरीर गधे जैसा नहीं, बल्कि एक आतुर स्वस्थ बच्चे जैसा चित्र में रमा हुआ था। इतनी खरी बात मानो उसने सुनी ही नहीं। "मेरा फोटो? मेरा फोटो!" वह अविश्वास से भरी रौ में बोले जा रहा था। "सर, मैं कितना सुन्दर लग रहा हूँ! है न, फोटो में आदमी असली से सुन्दर लगता है, है न?"

पास्कल कुछ न बोला। चाय और रोटी लड़के को पकड़ा दरवाज़े की ओर इशारा करने लगा, 'भाग'।

लड़के ने भारी हड़बड़ी से चाय अन्दर उड़ेली, मानो इसके बाद फिर कभी उसे ऐसी चाय नसीब नहीं होगी और रोटी को पुपुही समान लपेट, बड़े-बड़े ग्रासों में चबाता हुआ भाग खड़ा हुआ।

पास्कल सोच में पड़ गया लगता है, पप्पू का सारा आत्मसंयम अन्त में, खाना मिलने के इन्तज़ार में बड़ी मेहनत से साध गया था। इस लड़के को पढ़ने-लिखने से कोई मतलब नहीं लग रहा था। कहाँ फँस गया वह?

रात में मगर फादर थॉमस उसके न चाहने पर भी सपने में फिर आए और उसके सिर पर स्नेह से हाथ फेरते रहे। 'मेरा सबसे अच्छा यीशु भक्त!' पास्कल पसीने से लथपथ हो उठा। नहाया, चाय पी, तो कुछ नियन्त्रण लगा अपने ऊपर। फिर बिना कुछ और सोचे स्कूल चला गया।

आज स्कूल में उसने अपने ड्राइंग क्लास के बच्चों को सिस्टर सुचिता के मन का पाठ पढ़ाया; बल्कि उसने बोर्ड पर लिख दिया—आसमान का रंग नीला, सूरज पीला, पेड़-पौधे हरे, मिट्टी भूरी। क्लास के अन्त में वह फर्क नहीं कर पा रहा था कि किस बच्चे का कौन-सा बनाया हुआ चित्र है। उसने सारे चित्र इकट्ठे

कर अपने कन्धे से लटकते बैग में डाले और घर की ओर बढ़ा।

रास्ते में उसे सिस्टर सुचिता मिली, उसने हँसकर उन्हें 'गुड इवनिंग सिस्टर' कहा।

सिस्टर ने उसकी खुरानुमाई पर हैरत होने पर भी हैरत न प्रकट करनेवाली कठोरता अपनाकर 'गॉड ब्लेस यू' कहा और पास्कल के 'आमेन' कहने पर पैदा हुई समझौते की बयार से स्कूल बिल्डिंग के गेट पर बनी मदर मेरी और बालक यीशु की पत्थर से बनी आकृतियाँ भी मुस्कुरा उठीं।

पास्कल टोपनो ने घर पहुँच, बच्चों के बनाए सारे चित्र चौकी पर फैला दिए। दाल-चावल बनाए, हाथ-मुँह धो उसे खाया और सीधे फर्श पर चादर बिछा लेट गया।

ठीक चार बजे दरवाज़े पर दस्तक हुई। आधी नींद की बेख्याली में उठ, भरमाए-भरमाए उसने दरवाजा खोल दिया।

पप्पू के कमरे में घुसने पर हवा का एक झोंका कमरे में बहता चला गया, और चौकी पर छितराए बच्चों के बनाए चित्र फर्र-फर्र कमरे में उड़ने लगे। पप्पू अपने दोनों हाथों का पाश बना उन्हें समेटने की कोशिश में उन्हें मुचड़ने लगा।

"छोड़ छोड़...बेवकूफ!" पास्कल हड़बड़ाकर चीखा कि कहीं उसकी क्लास के बच्चों की शीट्स बरबाद न हो जाएँ, इस वनमानुस की बेवकूफी भरी पकड़ से। "छोड़ न!" इस बार उसकी आवाज़ में फीकी चाय की ऊब थी। लगा, चित्रों की एकरूपता से वह बुरी तरह परास्त हो गया था और चूँकि उसमें देखने, संगृहीत करने लायक कुछ था ही नहीं, तो उन्हें बचाकर भी क्या हासिल?

"सर, ये तो बहुत सुन्दर है। बहुत...आप मुझे पढ़ाई के साथ ये भी सिखाओ न! आपके स्कूल वाले बच्चों का है न?" उसकी आवाज़ में निराशा थी।

पास्कल, पप्पू की बढ़ती महत्त्वाकांक्षा को देख चौंक गया। 'स्कूल वाले' बोलने में स्कूल न जाने के दुख के साथ, स्कूल जाने की इच्छा की भनक भी पास्कल को दिखाई पड़ी। उसके मन में स्वाभाविक भाव हिकारत का उभरा, जिसे दबा वह फादर थॉमस की उधार आवाज़ में बोला, "हाँ...हाँ...हाँ...क्यों नहीं, ये भी सीखो।...अब लिखो, आज दो अक्षर कम-से-कम सीखो।"

"ठीक है, पर बाद में वो सिखाना...थोड़ा।" पप्पू ने चुटकी भर इशारा किया। उसका लोभ उसकी आँख-नाक सबसे छलक रहा था।

पास्कल को आज टालना नामुमकिन लगा। "ठीक है।"

फिर भी पप्पू दो अक्षर नहीं साध पाया। वे भी टेढ़े-मेढ़े से ही थे।

पास्कल ने उसके बाद उसे चित्र बनाने को कहा, वैसा ही जैसा शीट्स पर

बच्चों ने बनाया था।

पप्पू ने बिलकुल ध्यान नहीं भटकाया। लगा रहा पहाड़ बनाने में।

पास्कल का मन ख़ुश हुआ। "वाह, पप्पू, दिखाओ क्या बनाया?" उसने उत्साह से स्लेट खींच, देखना चाहा।

पप्पू हँस दिया, "ये पहाड़ तो बनता ही नहीं," यह बोल वह स्लेट फेंक चाय और खाने पर टूट पड़ा, "आज दाल-भात और चाय...।"

पास्कल की निराशा तिलमिलाहट भरी थी, "ये...ये चित्र बनाया तुमने? एक भी लकीर सही नहीं खींची?"

स्लेट पर चित्र जैसा कुछ था ही नहीं, और खाने से पप्पू की कोई दूरी भी नहीं बन पाई थी। वह बड़े-बड़े कौर बना, बिना पास्कल की बातों से प्रभावित हुए मनोयोग से खाए जा रहा था। क्या कर रहा है, पास्कल? चाहता तो था कि पप्पू को कुछ बना दे ठीक-सा, ठीक-सा पालतू बच्चा...'पालतू' सोच उसे एक क्षण को बुरा लगा, लेकिन तुरन्त उसके भीतर से पालतू होने के गुणों की फेहरिस्त अपने जायज़ होने का बखान करने लगी। पालतू यानी—पढ़ा, लिखा, सभ्य, ईश्वर भक्त...एक न खत्म होनेवाली फेहरिस्त थी, कितनी सम्भावनाओं से भरी-भरी...!

अक्टूबर की हवा के आगमन ने पप्पू को अपने साथ बहा पास्कल के घर में प्रवेश किया था और अब दिसम्बर की कँपकँपी की बारी थी। जब भी पास्कल अपनी पोसी गई कृति को देखता तो गद्गद हो जाता। न सिर्फ़ उसने पप्पू को साफ़ कपड़े पहनना सिखा दिया था, उसने उसे हिन्दी के कुछ अक्षर और एक से दस तक की गिनती भी सिखा दी थी। अब पास्कल को लगने लगा था, उसकी कृति और अलंकारों से सजती चली जाएगी।

पप्पू की माँ भी इस बीच उससे दो बार मिल चुकी थी। पहली बार की उसकी दुश्चिन्ताएँ, दूसरी बार आश्वस्ति में बदल चुकी थीं। पहली बार वह कहती रही थी, "आप इसको पढ़ाने के बदले क्या काम लोगे?"

"बिना बाप का बच्चा है, कैसे भूखी रह-रह मैं इसको पाली सर...मैं ही जानती। तभी सर, खाना देख इत्ता लालच करता। पेट में था तो कुछ नहीं मिला इसको तबी..."

पहले तो एक झटका लगा पास्कल को, क्या पप्पू के निहायत लालची होने को जायज़ ठहराने का तरीका था यह? ये लोग जन्म से शातिर होने की ट्रेनिंग पाने लगते हैं। फिर उसे यह सब सुन जमकर कोफ्त हुई थी। सबकी वही कहानी। कोशिश करने पर भी वह अपने अन्दर पप्पू की माँ की कहानी के लिए कोई दया नहीं उत्पन्न कर पाया था।

“ठीक, ठीक है,” बोल उसे चुप होने का इशारा कर दिया था उसने। पप्पू की माँ अपनी साड़ी के पल्लू से अपनी आँख के आँसू पोंछती जा रही थी। वह और झल्ला गया था, “जाओ, मैं आदमी बनाऊँगा इसे।”

पप्पू की माँ दूसरी बार उसे बदले हुए रूप में मिली थी। बेटे का असर उस पर भी हुआ था शायद। नहा-धोकर आई थी और आँखों में काजल लगा के भी। काजल की रेखा के भीतर उस जैसी साधारण आँखोंवाली की आँखें भी आज चमक रही थीं। छोटी ढिबरी लग रही थी उसकी आँखें।

“सर, पप्पू तो बहुत होशियार, नईं? कित्ती जल्दी पढ़ना सीख लिया?” उसकी आवाज़ अभिमान और मोह से उछल रही थी।

“अभी कुछ नहीं सीखा उसने।”

इतनी सर्द आवाज़ में कहा पास्कल ने कि पप्पू की माँ डर गई और उसकी आवाज़ की उछाल धम से नीचे गिर गई, “सर, आप तो भगवान हो।” यह बोल वह नीचे बैठ पास्कल के पैर तलाशने लगी, छूकर गुहार करने की इच्छा से।

पास्कल समझ गया, उसने अपने दोनों पैरों के तलवे ढीले कर खोल दिए। पप्पू की माँ के हाथ के स्पर्श के बीच वह पैर दिव्य लगने लगे। पास्कल को अपने अन्दर एक भगवान पैदा होता दिखा। वह अपने पैरों की दिव्यता पर रीझ गया, “बनाऊँगा, चिन्ता मत करो, बनाऊँगा इसे...कुछ-न-कुछ बनाकर ही दम लूँगा अब,” इस आकाशीय घोषणा के बाद वह सुन्दर मुस्कुराहटों से भर गया। उसने देखा, पप्पू की माँ लगभग रेंगती हुई कमरे से बाहर गई। तभी उसकी नज़र पप्पू पर पड़ी। वह भी न जाने कब आकर इस दृश्य के बीच उपस्थित हो गया था और पास्कल को एक नए भाव से देख रहा था। उस भाव की व्याख्या पास्कल ठीक-ठीक नहीं कर पाया। उसे बेतरह बौखलाहट होने लगी। “बैठो, अब पढ़ने बैठो।” वह जल्दी-जल्दी बोलने लगा।

पप्पू बैठकर कागज पर पेंसिल से कुछ करने लगा।

पास्कल अब उसे किसी-किसी दिन कागज और पेंसिल दे देता था। पास्कल चाय बनाने लगा, “लो चाय...।” यह बोल उसने लगभग धकेलकर चाय का प्याला पप्पू की ओर सरका दिया।

पप्पू की नज़र चाय के प्याले पर बड़ी देर टिकी रही फिर उसने पास्कल की ओर देखा।

उस नज़र में पास्कल को फिर बनमानुस की नज़र की झलक दिखी। वह असहज हो गया, “अरे...ये क्या?” अभी इसकी माँ को कहा कि वह इसे आदमी बना रहा है और ये वापस लौटकर बनमानुस हो रहा है? “क्या है? दिखाओ, क्या

बनाया?" उसने पप्पू के हाथ से कागज खींचा। सिर्फ़ टेढ़ी-मेढ़ी लकीरें थीं और कुछ नहीं, "ये क्या है?" उसे असफलता की चिढ़ तकलीफ पहुँचाने लगी।

"आदमी," बोल पप्पू ने चाय गटकी और तीर की तरह कमरे से बाहर भाग गया।

चूँकि यह एक छिटकी हुई अजीब घटना थी, इसीलिए और जिसकी ठीक व्याख्या पास्कल नहीं कर पाया था इसलिए भी, ज़ल्द पास्कल उसे भूल, अपने काम में निष्ठापूर्वक जुट गया।

पास्कल के दिन भरने लगे। उसे अब सिस्टर सुचिता बुरी नहीं लगती थी। स्कूल के आगे ले जानेवाली सारी योजनाओं को वह सही मानने लगा था। किसी दबाव की वजह से नहीं, उनके तर्कसंगत होने की वजह से। बच्चों को एक समान रूप से चीजें सिखाने से न सिर्फ़ बच्चे व्यावहारिक ज्ञान जल्दी पा रहे थे, बल्कि उनके माता-पिता भी ख़ुश रहते थे। पास्कल को कुछ ट्यूशन के प्रस्ताव भी मिल रहे थे। वह उन पर विचार कर रहा था।

सिस्टर सुचिता ने जब ऐन क्रिसमस के पहले पास्कल को बुलाकर कहा कि स्टॉफ के लिए एक मिडनाइट मास और उसके बाद छोटी-सी पार्टी का आयोजन कर लिया जाए, तो पास्कल आह्लादित हो गया था।

"सिस्टर, डालटनगंज में फादर थॉमस मुझसे ही ये काम करवाते थे। मैं सब देख लूँगा–डेकोरेशन, खान-पान, प्रार्थना, हिम्स गानेवाले सब कुछ।"

"वेरी गुड, पास्कल सर, मैं आपकी मदद के लिए दो स्टॉफ मेम्बर लगा देती हूँ। ओके? आप ही सब यहाँ भी कीजिए।"

"यस मिसटर, यस! बहुत अच्छा रहेगा। मैं सब कर लूँगा।"

पास्कल गुनगुनाते हुए घर पहुँचा, 'आज बड़ा दिन आया, ईश्वर का लाल आएगा, संसार रोशन हो जाएगा, वह अँधियारा मिटाएगा।' कितने हिम्स याद थे उसे। इधर गाने का अभ्यास छूट गया था, मगर फिर भी वह इन हिम्स को नहीं भूला था।

"आप क्या गा रहे हो?" पप्पू हैरत में था। जब वह अपने चार बजे के टाइम पर पहुँचा, तो सर बहुत ख़ुश लग रहे थे और लगातार गाए जा रहे थे। सर कौन-सी फिल्म का गीत गा रहे थे? उसने कभी उन गीतों को रेडियो, टीवी या दुकान पर नहीं सुना था।

पास्कल झूमकर बोला, "अरे, तू नहीं समझेगा, ये प्रभु यीशु के गीत हैं।"

"उनके?" पप्पू ने दूर कैलेंडर पर बने यीशु की ओर इशारा किया।

"हाँ, उन्हीं के।" पास्कल पप्पू के यीशु से परिचय पर ममता से भर गया।

उसे लगा, वह यीशु के चित्र को देर तक देखता रहा तो रो देगा। उसने अपने आप पर काबू पाया और पप्पू से कहा, ''सुनो, अब इस हफ्ते तुम मत आना।''

''क्यों?'' विचलन से पप्पू की आवाज़ घरघरा गई। ''क्या कहीं बाहर जा रहे हैं?''

''नहीं, स्कूल में काम रहेगा, रोज़ देर से लौटूँगा और सुन, चौबीस की रात तू भी मेरे साथ चलना, मेरे स्कूल, वहाँ प्रभु यीशु का जन्मदिन मनाया जाएगा, समझा?''

''वहाँ क्या होगा?''

''वहाँ सजावट होगी, रोशनी होगी, गाने होंगे, प्रार्थना होगी और बारह बजे के बाद भोज भी।''

''भोज?''

''हाँ, खाना-पीना ख़ूब सारा, समझा?'' पास्कल का यह वाक्य लालसा को उकसाने का अचूक तन्त्र था।

''खाना-पीना?'' पप्पू की देह तन गई।

''हाँ, वहाँ केक भी होगा।''

''केक?...मैंने खाया है। माँ ने खरीद के खिलाया था, पिक्चर हॉल की दुकान से, रोलक्रीम और केक।''

''अरे वैसा नहीं...वह बड़ा केक होगा, सफ़ेद-सफ़ेद जैसे बर्फ की चादर से ढँका हुआ और केक के सिर पर एक छोटा-सा ताज होगा लाल-लाल। लाल चेरी से बना हुआ।'' पास्कल ने तय किया था, वह ऐसा ही केक बनवाएगा और मिडनाइट मास के बाद उसे ही काटा जाएगा।

''जैसा फोटो में होता है वैसा? चेरी बहुत मीठी होती है क्या?'' इतना तनाव था पप्पू की आवाज़ में...पास्कल को कहीं भीतर से एक तरंग का एहसास होने लगा।

''हाँ! अब जा, और चौबीस की शाम तैयार हो आना, साफ़-सुथरा...बन।''

पप्पू सिर हिलाता रहा, उसकी आँखों से लाल-लाल चेरी झाँक रही थी। पास्कल ठठाकर हँस पड़ा और उसने स्नेह से फादर थॉमस बन पप्पू के सिर पर हाथ रख दिया।

चौबीस की शाम छह बजे पप्पू हाज़िर था। पप्पू की माँ ने उसे एक रंग-बिरंगा स्वेटर पहनाया था। ज़रूर किसी बड़े घर के छोटे लड़के की उतरन था वह, इसलिए पप्पू के बदन पर चिपका-चिपका-सा था। पैरों में रंग-बिरंगे मोजे भी थे और सैंडिल। साफ़-सुथरा उत्साहित बच्चा लग रहा था वह।

पास्कल को अच्छा-सा लगा, सिस्टर सुचिता के सामने पेश करने लायक था वह। उसने ख़ुद अपना पुराना सूट निकाल लिया था, जिसे पिछले पाँच सालों से हर त्यौहार पर निकालकर वह पहन लिया करता था।

स्कूल में पूरा स्टाफ जमा हो चुका था। सिस्टर सुचिता से वह पहले मिला, "गुड इवनिंग सिस्टर।"

"गुड इवनिंग पास्कल! ये कौन हैं?"

"सिस्टर, मेरे पड़ोस में रहता है, जिद करने लगा, मुझे भी ले चलो, मैं भी यीशु की प्रार्थना में शामिल होना चाहता हूँ, तो मैं ले आया।"

"वाह, यू आर नोबल, पास्कल सर, इतना अच्छा काम किया आपने, वेरी गुड...यीशु की प्रार्थना में तो जो शामिल हो, वही यीशु का आशीर्वाद पाए। गॉड ब्लेस यू बच्चे।" बोल सिस्टर सुचिता ने पप्पू के गाल सहला दिए।

पप्पू पास्कल सर की ओर देखने लगा—उसी अनजाने भाव से, जिसे पास्कल सर ने एक बार बहुत पहले देखा था। वही बहुत कुछ बताने से ज़्यादा छुपानेवाले भाव से, जिसके बारे में पास्कल समझ ही नहीं पाया था।

मगर अब पप्पू उसके वश में था, इसीलिए पास्कल ने धीरे से मुँह पर उँगली रख पप्पू को चुप रहने का आदेश दिया और झुककर उसके कान में फुसफुसाकर कहा, "देखो, पार्टी में रहना है तो दूसरों को यही बोलना पड़ेगा वरना वह कहेंगे, बाहरी आदमी को क्यों लाए यहाँ? समझे?"

पप्पू के चेहरे पर आश्वस्त भाव तैर गया। उसने पूरी समझदारी से सिर हिला दिया।

थोड़ी देर बाद हिम्स गानेवाले लोग आ गए। कुछ बाजों के साथ सुननेवाले भी सुर में सुर मिलाने लगे। पप्पू ने देखा, पास्कल सर तो उससे बड़ी दूर चले गए थे। वे तो प्रभु यीशु की माँ के सामने कुछ लोगों के साथ खड़े थे। नीचे माँ के पैरों के पास सुन्दर झाँकी सजी थी। उसमें प्रभु यीशु पुआल की ढेरी पर लेटे थे। और कुछ लोग भी थे झाँकी में जिनको पप्पू नहीं पहचानता था, मगर उन्हें थोड़ी देर देखने के बाद, उसका मन भटकने लगा। कितनी देर तक एक ही दृश्य देखता वह? उसे खाने-पीने की याद आने लगी। कब होगा खाना-पीना? हालाँकि उसकी माँ ने उसे रोटी खिलाकर भेजा था, मगर पास्कल सर ने उसे बहुत तरह के खानों के बारे में बताया था, जिन्हें आज वह पहली बार खाएगा। उसका इन्तज़ार न जाने वह कितने दिनों से कर रहा था। उसका पूरा शरीर फिर तनने लगा। वह धीरे से उठा और हॉल से बाहर निकल आया। किसी ने उसे निकलते हुए नहीं देखा। सब लोग कितने मन से गाना गा रहे थे। वह थोड़ी देर स्कूल

कैम्पस में टहलता रहा फिर हॉल में झाँककर देखा, प्रार्थना चल ही रही थी। उसका तनाव जितना अबूझ था उतना ही प्रबल हो उसे परेशान करने लगा। वह फिर टहलने लगा। थोड़ी देर बाद इस एकरसता को भंग करते कुछ लोग बातें करते उसके सामने से जाते दिखे। वह उनके पीछे-पीछे चलने लगा। अँधेरा घना था। ठंड की कड़कड़ाती रात थी। बोलो तो मुँह से धुआँ निकलता था। पप्पू को मुँह खोल धुआँ निकाल हाथ से दबा उसे खत्म करने में बड़ा मजा आता था। वह वही खेल करते-करते चलता चला गया।

दोनों 'सर' लोग लग रहे थे। वे एक गलियारे को पार कर, स्कूल के पीछे बने एक बड़े कमरे में पहुँचे, वहाँ रोशनी थी। बहुत सारी टेबल थी। टेबल पर सफ़ेद चादरें बिछी थीं और उन पर बड़े-बड़े बर्तनों में ढँककर खाना रखा हुआ था। दरवाजे से झाँकने पर पप्पू के मुँह से ढेर सारी लार टपकने लगी। उसने स्वेटर वाली बाँह से अपना मुँह पोंछा और दरवाजे के पीछे छिपकर बैठ गया। सर लोगों ने जब कमरे में घुस एक-एक ढक्कन उठा सब देख लिया, तो आपस में बात करते हुए मुड़े और कमरे के अन्दर मौजूद आदमी से बोले, "अनिल, देखते रहना, कोई कुत्ता-बिल्ली न आ जाए। खिड़कियाँ सारी ठीक से बन्द है न?"

"जी सर...मैं देख रहा हूँ।" अनिल नाम का आदमी दाँत किटकिटाते हुए बोला।

थोड़ी देर में सर लोग चले गए तो पप्पू ने अन्दर झाँककर देखा। अनिल भी बाहर निकल गया। शायद पेशाब करने क्योंकि वह दूर तक चलता गया। फिर एक कमरे में घुस गया। जाते वक़्त वह दरवाज़ा बन्द कर दरवाज़े पर कुंडी लगाता गया था। पप्पू से रहा नहीं जा रहा था। उसने धीरे से कुंडी खोल दरवाज़ा खोल दिया और अन्दर जाकर उसने दरवाज़े के पल्ले लगा दिए। फिर टेबल के पास जा, चीज़ों के ढक्कन उठाकर देखने लगा। सब्ज़ी, चावल, पापड़, सलाद, दही, गुलाब जामुन और सबसे अन्तिम टेबल पर बड़ी ऊँची छन्नी से ढँका हुआ सफ़ेद–'सफ़ेद पहाड़', 'बर्फ का पहाड़...' पप्पू के मुँह से घुटी हुई चीख़ निकली। उसने बहुत एहतियात से छन्नी हटाई और देखकर लगभग मर गया। बर्फ़ का पहाड़ और उसपे लाल-लाल चेरी! ठीक वैसी जैसी फ़ोटू में रहती है! जैसी सर ने कही थी! इतनी तेज़ साँस चलने लगी उसकी, तने हुए शरीर में तेज़ साँस, अकड़ती, फिर किटकिटाती ज़ुबान! अरे, वह काँप क्यों रहा था? कितना सुन्दर था केक! कितनी सुन्दर थी चेरी! वह बार-बार देखता था ग़ौर से और घबरा जाता था। आज उसे ये खाने को मिलेगा? क्या चेरी उसके मुँह में जा गुलगुल करेगी? या ठंडी बर्फ़ जैसी जम जाएगी? कितनी देर और? उसका मन

किया—एक बार छू ले, देख ले, कैसा महसूस होता है छूने से। खाएगा नहीं वह। बिलकुल नहीं। छोटी चोरी से परहेज़ नहीं उसे, पर अब यहाँ पास्कल सर के साथ आने के बाद तो...

''नहीं...नहीं...!'' अनिल जो स्कूल का चपरासी था और स्कूल की आया जो रिश्ते में पास्कल की मौसी थी, एकसाथ चीखते हुए कमरे में घुसे। दरवाजा बाहर से खुला देख अनिल का माथा ठनका था। उसका शक सही निकला। अन्दर एक अनजान चोर केक के सामने खड़ा उसे चुराने के लालच से भरा-भरा केक को अपलक ताक रहा था। रँगे हाथों दबोच लिया गया ससुरा! अनिल ने खींचकर चोर की बाँह पकड़ी, स्वेटर फट गया उसका, कसा हुआ था ही। वह उग्र उत्तेजना से भरकर चीखा, ''आंटी, उधर सर लोगों को ख़बर कर दो, खाना खाने थोड़ी देर से आएँ, तब तक मैं इस साले चोर की ज़रा हवा निकाल दूँ।''

पास्कल की मौसी दौड़ी और भीड़ के बीच पास्कल को तलाशने लगी। चारों ओर क्रिसमस की बधाइयों का दौर बिखरा हुआ था। उसने पास्कल को पीछे से ठोंककर पास्कल के कान में धीरे से कहा, ''पास्कल, खाने के कमरे में एक चोर पकड़ा गया है, ज़रा चलकर देखो, अनिल ने उसकी अच्छी ठुकाई की है, पर पूछ रहा है, उसके साथ आगे क्या करना है!''

पास्कल बुरी तरह चौंक गया। ऐसे सुन्दर समय में जब दुनिया के अन्धकार को ख़त्म करने यीशु का जन्म हुआ था, मौसी ऐसी असुन्दर बात कैसे कर सकती थी? उसने इधर-उधर नज़र दौड़ाई। जिसे वह ढूँढ़ने की कोशिश कर रहा था, वह वहाँ नहीं था—वही चोर, चोर होगा। हमेशा का लालची! उफ...! कितनी भद्द होगी उसकी अगर सिस्टर सुचिता के सामने बात खुल गई तो? इतनी कठिनाई से उसने स्कूल में अपनी बखत बढ़ाई थी...सब मिट्टी हो जाएगा...! वह इतनी तेज़ दौड़ा कि मुँह से साँस खींच छाती में भरनी पड़ी। बुरी तरह हाँफते हुए वह खाने के कमरे में पहुँचा और जिसका अन्देशा था, उसी दृश्य को देख क्षणभर को काठ हो गया।

पप्पू जमीन पर गिरा पड़ा था और अनिल उसे ज़मीन पर पटककर, उसकी जाँघों को अपनी जाँघों से दबाकर उनपर बैठा हुआ था और एक हाथ से उसके दोनों हाथों को बाँध, दूसरे से उसपर थप्पड़ बरसा रहा था। पप्पू अपनी आँखें ज़ोर से भींच, अन्दर-ही-अन्दर दबी-घुटी सिसकी भर रहा था।

पास्कल के अन्दर दया का एक अन्धड़ तेज़ गति से गुज़रने लगा। वह स्थिर खड़ा होने में दिक्कत महसूस करने लगा। जाकर एक दीवाल से सटकर खड़ा हो गया। सहारा मिलते ही उसे ठीक लगने लगा। भीतर से अन्धड़ दीवार पर

स्थानान्तरित हो गया था शायद क्योंकि बेहतर महसूस करते हुए वह कहने लगा, ''अरे अनिल, कौन है ये?'' उसने ऐसे अपरिचय के भाव से पूछा कि अनिल और जोश में आ गया।

''सर, उचक्का है साला, कुछ नहीं मिला तो खाना ही चुराने की कोशिश करने लगा।''

''अच्छा?'' पास्कल ने आश्चर्य प्रकट किया, ''ऐसा भी करते हैं ये लोग?''

''हाँ, सर...!'' अनिल अभिमान से बोला। तब तक पप्पू अपनी आँखें खोल चुका था। उसकी भूरी आँखें, विस्फारित हो, पास्कल को ताकने लगीं। वे पानी से सन गई थीं। उसके होंठ कट गए थे और चेहरे पर खून जमकर जामुनी रंग अख़्तियार कर चुका था। उसकी आँखों में वही अनजाना भाव तैर रहा था, जिसे पास्कल कभी ठीक से समझ नहीं पाया था और जिसे समझने के चक्कर में वह हमेशा उलझ जाता था। उसी उलझी दृष्टि में डूब उसके मुँह से निकला, ''अब छोड़ दो अनिल इसे, आज क्रिसमस के दिन माफ़ कर दो इसे, आगे से नहीं करेगा ये।''

''वाह सर, आप कैसे जानते हो? इन लोगों के खून में ही नहीं सुधरना।'' बोलते वक़्त अनिल का ध्यान अपनी पकड़ से थोड़ा शिथिल हुआ। बस, उतनी ही देर में पप्पू ने अपनी शक्ति बटोरी, फ़र्श से अपने धड़ को उठाया, मुक्त हुई अपनी टाँगों से एक टाँग उठाई और अनिल के पेट में जमकर दे मारी। अनिल पीड़ा से बिलबिलाने लगा और पप्पू अपना बचाव करते हुए वहाँ से भाग खड़ा हुआ।

पास्कल सन्न रह गया। पप्पू ने उसकी ओर मुड़कर एक बार भी देखा तक नहीं...उसने सोचा था, दोनों को, अनिल और पप्पू दोनों को, बाद में धीरे से समझा देगा। आज क्रिसमस के दिन...आज के शुभ दिन...आज...कुछ गड़बड़ न ही हो तो अच्छा।

उसके अन्दर पार्टी ख़राब हो जाने की आशंका उमड़-घुमड़ मचाने लगी। उसने घबराते हुए, सारे खाने के ढक्कन खोलकर देखने शुरू कर दिए। सब ठीक था, सारी चीज़ें सही जगह, सही सज्जा के साथ मौजूद थीं। बस, केक का झीना जाल अलग रखा हुआ था। उसने राहत से देखा, ढक्कन हटा होने के बावजूद केक की सूरत नहीं बिगड़ी थी। वह आलीशान भाव से खड़ा था। सिर पर लाल चेरी का ताज पहने। उसने पानी का गिलास उठा अपना सूखता गला तर किया। यह लड़का किस धातु का बना था? कितनी मेहनत की थी पास्कल ने उसके साथ, मगर तब भी उसकी सारी चेतना...? धत्! फालतू था सब कुछ...!

जब खाने के कमरे में लोग घुसते चले आए तो पप्पू जिन अन्धकारों में दौड़कर भाग गया था, पास्कल के लिए, उन्हीं में विलीन हो गया। पास्कल को उसकी परवाह कम होने लगी और जब बधाइयों का अनवरत सिलसिला चल पड़ा तो परवाह सन्तुष्ट भोजन के बाद की डकार बन, पास्कल के जी को हलका कर गई। दो-तीन दिन बाद तक सफल आयोजन सम्पन्न कराने का खुमार छाया रहा। पास्कल ने पप्पू के ख़याल को ही स्थगित कर दिया। इन सब नई पाई उपलब्धियों के बीच एक अधकचरा प्रोजेक्ट था वह, बाद में मन होगा तो मना लाएगा उसे। उसे अपने अन्दर की अपार ताक़त पर पूरा भरोसा था।

एक हफ्ते बाद शाम के चार बजे जब पप्पू नहीं आया तो पास्कल परेशान हो गया—नियमितता भंग होने के ख़ालीपन से। कुछ और उपाय न होने की वजह से वह सड़क पर ठीक चार बजे अपनी ओर से निरुद्देश्य हो टहलने लगा। रिक्शेवालों की चकल्लस वैसी ही थी। सड़क के दाईं ओर झुग्गियाँ भी वैसी ही थीं। उन घरों पर खुलती कच्ची सड़कों पर बच्चे वैसे ही खेल रहे थे, मगर पप्पू उनमें नहीं था। पप्पू वहाँ क्या, कहीं नहीं था। उसने पप्पू की माँ को भी ढूँढ़ने की कोशिश की मगर नाकाम रहा। न वह नज़र आती थी, न पप्पू। पास्कल निराश रहने लगा। वह रोज़ निराशा से मुँह लटकाए घर लौटने लगा और अपने खाली वक़्त को भरने की कामना से अधिक समय खिड़की खुली रखने लगा। सड़क की ओर ग़ौर-ग़ौर से देखते हुए वह अपना चार बजे का समय बिताने लगा। उसने सोचा, उसे ट्यूशन कर लेना चाहिए, मगर जब तक वह कुछ तय करता तब तक समय काटने का बेवकूफ़ाना संकट बना हुआ था। उससे उबरने के लिए वह दिन में ज़्यादा प्रार्थनाएँ करने लगा था मगर उसके भीतर बेचैनी बनी रही। वह इस तरह बेचैन होने के लम्बे सिलसिले से चिन्तित हो गया। उसे लगा, इस तरह तो वह बीमार हो जाएगा। अन्दर की अपार ताक़त उसके डूबते मन के युद्ध से जूझती जा रही थी और वह शारीरिक दृष्टि से कमज़ोर महसूस करने लगा था। उसका जी फादर थॉमस से सम्पर्क बनाने का करने लगा। उनके पास सुगम्य जीवन जीने के सारे हल उपलब्ध थे। वह उसे ज़रूर रास्ता बताते।

उसी रात की बात है, जिस रात वो अपनी रज़ाई में घुसा दोनों हाथों से अपना लगातार दुखता माथा दबाता हुआ यीशु को याद कर कुछ राहत की इच्छा कर रहा था, जब उसे दरवाज़े पर दस्तक सुनाई पड़ी। वह घबरा गया। घड़ी देखी, बारह से कुछ ऊपर का समय था। इस वक़्त कौन हो सकता है? नहीं, दरवाज़ा नहीं खोलना चाहिए। वह थोड़ा डर भी गया। फिर खटखट हुई। इस बार उसने अपना माथा दबाना छोड़, उठकर अपने कमरे की बत्ती जला दी। कँपकँपाते हुए

कमरे में रखे एकमात्र स्टूल पर बैठ गया किसी अनहोनी की आशंका से भरा-भरा। इस बार जो दस्तक हुई, वह देर तक रुक-रुककर चलती रही। वह खड़ा हुआ और अकड़ा-अकड़ा ही कड़ाई से चिल्लाया, "कौन?" कोई जवाब नहीं आया। उसे तैश चढ़ आया, "साले बताता है या...! सोचता क्या है, मुझे तंग करेगा? बदमाश, गुंडे जो भी तू है, मैं तुझसे निपट लूँगा।" फिर दस्तक हुई, "आधी रात को तंग करता है...?" पास्कल क्रोध से ललकारते हुए दरवाज़े पर टूट पड़ा। मानो दरवाज़ा उसके प्रतिद्वन्द्वी के बीच एकमात्र अवरोध बना हुआ था। चुप रात में दरवाजा पूरे अधिकार से विद्रोह करता खुला।

चुप्पी का स्वर अध्यात्म की विराटता से भरा हुआ था। उसने पास्कल के भीतर की ताक़त से सीधे मुठभेड़ की। पास्कल ने ग़ौर से देखा, सामने कुछ नहीं था। दाएँ कुछ नहीं। बाएँ भी कुछ नहीं। यह क्या हुआ? क्या वह सचमुच इतना बीमार हो गया है कि उसे अदृश्य आवाज़ें सुनाई देने लगी हैं या ये अदृश्य ताकतों की परीक्षा थी? कौन-सी ताकतें थीं वे? स्वर्ग की या नरक की? वह ऐसी बात आखिर क्यों सोच रहा है? वह अपने लिए फिर चिन्तित होने लगा। उसने सामने पसरे निविड़ अन्धकार से पूछा, "कौन था?" तभी कनकनाती हुई हवा धारदार अट्टहास करती कमरे में घुसी चली आई। उसे लगा, उसकी हड्डियाँ गल जाएँगी। उसने जल्दी-जल्दी दरवाजा बन्द करना चाहा, मगर हवा का बहाव इतना तेज़ था कि ताक़त से उसे दरवाजा धकेलना पड़ा। उसी ज़ोर-आजमाइश के दौरान उसकी आँखों के सामने एक काग़ज़ फर्र-फर्र करता हुआ, उसे हैरान करने की नीयत से, कमरे के अन्दर उड़ता हुआ चला आया। उत्सुकता और घबराहट से उसका कलेजा मुँह को आने लगा। दरवाज़ा मज़बूती से बन्द कर वह काग़ज़ की ओर लपका।

वह एक ड्राइंग शीट थी। उसने उठाकर उसे अपने दोनों हाथों से मज़बूती से थाम लिया, फिर भी शीट फर्र-फर्र करती रही। उसे लगा, अब उसकी उँगलियाँ भी कमज़ोरी दिखाने लगी हैं। उसने और ताक़त लगाई। उसने देखा, उस ड्राइंग शीट में एक चित्र बना हुआ था। उस चित्र में कई टेबल थे। उनके आसपास दो मनुष्यों की अनगढ़ आकृतियाँ बनाने की पूरी कोशिश की गई थी। वे आकृतियाँ टेढ़ी-मेढ़ी लकीरों से बनाई गई थीं। उन्हीं टेबलों पर कुछ गोल बर्तन थे। उन्हीं में से एक सबसे बड़े टेबल पर एक क्रिसमस केक रखा हुआ था। केक की आकृति से पास्कल परिचित था। उसी ने तो यह केक इस डिज़ाइन में बनवाया था चौबीस दिसम्बर की पार्टी के लिए। पास्कल ने देखा, केक के ऊपर कुछ सफ़ेद खड़िए का ज़ोरदार इस्तेमाल था, जिससे सफ़ेद ड्राइंग शीट पर केक का सफ़ेद रंग

और उभरकर आए। केक के ऊपर लाल रंग की चेरी सजी हुई थी। उस चेरी में भरा गया लाल रंग कुछ जामुनी-सा हो पपड़िया गया था। कैसा रंगा था वह? पास्कल का जी मिच-मिच करने लगा। उसने उँगली से चित्र को छुआ, रंग झड़ने लगे। उसने मनुष्यों की आकृति पर उँगली फेरी, वे कोयले की काली खड़िया से रगड़-रगड़कर रँगे गए थे। पूरा चेहरा काला कर दिया गया था। उँगली फिराने पर पास्कल की उँगलियों में कालिख लगने लगी। उसने तुरन्त अपना हाथ अपनी शर्ट पर पोंछ लिया और उसके हाथ से शीट जमीन पर गिर गई और उसके दोनों पैरों के नीचे आकर दब गई। उन्हीं दिव्य पैरों से, जो उसे एक दिन कितने आकर्षक लगे थे। उसने नीचे सिर झुकाकर देखा, वह कुचड़-मुचड़ गई थी। उसने धीरे से झुककर उस पर जमे हुए अपने पैरों के निशान झाड़े और प्रभु यीशु की फ़ोटो के नीचे बने ताखे पर, हिम्स की पुस्तक से उसे दबाकर रख दिया। उसके बाद उसे लगा वह बादल बन गया है, पानी से भरा बादल, जो आश्चर्यजनक रूप से हलका भी था। वह जल्दी रज़ाई के अन्दर घुसकर गुड़मुड़ हो गया। उसने अपने मुँह के ऊपर भी रज़ाई खींच ली। उसे लगा, उसे जल्दी से सो जाना चाहिए क्योंकि कल से उसे फादर थॉमस का अच्छा बच्चा बनने में लग जाना है।

सच्चे, अच्छे पास्कल टोपनो को उस रात प्रभु यीशु का सपना आया। वे उसके साथ कंचे खेल रहे थे।

कबिरा खड़ा बज़ार में

मैं लेखक हूँ

औरत मर चुकी थी। और हमारे परम प्रिय भारत देश में यह कोई अनहोनी नहीं थी। अरे, औरत का मरना, हम भारत देश तक क्यों सीमित करें? औरत तो हर जगह लगातार, बार-बार मरती आ रही है। 'ये फेमनिस्ट-सा कथन लगता है, चेंज करो यार!' सपना मुझे टोकती है। सपना मेरी पत्नी जो औरत होकर भी फेमनिस्ट नहीं है, और न ही चाहती है कि मैं फेमनिस्ट सरीखा कुछ लिखूँ। लिखूँ, इसलिए क्योंकि मैं पेशेवर लेखक हूँ और सोचता हूँ कि भले ही ऐसे सन्दर्भो को मैं दिल से महसूस करूँ या नहीं; पर मुझे एक सामाजिक और नैतिक दायित्व के तहत लिखना ही चाहिए। मगर सपना नहीं मान रही। पत्नी-प्रेम विचित्र विडम्बना वाली स्थिति उत्पन्न कर देता है, आजकल। पत्नी से प्रेम करो तो लोग असामान्य करार देते हैं, न करो तो भी असामान्य करार देते हैं। अजीब शक्की हो गए हैं लोग! अब पत्नी से इतर किसी की बात करूँ तो लोग यहाँ-वहाँ दिमाग़ दौड़ाते हैं—कहीं, कहाँ, कैसा सम्पर्क रहा होगा? ईश्वर का शुक्र है, सपना ऐसा नहीं सोचती, फिर भी वैचारिक रूप से उसे क्रान्ति या ऐसा कोई भारी विरोध पसन्द नहीं सो वह यूँ ही व्यवस्था के साथ चलने का सुझाव देते हुए मुझे सच कहने को प्रेरित करती रहती है। सच को सच समान ही कहो। उसमें कोई क्रान्तिकारी रंग मत भरो।

मैं औरत हूँ

मैं आजीवन 'कबीर साहब' से प्रभावित रही हूँ। अरे, कबीर से आप किसी ऐसे वैसे छोटे-मोटे व्यक्ति की कल्पना मत कर लीजिए! मैं कबीर साहब यानी महान विचारक कबीर की बात कर रही हूँ, जो आज बार-बार री-डिस्कवर एवं उद्धृत हो रहे हैं। हमारे देश को आज उनकी उपयोगिता एवं मार्केट वैल्यू समझ में आ

रही है। हमें इंटरनेशनल मार्केट में भी अपनी गंगा-जमुनी संस्कृति को सम्प्रेषित करने के लिए एक बिम्ब चाहिए और कबीर, हाँ, वही मेरे 'साहब कबीर' से बड़ा, पुष्ट और सुदृढ़ बिम्ब क्या दूसरा कोई होगा? आज इंटरनेशनल टेररिज्म के दौर में भी कबीर विशिष्टता से खड़े दिखाई देते हैं, भारत देश की संस्कृति के सम्पृक्त आयामों को दर्शाते हुए। विदेशी खासतौर से अमेरिकी हमारे इस जज़्बे के लिए हमारा सम्मान करते हैं। हमारे देश ने तो ज्ञान, दर्शन एवं संस्कृति के क्षेत्र में प्राचीनकाल से ही कई उदाहरण प्रस्तुत किए हैं जिसे देख देशी और विदेशी दोनों झूम-झूम जाते हैं। पर बात यहाँ कबीर की हो रही है जो मेरे लिए न जाने क्यों बचपन से ही एक बड़े सम्मोहनी जीव रहे हैं। मेरे गुरु, फिलॉसफर एवं गाइड। मेरे लिए जीवन की हर पेचीदगी का हल उनकी वाणी में हाज़िर रहता रहा है। मैं अपने प्रश्नों का हल काग़ज़ पर लिख उनकी वाणी से उत्तर ढूँढ़ लेती थी। अनगिनत काग़ज़ इसके गवाह हैं।

मैं लेखक हूँ

मैं नहीं चाहता कि कबीर साहब को राजाओं सरीखा दरबार लगाते दिखाया जाए। कबीर तो निहायत फक्कड़ मिज़ाज और अगर मुझे थोड़ी छूट दी जाए, तो कह सकता हूँ, सन्त आदमी थे। कवि सन्त या सन्त कवि। दोनों एक-दूसरे के पूरक और महान। मगर आज के परिदृश्य में ऐसे व्यक्ति का भी दरबार लग चुका था और इसमें शामिल होने के अलावा कोई चारा नहीं था।

कबीर साहब का दरबार

दरबार सजा हुआ था। एक मिट्टी से लिपा-पुता कमरा जहाँ गोबर और मिट्टी की मिली-जुली गन्ध थी, उसी के बीचोबीच बैठे थे कबीर साहब, तागा कातते हुए। उनके चारों ओर गीत गुनगुनाते कुछ रजक, कुछ बुनकर, कुछ रँगरेज सब मन्द-मन्द मुस्कुराते जाते थे और अपना काम करते जाते थे।

तभी 'हुज़ूर, हुज़ूर' कहता भागता, हाँफता एक दरबारी जिसे दरबार के मुख्य रिपोर्टर-इनफॉर्मर होने का रुतबा हासिल था, दरबार में पधारा और ज़ोर-ज़ोर से चिल्लाने लगा, "औरत मर गई साहब, औरत मर गई!"

सब लोग इस अचानक आए व्यवधान से चौंक गए और अपना काम रोक बड़े ग़ौर से इनफॉर्मर की बात सुनने लगे।

क्यों? क्या? कैसे? कौन?

''अरे, नया गाँव में रहनेवाली औरत हुजूर! सब कहते हैं, बड़ी भली थी। मोहल्ले भर के बूढ़ों और बच्चों को परेम-प्यार का पाठ पढ़ाती थी। रोतों के आँसू पोंछती थी। जिसके घर बैठ जाती थी, वहीं रोटी खाती थी। सब बड़ी श्रद्धा करते थे। पर समझ नहीं पा रहे हैं, अब मरने के बाद उसका करें क्या? न उसकी जात का पता, न घरवालों का। अकेली थी, पूरी दुनिया में निपट अकेली!''

''तो?'' कबीर साहब ने तागा कातना छोड़कर प्रश्न किया और उठकर उस घर के मिट्टी के आँगन में आ बैठे। दोपहर ढल रही थी, मधुकामिनी खिलने की तैयारी में थी, बेला और चम्पा अलसा कर सोने में। हवा में मीठी-मीठी गन्ध फैल रही थी। आँगन में एक-दो दरबारी कपड़ा टाँग रहे थे, कुछ नए रँगे सूखे कपड़ों को उतार कर रख रहे थे, कुछ गुनगुना रहे थे :

'जात न पूछौ साधु की, जात न पूछौ साधु की।'

दरबार का स्थान बदल गया था। कबीर साहब ने धीरे से हाथ के इशारे से इनफॉर्मर को बैठने का संकेत दिया और शान्त होने की सलाह दी।

''हाँ, भई!'' कबीर साहब बोले। ''भई, अगर साधु थी तो काहे पूछनी जात उसकी? सम्मान से कर दो क्रियाकर्म उसका। जन्नत नसीब हो उसको। स्त्री जाति के कई दुख, माँ के पेट से ही सीखकर आया हूँ मैं। जाति-पाँति, धर्म की बातें हमारे यहाँ चलती ही रहती हैं। तभी तो कोई ब्राह्मण था, मैं जुलाहा। कोई हिन्दू, कोई मुसलमान। न जाने किस करम का कब फल मिले?

पूरब जनम हम ब्राह्मण होते, आधे करम तप हीना।
रामदेव की सेवा चूका, पकरि जुलाहा कीन्हा।''

कबीर हँसे, ''बस, ये जनम और वो जनम की बात सब क्यों? कौन थी वो औरत? कहाँ पैदा हुई थी?''

मैं औरत हूँ

मैं? मेरे माता-पिता तो ब्राह्मण थे। सो जाति की ब्राह्मण। धर्म से हिन्दू। पिताजी पंडित। संस्कृत स्कूल के अध्यापक। माँ गृहस्थी सँभाले रोज़ तीन घंटे पूजा करती थी। पर एक बात बताइए, क्या महज ब्राह्मण के घर पैदा हो जाने से कोई ब्राह्मण हो जाता है? पिताजी अच्छा समझाते थे, 'ऋग्वेद कहता है, सभ्यता के विकास के लिए ज़रूरी थे—वर्ग भेद : सामाजिक श्रेणियाँ। सो पहले कर्म के आधार पर हुआ सब, फिर आया जन्म, बैठ गया जन्म, स्थापित हो गया जन्म और अन्ततः

ठस गया जन्म।' पर ये सारी ज्ञान की बातें हैं। मुझे इनसे ज्यादा मतलब नहीं और मेरे दोस्त तो कबीर ही थे, मेरे जन्म की सत्यता के बावजूद।

अरे, औलिया का फक्कड़पन और अलमस्ती वही तो तारतम्य था, हम दोनों के बीच! वही बंध झंकृत करता था दोनों के मिज़ाज को। फिर कहाँ से कोई जन्म बाँध पाता उन्हें या मुझे?

कबीर साहब का दरबार

''हुज़ूर साहब, औरत के बारे में ज़्यादा मालूम चल नहीं पा रहा है। जानने के लिए उसके निकट जाना होगा। शरीर को ठोक-परख मुआयना करना होगा। घर देखना होगा। आप कहें तो दरबार से उठकर जाऊँ, लौटकर करूँ खबर?''

''जाओ,'' साहब बोले, ''तुम अपना कर्म करो और शीघ्र आओ। वक़्त की नज़ाकत देखो, आज हमारा दरबार है और कितने दरबारी। कल तक कबिरा कैसे ठीकरे के मोल बिकता था, ठुकराया जाता था। पर उसमें भी एक अलग सुख था भई! सब समय-समय की बात है। ठीक कहते हैं सब, समय बलवान तो गधा पहलवान! तो भई, कभी भाव गिरते हैं, कभी बढ़ते हैं।''

मैं लेखक हूँ

अब औरत की लाश का क्या किया जाए, विकट समस्या उत्पन्न हो गई थी। मोहल्ले वाले तो बड़ी श्रद्धा और मोहब्बत करते थे। राज्य सरकार ने एक छोटा-मोटा पुरस्कार भी दे डाला था, किसी समय, शायद पन्द्रह साल पहले। पर उसके बाद औरत बुढ़ाने लगी थी। उसकी उपयोगिता घटने लगी थी। प्रसिद्धि की लालिमा का रंग फीका पड़ने लगा था। लेकिन औरत मन से बड़ी ढीठ किस्म की थी। बावली की तरह भटकती रहती थी और हँसती रहती थी। कभी टूटे मकानों के बीच दिखती थी, कभी भाजीवालियों के पास, कभी रिक्शेवाले के पास। कभी मियाँजी के घर, कभी पंडितजी से प्रसाद लेते हुए। यह तय था कि वह कोई विदुषी नहीं थी, न ही अदाकारा। न नेता थी, न समाज का रौशन सितारा। ढेर सारी जेंडर कार्यशालाओं में भाग लेने के बावजूद। वह तो जिजीविषा से भरी एक आम औरत थी। बस!

नया गाँव में औरत का मोहल्ला

मोहल्ला समिति ने तय किया, विद्युत शवदाह-गृह में दाह-संस्कार कर जल्दी से फ़ारिग हो लिया जाए। पर इस पर खान परिवार ने अड़ंगा लगा दिया। बूढ़ी अम्मी रोने लग गईं, ''दफ़ना दो भाई, हमारी बेटी समान थी। कल ही तो हँस-बोल गई हमारे संग। हमसे बड़ी हिली-मिली थी। इतना नियम-धरम मानती थी। पक्की मुसलमान थी।''

इस पर दुबे जी उबल पड़े, ''नहीं...।''

पूरे अल्पसंख्यक विरोधी थे। खान को मोहल्ले में बर्दाश्त करते थे, यही क्या कम नियामत थी?

मानते थे, भारत से ज़्यादा उनका इखलाखी रिश्ता पाकिस्तान से था। अभी भी पाकिस्तान के लिए इतनी वफ़ा, इतना अपनापन मानो वही उनका शबिस्तान हो। हुँह!

दुबे जी के कट्टर तेवरों से सभी वाकिफ़ थे। स्थिति विस्फोटक न हो जाए, इसका ध्यान रख़ते हुए मोहल्ला समिति चेयरमैन श्री सोमदत्त जी उठ खड़े हुए और बहस को बीच में ही रोकने लगे। सोमदत्त जी, जो दलित थे। हिन्दू या मुसलमान नहीं। इसी नाते उन्हें निर्विरोध चेयरमैन चुना गया था। सोमदत्त जी ख़ुद भी जानते थे अपनी जीत के कारणों को। दलितों को ज़मीन से ऊपर उठाने के प्रयासों में इधर हर ओर तेज़ी आई है। दलितोद्धार भी चलन में है। सो सब उनका आदर करते थे। धीर-गम्भीर गोरू आदमी थे।

सारी बैठकों में लोग उन्हें शान्ति से सुनते थे, उनके घर के चाय-नाश्ते को ठिकाने लगाते थे और फिर घर आकर दुबे जी नहाते थे और खान साहब वजू बनाते थे। सबको साले चमार की सुननी पड़ती थी। साले के साथ खाना पड़ता था। क्या ज़माना आ गया है!

सोमदत्त जी और उनकी स्मृति

सोमदत्त जी ने बहुत माथापच्ची कर कुछ महिलाओं को आदेश दिया, ''जाओ, घर की तलाशी लो, कहीं कुछ जाति या धर्म का सुराग मिल जाए। कोई चिट्ठी-पत्री या कुछ ऐसा-वैसा। शरीर का मुआयना भी कर लेना।...और आप लोग,'' उन्होंने मुहल्ले की भीड़ को सम्बोधित किया, ''सब शान्ति बनाए रखें। हम इस गंगा-जमुनी संस्कृति के देश में एक श्रद्धेय व्यक्ति की मृत्यु उपरांत इस तरह की छीछालेदर करें, यह सही नहीं है।''

"दुबे जी, खान साहब, आप लोग बड़े हैं, गुज़री हुई आत्मा के लिए सामूहिक प्रार्थना करें और हमारे देश की संस्कृति और उदारता की शान बनाए रखें," बोल सोमदत्त जी विगलित-से हो गए और अपने स्थान पर चुप बैठ गए।

कुछ देर चुप रहने के बाद उनके गले से एक सीत्कार निकली और लोगों ने देखा, उन्होंने अपनी जेब से एक सफ़ेद रूमाल निकाला और जल्दी-जल्दी अपने आँसू पोंछने लगे। दुख का वातावरण निर्मित हो गया और सोमदत्त जी की पहल से चारों ओर से कुछ-कुछ घुटी-घुटी रुलाई की आवाज़ें आने लगीं।

ओह! सोमदत्त जी को याद आने लगा, गाँव में माई मरी थी, तो कोई नहीं आया कन्धा देने। दलित कम जो थे वहाँ। चौदह साल के बालक सोमदत्त, बूढ़े पिता और दो-तीन रिश्तेदारों ने लाश पहुँचाई थी मसान तक। मसान तक पहुँचते-पहुँचते कैसे कन्धा टूट-टूट-सा गया था उसका! टूटा और छिला हुआ। सच है, अछूत-छूत नहीं था—संविधान में, पर गाँव, शहर—हर जगह था वह अजगर समान मुँह फैलाए। पूरी-की-पूरी कौमों को डकारने को तैयार। वह तो दलितोद्धार सरकारी शिक्षा और आरक्षण ने उबार लिया, वरना तो...कहाँ रहता सोमदत्तवा? ख़ूब रोए सोमदत्त जी इस देश की उदारवादी गंगा-जमुनी संस्कृति की दुहाई में।

इधर अन्दर औरतें जुट गई थीं मुआयने में। धीरे से कबीर साहब का इनफॉर्मर भी घुस गया अन्दर।

इनफॉर्मर की दृष्टि

औरत चित लेटी थी। लोगों ने शरीर से शुरुआत की। कच्चे-पक्के बालों के बीच सिन्दूर-टीका कुछ नहीं था। ज़ाहिर है, अव्वल तो शादीशुदा लगती भी नहीं थी। दूसरे, गहने-गुड़िया का शौक बिलकुल नहीं था। सो उसके विवाहिता होने का या न होने का भ्रम बरकरार रहा। लोगों ने हाथ उठाकर कुर्ता उतारने की कोशिश की, पर हाथ अकड़ चुके थे, सो कैंची माँग कुर्ता काट डाला गया। बाँह पर एक काला तावीज़ बँधा था। श्रीमती खान की आँखें चमक गईं, हम बिरादर होने के सूत्र मिल रहे थे शायद। तावीज़ तो..."मैं न कहती थी आपा, हमारी अपनी हैं...।"

"अरे, तावीज-वावीज कोई प्रूफ नईं," सरबती बाई बोल पड़ी, "हमारे समाज में तो कमली वाले बाबा के पास बहुत जाते लोग। मेरे मुन्ना के गले में भी पड़ा है वो तो। ये नईं चलेगा, आगे बढ़ो...।"

आगे बढ़े लोग। आगे बढ़ते हुए कुर्ते की जेब टटोली गई, उसमें छोटी-सी गीता पड़ी मिली। पहले पन्ने पर लिखा था, 'अपनी प्यारी को जीवन सम्बल के

लिए।' अन्तिम पन्ने पर लाल स्याही से लिखा था, 'स्वीकृत।'

अब श्रीमती दुबे की चमक उठने की बारी थी। ''हिन्दू रही, दीदी जी हिन्दू रहीं। चलो, घाट पर ले चलो...'' और श्रीमती दुबे पूरे आत्मगौरव से दौड़ पड़ीं बाहर सबको ये खुशखबरी सुनाने। हिन्दू बहुल राष्ट्रीय चेतना के गौरव से लबरेज़ श्रीमती दुबे का अंग-अंग रोमांचित हो रहा था। अरे, छुआछूत तो हिन्दुओं के बीच का सामाजिक शिष्टाचार है। सो श्रीमती सोमदत्त से तो छूत रखनी ही पड़ेगी। उससे धर्म की गरिमा कम थोड़े ही हो जाती है। मैं, यानी इनफॉर्मर, कबीर साहब का इनफॉर्मर, थोड़ा गुड्डमड्ड हो रहा हूँ, ये मेरे सामने पसरा कौन-सा युग है? मुझे तकलीफ़ हो रही है, यहाँ से जाने का मन कर रहा है। यह तो हमारे युग में भी नहीं था, औरत के शरीर की ऐसी चीड़-फाड़, ऐसी दुर्दशा उसकी पहचान जानने के लिए? फिर भी कुछ हासिल नहीं, पहचान अभी भी रहस्य बनी हुई है। लगता है, सब तमाशा है।

बहुत सारे लोग श्रीमती दुबे की खुशी में शरीक हो, मामला इतनी जल्दी रफा-दफ़ा नहीं करना चाहते थे और वे श्रीमती दुबे की तरह आश्वस्त भी नहीं हुए थे। सो शरीर छोड़ लोग सामान की तलाशी में जुट गए। बक्सों के ताले तोड़े गए। चमड़े का बैग खोला गया, रसोईघर के आले छान लिए गए। पलँग उलट-पलट कर दिया गया, फिर स्टोर रूम खँगाला गया। वहीं से कुछ मिली-जुली आवाज़ें आने लगीं। श्रीमती खान दौड़ती हुई आईं, ''निकाह की तस्वीरें मिली हैं भई, मुसलमान है। अल्लाह पाक की रहमतों से कौन जुदा रह सकता है। कोई-न-कोई निशान मुहैया कराता ही है—अल्लाह अपने बन्दों को।''

''अरे-रे-रे,'' तब तक निकिता दौड़ी आई, ''देखिए, देखिए, ये चिट्ठियों का पुलिन्दा मिला है आंटी, रुक जाओ, पहले इन्हें पढ़ लें, फिर डिसाइड करें।''

पहली चिट्ठी : 'बेटी, ब्राह्मण होके मुसलमान से शादी? समाज से बाहर कर देंगे लोग हमें। अम्मी तुम्हारी रो-रोकर जान दे रही है, लोग उसे ही दोषी ठहराएँगे।'

शिनाख्त की इस भूखी खोज में अन्य सूचनाओं के अभाव में अम्मी शब्द पर्याय हो गया धर्म की सूचना का। भाषा के धार्मिक वर्गीकरण का अटूट उदाहरण था यह।

''आंटी,'' निकिता ने निष्कर्ष निकाला, ''ज़रूर माँ मुसलमान थीं इनकी।''

''हाँ...।'' श्रीमती खान का दिल दुख से फटने लगा। तभी इतने रसूख से रोज़ा रखती थी। आह! आपा बता दिया होता, मन से नहीं, खून से भी हमारी ही थीं।

तब तक निकिता ने दूसरी चिट्ठी निकाली : 'तुम्हारे लिए धर्म का कोई मतलब नहीं, पर बच्चे मेरे मुसलमान होंगे, नहीं तो मैं तुम्हें आज़ाद करता हूँ, सारे पाश तोड़ो और जाओ, कर लो श्याम से शादी।'

तीसरी चिट्ठी : 'प्रिय, गीता पढ़ना रोज़, हिन्दू धर्म तो विशाल और उदार है, और तुम तो नास्तिक भी नहीं। मैं तुमसे बहुत प्यार करता हूँ और मैंने आजीवन अविवाहित रहने का फैसला लिया था, जब तुमने समद से शादी कर ली थी। लिहाज़ा मैं अब अविवाहित ही रहूँगा। तुम बहुत भटकती हो। थोड़ा तो सन्तुलित और संयमित करना ही होगा स्वयं को। इस तरह दिग्भ्रमित हो जीवन नहीं जिया जा सकता है।

पिछले हफ्ते समद से मेरी बात हुई थी। कह रहा था, वह जीवन भर तुम्हारा इन्तज़ार करेगा। लौट जाओ उसके पास। अकेले ये एन.जी.ओ. वगैरह चलना, व्यावसायिक दृष्टि से ठीक है, पर परिवार बनाना भी हमारा एक सामाजिक दायित्व है, उसे पूरा करो। उत्तर के इन्तज़ार में तुम्हारा श्याम।'

मैं औरत हूँ

जीवन-भर इन्तज़ार कोई किसका कैसे कर सकता है, जब जीवन का ही भरोसा न हो? अख़बार से ही तो ख़बर मिली थी मुझे, समद खान मृतकों की लिस्ट में थे, जब बम्बई में बम धमाका हुआ और श्याम मेरा प्रियतम, मेरा शुभेच्छु मारा गया गुजरात के एक कस्बे में। उसकी दाढ़ी उसे खा गई। लोगों ने उसकी पतलून भी नहीं उतारकर देखी। मेरे दोनों वफ़ादार प्रेमियों को धर्म खा गया। वही धर्म जिसकी वे दुहाई देते थे। वह तो कबीर साहब नहीं होते तो मैं भी कब की कहाँ गुम हो गई होती। पर एक वही थे हमेशा बताते हुए--कायर ही करता है अनर्गल मार, हत्या आदि।

कबीर का कहना है :

> *'पाप पुन्नि दोउ जनम संघाती, समुझि देख नर लोई,*
> *कहै कबीर प्रभु पूरन की गति बूझै बिरला कोई।'*

इतना सब कुछ होने के बावजूद मैं समझी थी एक ही समवेत स्वर का सच कि हर हाल में जीना चाहती थी मैं। माँ, बाप, प्रेमियों को खोने के बावजूद!

इनफॉर्मर की दृष्टि

मोहल्ले की महिलाओं के बीच हड़कम्प मच गया है। खुसर-पुसर के घटिया होने

के आसार नज़र आ रहे हैं। खुदगर्ज़ी से जीने की इच्छा रखनेवाली औरत हेय है। आदर्श औरत की माया खंडित हो चुकी है। साध्वी अब मायावी लगने लगी है :

''छीः-छीः, क्या समझते थे और क्या निकली! किसी की नहीं हो सकी भाई! न माँ-बाप की, न पति, न प्रेमी की। बेकार थी। बेवजह हम लोग सोचते थे कि कितनी हारी, मारी-सताई, बलिदानी औरत थी। हुँह!'' यह सब सुनकर मेरा मन (मुझ इनफॉर्मर का मन) भाग जाने का कर रहा है, यह कैसा निष्कर्ष है? औरत सती नहीं, तो पापी है।''

मोहल्ले की सारी औरतें सिर जोड़कर बैठ गईं जहाँ से कुर्ता काटा गया था, वहाँ चादर डाल दी गई। सलवार खोलकर लोग अब क्या करते? पेट से नीचे तो वह औरत ही थी। इस पहचान के लिए जहद्दम उठाने की आवश्यकता नहीं थी। न जाने कौन से पाकी-नापाकी रिश्ते कायम किए होंगे उसने! नापाकी की खुशबू भी कहीं पेट से नीचे अन्धकारों में बसती होगी। रहने दो, नहीं दफनाना इसे, श्रीमती खान ने फैसला लिया। सरबती बाई घरों में बर्तन-भाँडे धोया करती थी, पर गुरूर था अपने सतीत्व का, 'खसम मारे चाहे पीटे, आदमी एक ही करूँगी।' डाली, निकिता जैसी जवान तेज़-तर्रार लड़कियाँ जिनके लिए, इश्क-मोहब्बत म्यूजिकल चेयर्स के खेल समान था, भी दंग थीं, औरत के बारे में नई उद्घाटित जानकारियों को लेकर। थोड़ी दिग्भ्रमित, थोड़ी सशंकित भी। औरत के बारे में इतना जानने के बाद उसे इज़्ज़त दें या अन्य आंटियों की तरह उसकी भर्त्सना करें? मुझ इनफॉर्मर से औरत की अब अधिक दुर्दशा देखी न जाती थी, मैं धीरे-धीरे भारी कदमों से उठा और बाहर जाने लगा।

नया गाँव औरत का मोहल्ला

बाहर जल्दी मचने लगी थी। दबी ज़ुबान की फुसफुस शुरू हो गई थी। सोमदत्त जी के कान में निकिता ने आकर कुछ कहा। श्रीमती खान और श्रीमती दुबे नज़रों से एक-दूसरे को ताक रही थीं। एकदम प्यार-भरी समझाइश पैदा हो गई थी वहाँ। तारतम्य था विचारों की अनुगूँज का। एका थी वहाँ गंगा-जमुनी संस्कृति की पहचान की। सोमदत्त जी ने गला खँखारा और इनफॉर्मर ने सुना, उनकी आवाज़ का गीलापन गायब हो चुका था। एक अजीब-सी खुरदुरी आवाज़ में घोषणा हुई, ''नगरपालिका की गाड़ी से लाश को विद्युत शवदाह-गृह में भेज दिया जाए और मुहल्ले के निर्धारित दायित्वों से इति पा ली जाए।''

ठीक भी था। मनुष्य के अच्छे कार्यों का पुरस्कार इतना कम नहीं कि उसकी मृत्यु के बाद एक शोक सभा आयोजित की जाए और निकट सम्बन्धियों की अनुपस्थिति में सरकार को यह दायित्व दिया जाए कि वह लाश का क्रिया-कर्म कर दे। औरत के साथ व्यवस्था के अनुकूल काम हुआ। उसका दो कमरों का निजी घर भी सरकार के सुपुर्द कर दिया गया। आगे की कार्रवाई होने तक प्रॉपर्टी सील कर दी गई। बक्से, बैग, बिछौने, सब सील। चिट्ठियों के पुलिन्दे को सील करने से पहले थानेदार ने अपने पद का फ़ायदा उठाते हुए कुछ पढ़नी शुरू कर दीं। उसकी ज़िन्दगी का यह एक मज़ेदार, ज़ायकेदार केस था, वरना तो वह भी रूटीन का मारा था। जिन चिट्ठियों के मजमून से वाकिफ़ था, उन्हें छोड़ जब उसने बाक़ी चिट्ठियाँ पढ़ीं तो ज़्यादातर में एक ही सम्बोधन देख हैरान रह गया :

'कबीर मेरे प्रिय, कबीर मेरे प्रिय, कबीर हमेशा तुम, लव कबीर।'

बार-बार यही पढ़ते-पढ़ते थानेदार की हँसी छूट गई। ''साल्ली न जाने किस लुच्चे कबीर पर जान दिए जा रही थी। मरने के पहले तक की चिट्ठियों में भी वही-वही आशिकी के रंगीन किस्से। ये साली एडवांस महिलाएँ, बहुत...'' ('मैं सोचता हूँ, यहाँ उस अश्लील गाली को डाल ही दूँ जो थानेदार ने दीं, पर संकोचवश ऐसा नहीं कर पा रहा हूँ। सपना न जाने कैसे रिएक्ट करे! सो यह ठीक रहेगा—'साली एडवांस महिलाएँ बहुत उचकती रहती हैं।')

कबीर साहब का दरबार

इनफॉर्मर दरबार में वापस आ चुका था। शर्म और ग्लानि से उसका सिर झुका जाता था। ''सांई, ये इक्कीसवीं सदी का भारतवर्ष है। और...।'' वह आगे बोल नहीं पाया, भावप्रवण सेंसटिव इंसान था।

कबीर साहब ताड़ गए थे, वे तो थे गुरुओं के गुरु, बस कस दिया जुमला :

'सन्तो भाई आई ग्यान की आँधी रे,
भ्रम की टाटी सभै उड़ानी, माया रहै न बाँधी रे।

''जा रे जा, उस औरत के साथ हुआ बुरा, पर हम क्या कर सकते हैं? यही व्यवस्था है। इसी में जीना और मरना है। तूने अपना कर्म किया, अब जा, आराम कर। मैं हूँ न यहाँ दरबार चलानेवाला।''

'सुखिया सब संसार है, खावै अरु सौवे,
दुखिया दास कबीर है, जागै अरु रोवै।'

मैं लेखक हूँ

मैंने सच को सच की ही तरह प्रस्तुत करने की कोशिश की है। क्रान्ति के स्वर कहीं नहीं हैं। सपना, मेरी पत्नी को यह समझ आश्वस्त होना ही होगा कि मैंने ज़्यादा इधर-उधर की बातें न कर उसके कहे अनुसार सच ही कहा है–पूरा-का-पूरा सच।

छाया युद्ध

माँ का मरना किसको नहीं अखरता!

कैसे टूट गया था सिद्धार्थ। शायना ने उसे देखा और उसका भी दिल भर आया। उसने पीछे से जाकर सिद्धार्थ को बाँहों के घेरे में क़ैद कर लिया। सिद्धार्थ आदमकद आईने के सामने खड़ा हो अपनी टाई ठीक करते-करते ठिठक गया। शायना की ठुड्डी उसकी पीठ में गड़ रही थी। उस स्पर्श से उसके अन्दर झुरझुरी-सी फैलने लगी। पीठ से पैरों तक। पीठ से कनपटी तक। कान के लवे गर्म होने लगे। झुरझुरी ऊपर बढ़ी आँखों तक। माथे पर, दिमाग़ के भीतर। शायना ने अपनी ठुड्डी पीठ से हटा अपना चेहरा सिद्धार्थ के सामने कर लिया। अब आईने और सिद्धार्थ के बीच शायना थी। शायना की आँखें आईना। शायना की आईना आँखों ने स्पष्ट देखा, सिद्धार्थ की आँखों में एक परिचित-सी कौंध थी जो दोनों के बीच गमकते केसर के अनावरण का क्षण हो सकती थी। उसे अपनी इस छोटी-सी जीत पर शाबाशी का एहसास होने लगा। उसने कुछ टेढ़ी-सी, कुछ चपटियाई-सी मुस्कान का जुगाड़ भी सिद्धार्थ के मुँह पर जमा लिया था।

सिद्धार्थ ने टाई ठीक करना बन्द किया। चपटीयाई मुस्कान को गर्मी से चपटियाई टॉफी समान रैपर में दुबारा लपेट लिया और फर्श पर ऐसे भाव से पटक दिया, मानो उसे अपने आपसे नफरत जैसा कुछ होने लगा है। उसकी आँखों में बिजली-सी कौंध ने जो क्षणभंगुर उजास पैदा किया था वह सिटपिटाता-सा दिखा और हार की एक अपरिचित नदी उनमें विस्तार पाने लगी। लगा, पहाड़ों पर अचानक बादल घिर आए और बारिश का पानी नदी के खुलते पाटों में समाने की कोशिश करने लगा। पहाड़ों पर लोग इस आशंका से हमेशा ग्रस्त रहते हैं। बाहर निकलने पर इसीलिए छतरी लेकर चलते हैं। जाने कब भीगने की स्थिति बन जाए! शादी से पहले शायना नेगी कुमार भी पहाड़ी थी। फकत-शायना नेगी, ज़िला पिथौरगढ़...पिथौरागढ़ से मुम्बई तक का सफर, सफल कैरियर वुमेन का सफर सिद्धार्थ से जुड़ने का सफर, ज़िन्दगी की उठान का सफर, सब एक साथ

कितनी जल्दी हुआ था...! उसकी सजग पहाड़ी चेतना ने सिद्धार्थ के कुछ भी कहने के पहले अपनी बात तेज़ी से माहौल में रोपनी शुरू कर दी। शायना माहौल हो गई। औपचारिक चुस्त माहौल।

"आज ऑफिस से लौटने में देर होगी?"

"हाँ, क्लायंट के साथ बॉस ने मीटिंग फिक्स कर दी है। लेकिन दस बजे तक आ जाऊँगा। वैसे तो डिनर भी है, पर आजकल बाहर खाने का मन नहीं होता।" हवा में बात कुछ इंगित करती लटक गई।

"चलो, बाहर मत खाना, मैं तुम्हारा इन्तज़ार करूँगी। आज कढ़ी और चावल बनाती हूँ। बहुत दिन हुआ, घर का कुछ अच्छा खाए। तुम नहीं रहते हो तो अकसर मैं भी बाहर से ही मँगा लेती हूँ।"

"नहीं, देर भी हो सकती है और आजकल मेरा खाने-वाने का दिल नहीं करता।"

"तो क्या हुआ, मैं तुम्हारा इन्तज़ार तो कर ही सकती हूँ न, आने पर जैसा तुम्हारा मन करे, करना..." उसने रात के वजूद को रोमांटिक टच देने की प्रत्याशा में आँखें झपकाईं।

"क्यों, खिजाती हो यार...कुछ कहता हूँ तो उसको समझती ही नहीं। आजकल मेरा मन..." सिद्धार्थ ने कमरे में पैदा हो गई सारी चीजों को उदास साँस की गर्म भाप से चारों ओर कॉपी पेस्ट कर दिया। अब और मुसीबत, दिनभर कम्प्यूटर की स्क्रीन से माथा खपाती शायना, घर की स्क्रीन से सारी नागवार बातें भी डिलीट करती जाए। कम्प्यूटर की बारी तो बारह बजे आएगी। अभी तो उसे घर के कई काम निपटाने हैं। उसने बेहद चुस्त अन्दाज़ से सिद्धार्थ को दरवाजे के बाहर रवाना किया और घोर मेहनत से पैदा हुए अपने आत्मसंयम को सराहा।

वाह! उसने बिना अपना कुछ खोए, बिना अपना कुछ आवश्यक ख़र्च किए, सिद्धार्थ को हैंडल कर लिया था। न तो उसके अन्दर से क्रोध जैसा कुछ निकला, न घनघोर प्रेम के आहत होने के स्वर, वाह! वह धीरे-धीरे पक रही थी। उसकी माँ उसे चिढ़ाती थीं। जितनी अच्छी वह इंजीनियरिंग स्टूडेंट थी, उतनी ही कुशल कारीगर अब वह बन चुकी थी। अपनी गृहस्थी के अन्तर्द्वन्द्वों को कसीदे से मढ़ उसपर छाप छोड़ती हुई। चीजों को सँभाल, सँभाल, सँभालती हुई।

उसे अपनी माँ पर गुस्सा आता था, कितनी खिलंदड़ी थीं वह! कभी सीरियस ही नहीं होती थीं। कई बार तो माँ की वजह से उसे सिद्धार्थ और उसकी मॉम के सामने शर्मसार होना पड़ा था।

मगर जब उसने नौकरी छोड़ एक होममेकर होने का निर्णय लिया था, माँ

से रोज़ सुबह फोन पर बात कर उन्हें हाले-दिल बयान करना उसकी आदत में शुमार हो गया था। माँ के सारे खिलंदड़ेपन के बावजूद। नौकरी छोड़ने के सब खिलाफ़ थे। इतनी मुश्किल से कम्प्लीट करो, बीपीएल जैसी प्रतिष्ठित कम्पनी में मोटे पे-पैकेज के साथ, मेहनत से एक मुकाम हासिल करो और नौकरी छोड़ दो...। न! न! सब मना करते रहे। उसके अपने पापा, सिद्धार्थ, सिद्धार्थ की मॉम। बस, उसकी माँ थीं जो हँसकर कहने लगी थीं, 'एक बार होममेकर बनकर थोड़ी ऐय्याशी कर लो। ठीक वैसी जैसी तुम अपनी माँ को करते देखा करती थी।' उसे लगा, माँ की बातों में दुहरे अर्थ थे, पर उसका मन नहीं किया कि छिलकों को उतार बात की तह को स्पर्श करे। अगर ऐय्याशी भ्रम है तो भ्रम ही सही। कितना मजा था एक ख़्याल पालने में कि नौकरी के इसी ब्रेक के दरमियान वह और सिद्धार्थ एक बच्चे के बारे में कुछ प्लानिंग कर लें? वह बहुत आम लोगों की तरह सोच रही थी शायद। लेकिन उसे विश्वास था, ब्रेक का मुकम्मल जहान होगा, और उस जहान तक पहुँचने के रास्ते तंग हों तो हों, असम्भव नहीं होंगे। और जहाँ तक कैरियर ग्रोथ की बात थी तो वह भी एक नए आयाम के साथ हो रहा था। वह इलेक्ट्रिकल इंजीनियरिंग से जुड़े विषयों पर घर से ऑनलाइन ट्यूशन लेने लगी थी। कम्प्यूटर पर पूरे एहतेराम के साथ, यह काम करते हुए उसे सुकून के साथ नए तरह के उत्साह का भी अनुभव होता था। नई चीज़ करने का उत्साह। डॉलर में पेमेंट देख, पापा, सिद्धार्थ और उसकी मॉम का नामंजूर रवैया भी बदल गया था। वे भी उसकी लगातार हौसलाआफजाई करती रही थीं। कितनी समझदार और गम्भीर थीं वे। सोच-सोच शायना घर की सारी खिड़कियाँ खोलने लगी थीं और डस्टर से सिद्धार्थ की चिपकाई गई उदास साँसों को खिड़की के बाहर उड़ाने की कोशिश में लग गई।

माँ का फोन रोज़ की धूप थी। बारह बजते-बजते कमरे की कालीन पर बिछकर कालीन पर बने फूल और काँटों को साफ़-साफ़ उगा देती थी। आज मोबाइल रुक-रुककर बजा। उसने इस बीच कॉफी बनाई और कॉफी मग और मोबाइल ले कालीन पर बैठ गई। काँटों को ढककर फूल नीले-गुलाबी थे, उन्नाबी ज़मीन पर उकेरे से। रहस्यमय। आकर्षक।

"माँ, आज देर कर दी?"

"हाँ, ऐय्याशी कर रही थी।"

"माँ..." उसे गुस्सा चढ़ने लगा था। अब माँ की इस उम्र में माँ शब्द के साथ वो स्थिरता ढूँढती थी। तड़क-भड़क और उर्वर मन की उथल-पुथल इच्छा, आकांक्षाएँ नहीं। ऐय्याशी शब्द सम्भावनाओं से गदराया-गदराया लगता था और

माँ के मुँह से निकल अब अजीब-अजीब भी। माँ को माँ जैसी होना चाहिए। सिद्धार्थ की मॉम जैसी, ठहरी-ठहरी। गम्भीर, गरिमावाली। वह हर वक़्त अपनी माँ को चेतावनी देने और उनके रूप को सम्मानीय बनाने की जद्दोजहद में लगी रहती थी।

"शायना?"

"माँ..." पता नहीं आज माँ को वह उस तरह डाँट नहीं पा रही थी, जैसा अक्सर किया करती थी। 'माँ...आज फिर सिद्धार्थ...' वह दूसरी ही बात कहने लगी। अपने मन की बात। अपने मन के अन्दर की बात। 'माँ, सिद्धार्थ अपने दुख से उबर नहीं पा रहा है, समझ में नहीं आ रहा, क्या करूँ?' 'अब... लेकिन...तुम?' माँ वाक्यों को पूरा किए बिना आशयों को प्रकट कर रही थीं। उसका मन किया, इन टूटे वाक्यों के शब्दों में व्यग्रता तलाशे। व्यग्रता जो गम्भीरता की ढकी-छुपी तरंग होती है, जिससे वह खुलकर कुछ व्यक्त करें, दुख की सही व्याख्या दोनों ओर से हो और हल ढूँढ़े जाएँ। लेकिन माँ और गम्भीर? अगले ही पल उसका संशय सही साबित हो गया। उसे लगा, उधर से कुछ घोंटने की आवाज़ आई। माँ अपनी बरबस आती हँसी को घोंट रही थीं। वह दुख को इसी तरह से उड़ा दिया करती थीं। माँ कहती थीं, 'रुई के फाए हैं दुख, अगर हमारे शरीर से चिपकें तो दर्द कम होगा। समझो, मेरी हँसी दुखों को रुई के फ़ायों में तब्दील कर देती है...' उस वक़्त माँ की बातें मज़ेदार परी कथा लगती थीं जहाँ अन्त हमेशा मायावी ढंग से सुखद होता था। आज वही बातें कितनी बचकानी लगती हैं—उफ़्!

'माँऽऽ!' उसका आहत क्रोध फुफकारा। वह हजार बार दुहराई बातें फिर दुहराने लगी।

"तुम जानती हो, सिद्धार्थ की मॉम ने उसे कैसे अकेले ही इतना बड़ा किया है। पापा तो उसके बचपन में ही अलग हो गए थे।" सिद्धार्थ की वंचनाओं को याद कर उसे हमेशा की तरह कचोट होने लगी।

"हाँ, समझ रही हूँ, लेकिन अब तुम दोनों को नॉर्मल होना चाहिए, कब तक यूँ डूबते-डाबते रहोगे?"

"क्या माँ, आप क्या सोचती हैं, हम कोशिश नहीं कर रहे हैं?" उसे इस तरह हम, यानी हम दोनों, यानी सिद्धार्थ और शायना के युग्म का झूठ बोल अच्छा तो नहीं लगा, लेकिन उसे लगा, माँ क्या समझेगी! वह भी फोन के उस पार। वह भी पिथौरागढ़ के पथरीले मकान में बैठे-बैठे, मुम्बई से इतनी दूर?

'हम?' माँ समझ गईं। माँ समझ गईं? उसे घोर अविश्वास हुआ फिर भी

उसने आत्मविश्वास से कहा, 'हाँ'-हाँ, जिसकी नींव ही नकली थी। अगर थोड़ी देर और माँ से बात हुई तो झूठे सच के नीचे दबी सच्चे झूठ की चिप्पी नज़र आ जाएगी। उसने बचाव में खट् से एक और झूठी ढाल चलाई, "माँ, घंटी बज रही है, लगता है कोई आया है, कल बात करती हूँ, बाय।"

"बाय बेटा।"

माँ की आवाज़ में इतना सपाटपन क्यों था? माँ क्या कहना चाह रही थीं? माँ को क्या वह कभी समझ पाएगी? शादी के पहले तो उसे माँ को समझने की ज़रूरत ही नहीं महसूस हुई थी। शादी के बाद मगर...खासतौर से सिद्धार्थ की मॉम से मिलने के बाद तो बार-बार न चाहते हुए तुलना हो जाती थी। सिद्धार्थ तो अपनी मॉम की बात करते नहीं थकता था। कैसे पापा के जाने के बाद मॉम ने अपनी बैंक की छोटी नौकरी से शुरू कर, उसे और अपने को कहाँ-से-कहाँ पहुँचा दिया था। रीजनल इंजीनियरिंग कॉलेज लखनऊ में जब शायना और सिद्धार्थ मिले थे और धौल-धप्पे वाली दोस्ती प्यार से महक उठी थी, तब मॉम से मिलने पर शायना सन्न रह गई थी। एकदम अभिभूत। उसने जैसी कल्पना की थी, उससे भी कहीं ज़्यादा गम्भीर और गरिमामयी थी मॉम। मॉम के व्यक्तित्व की एक-एक बात को ग़ौर से देखते वक़्त एक पल को शायना के मन में प्रश्न उठा था, 'आखिर क्यों अलग हुए सिद्धार्थ के पापा? इतनी अच्छी स्त्री को छोड़? कैसी भटकन थी उनके अन्दर जो यहाँ इस पूर्ण-सी छवि में नहीं हासिल हो पाई?' उसे सिद्धार्थ के पापा के ऊपर तरस आने लगा और उसका मन सिद्धार्थ और उसकी मॉम के लिए दुगनी श्रद्धा से भर गया। उसने तभी तय किया कि उसे अपने घर में प्यार-व्यार के बारे में बता, माँ को बुला, अपनी इमेज नहीं गिरानी—मॉम और सिद्धार्थ के सामने। लिहाज़ा वो चुप रही और ऐन शादी के पहले, अपनी पसन्द उद्घाटित की।

समय गुज़ारने के साथ-साथ उसने महसूस किया कि मॉम से मिलने के बाद उसे अपनी माँ पर कई बार शर्म आने लगी थी। बातों को कैसे हँसकर उलझा देती थीं। कहती ज़रूर थीं, 'बातें सुलझती हैं बेटा इस तरह।' पर मॉम से मिलने के बाद लगा, जीवन के मसलों को हल करने के लिए, बहुत हँसी की, बहुत बातों की ज़रूरत ही नहीं। सिद्धार्थ को मॉम ने कितना गम्भीर और परिपक्व बनाया था, अपनी तरह। बड़ी जिम्मेदारियों को भी कितनी परिपक्वता से सँभाल लेता था। और उसकी मॉम ने उसे क्या बनाया था? एक बार अपने प्यार के दिनों में, सिद्धार्थ ने उससे कहा था, 'कई बार तुम अबूझ हो जाती हो शायना...क्यों? इतनी परतदार...तुम्हें उघाड़ता ही रहूँ क्या?'

'क्या सिद्धार्थ...कहाँ? कितनी आसान पहेली तो हूँ मैं?' 'पहेली?' सिद्धार्थ चौंका था और वह ठठाकर हँस पड़ी थी। उसने सच ही कहा था। आज आठ साल पहले की बात याद कर उसे लगा, उस दिन जीवन के भोले-भाले नए पलों में कही गई ताज़ी बातों में कहीं उसकी माँ के खिलंदड़ेपन के सुरों की अनुगूँज तो नहीं थी? तो क्या वह अपनी माँ में जिन चीजों को नापसन्द करती है, वे कहीं दबी सोई-सी उसके अन्दर भी धड़कती हैं? 'न...न।' उसने तनकर प्रतिकार किया। उसे अपनी माँ जैसा नहीं होना। ज़िन्दगी में गम्भीरता होनी चाहिए, मॉम समान गम्भीरता...!

उसने अपने दिन के कामों को अंजाम दे, सिद्धार्थ को एक मेसेज किया, 'कैसे हो जानम?' जवाब आया, 'क्यों तंग कर रही हो, जाओ कहीं घूम आओ। कुछ पैसे फूँको, तुम्हें अच्छा लगेगा।' वो चौंक गई, जिस आदमी का मन ख़ुद ठीक नहीं वह दूसरों के बारे में तय करेगा कि वह अपना मन कैसे अच्छा करे। मन जैसे सोडावाटर की बॉटल हो, ढक्कन खोला और तय हो गया अन्दर जीवित बुलबुले हैं कि नहीं और कितनी देर बुलबुल करेंगे। दूसरे खोलें और तय करें। पैसा फूँकने पर राहत तो ज़रूर मिलेगी। लगेगा कि कहीं कुछ अवसाद की जकड़न टूटी, लेकिन सिद्धार्थ कौन होता है उसे ये सब बतानेवाला?

उसने तय किया था, सिद्धार्थ की बात की अवहेलना करेगी मगर किया वही जो सिद्धार्थ ने कहा था। हमेशा की तरह उसे सिद्धार्थ की बात ही सही लगने लगी। घर में उसका दम घुटने लगा। उसने ज़ल्द पैरों में अपने स्पोर्ट्स जूते पहने। उसे जूते पहनने भर से ही बड़ा अच्छा लगने लगा, बिलकुल मैदान में खेल के लिए उतरे खिलाड़ी समान। लगभग दौड़ती हुई वह घर से चार क़दम की दूरी पर नए खुले शॉपिंग मॉल के वातानुकूलित सुरक्षा घेरे में प्रवेश कर गई। वहाँ तीन-चार फ्लोर घूमने के बाद वो लेडीज काउंटर पर जाकर खड़ी हो गई। मेकअप काउंटर पर खड़े-खड़े उसने चीजें उलट-पुलटकर देखनी शुरू कर दीं। लिपस्टिक, नेलपॉलिश, आईलाइनर...''रंगों और सपनों की हसीन दुनिया में आपका स्वागत है।'' सिनेतारिकाएँ, मॉडल्स सब दीवारों पर चढ़ी-चढ़ी उसे मोहक निमन्त्रण देने लगीं, उसने हँसते हुए झक टमाटरी लाल लिपस्टिक पर हाथ रख दिया, 'ये चाहिए।' उसने अपनी खरीददारी को युक्तिसंगत ठहराने के ख़्याल से ख़ुद को कहा, 'वो सिद्धार्थ की राहतवाली बात, वो तभी होगी न यार, जब कुछ चीजें यूँ ही खरीद ली जाएँ, चाहे वे काम आएँ चाहे नहीं। बस मन की बदमाशी को दुलराने के लिए, यूँ ही। उनकी सार्थकता का विचार...न, न बिलकुल नहीं, अभी तो बिलकुल नहीं,' बोलते हुए वह मॉल से बाहर निकल आई।

घर पहुँच खिचड़ी पकने को चढ़ा दी। ख़ूब सारा घी डाला। लगा दिन भर

के कुपोषित तन और मन को कुछ अच्छी खुराक की ज़रूरत है। खिचड़ी सिद्धार्थ को भी बेहद पसन्द थी। वह कहते नहीं थकता था, 'शायना, माँ के हाथ की खिचड़ी के बाद, कोई खिचड़ी पसन्द ही नहीं आती है।' खिचड़ी अच्छी ही बनी थी, लेकिन उसे बेमज़ा लगने लगी। उसके मन में मलाल पलने लगा, वह आज तक सिद्धार्थ के पंसन्द की खिचड़ी बनाना नहीं सीख पाई। इतने साल हो गए। एक बार और का वाकया याद आने लगा, सिद्धार्थ ने कहा था, 'शायना, चलो, केक बनाते हैं, जैसा मॉम बनाती हैं,' (मॉम जिन्दा थीं तब) पर केक तो केक, केक का चूरा भी मॉम जैसा नहीं बन पाया था। उसने मॉम को फोन पर हँसते-हँसते अपनी असफलता की बात बताई थी।

'मॉम, पूरी तरह फेल हो गई मैं...!'

'कोई बात नहीं, होता है।' मॉम ने अपनी गम्भीर आवाज़ में जवाब दिया था। उसे अचानक तब न जाने क्यों भ्रम हुआ था, मॉम की आवाज़ में आश्वस्ति की झलक कहाँ से बिन भूमिका चू गई? उसने जम्हाई भी सुनी।

'मॉम, नींद आ रही है?'

'हाँ।' उन्होंने छोटा-सा जवाब दिया था।

और शायना रात भर अपने को कोसते हुए बैठी रही, मॉम को इतने फालतू डीटेल्स से क्यों बोर करती है वह? यादों का सिलसिला शुरू हुआ तो उसे वह साड़ी वाली बात भी याद आ गई। वह जो मॉम की सहेली ने उसे एक साड़ी उपहार में दी थी। वह गन्दे से काले मैरून रंग की, जिसे उसने अलमारी में छुपा दिया था, सबसे छिपकर...!

मगर एक दिन सिद्धार्थ ने न जाने कैसे देख लिया और जिद करने लगा, 'यार, एक बार पहनकर दिखाओ, इतने ख़ूबसूरत रंग की साड़ी कहाँ दबाकर रख दी?'

उसने मुँह बिचकाकर कहा था, 'मुझपर सूट नहीं करेगा, यह कलर?'

'क्यों, मॉम पर तो बहुत सूट करता है।'

'हाँ, मॉम का रंग साफ़ है यार, मैं तो खींच-खांचकर गेहुँए रंग की कहलाऊँगी, मेरे जैसे रंग पर नहीं खिलेगा ये।'

'कम ऑन शायना, तुम कैसे रंगों को ले ऐसी जड़ बातें करती हो, पहनो न।'

उसने सिद्धार्थ का मन रखने के लिए पहन ली थी। फिर मॉम को फोन कर सूचना दी थी, 'मॉम, सिद्धार्थ की जिद पर पहनी साड़ी।

मैं तो आपकी तरह नहीं, लेकिन सिद्धार्थ कहता रहा, बिलकुल मॉम लग रही हो तुम।'

मॉम किलक उठी थीं, 'सच! बुद्धू कहीं का।'

जाने क्यों ये सब याद कर उसके अन्दर नासमझ में आनेवाली चिढ़ नाचने लगी। उसने खिचड़ी की अधखाई प्लेट किचन के सिंक में पटक दी और ज़ोर से हाथ की मुट्ठी बाँध, मुट्ठी हवा में लहरा दी और इंटरनेशनल गाने लगी : 'हम होंगे कामयाब—हम होंगे कामयाब एक दिनऽऽऽ, हो-हो मन में है विश्वास, पूरा है विश्वास, हम होंगे कामयाब एक दिन।'

सिद्धार्थ की मॉम? अब उनके बिना, इन छह महीनों से कैसा-कैसा लग रहा था...? चारों ओर रुका-रुका खारा पानी। खारे पानी के न बहनेवाले समन्दर में कंकड़ फेंक, सनाके के भंग होने का समाँ बँधने लगा, 'हम होंगे कामयाब—हम होंगे' की लयकारी से। उसे अपने गाए गीत के साथ और शोर की दरकार लगने लगी। उसने टी.वी. का वॉल्यूम तेज़ कर गाने लगा दिए और धीमे-धीमे झूमने लगी।

दरवाजे की घंटी ने उसके मन की आशाभरी उमंग को बढ़ा दिया। सिद्धार्थ ही था। मुँह और कन्धों को झुकाए, लुटी नज़रों से सांत्वना की माँग करता। उसने उसकी बाँह खींच, टी.वी. के सामने खड़ा कर दिया और उसे भी गानों की संगत में झुमाने लगी।

सिद्धार्थ यह नहीं—कुछ और माँग रहा था। झल्लाने लगा, 'ये क्या हरकत है? मैं इतना थका हुआ हूँ और तुम्हें खेल सूझ रहा है?' वह फिर भी मुस्कुराती रही। एक ढीठ से अन्दाज में।

'शायनाऽऽ।' सिद्धार्थ की आवाज़ की पिच ऊँची उठ, टूट-टूटकर बिखर गई। वह धम-धम करता बेडरूम में चला गया।

शायना सोफे पर सिकुड़ गई। जब उसे महसूस हो गया अब सिद्धार्थ पलँग पर होगा, वह उठी और बेडरूम में जा, पलँग पर कूदकर बैठ गई, सिद्धार्थ का ध्यान खींचने की पुरज़ोर कोशिश में। सिद्धार्थ उसकी ओर मुड़ एक फीकी हँसी हँस दिया। पुराने धुल-धुल कर फीके हो गए कपड़ों-सी हँसी, जिन्हें शायना मजलूमों में बाँट दिया करती थी। उसकी उँगलियाँ अनियन्त्रित होने लगीं और सिद्धार्थ की देह पर गुदगुदाने की मुद्रा में खेलकूद मचाने लगीं।

सिद्धार्थ की फीकी हँसी इस हरकत पर ग़ायब हो कहीं दफ़न हो गई। वह पूरी ताक़त से चिल्लाया, 'शायना, प्लीज...।'

और शायना ने देखा कि सिद्धार्थ की आँखों के गुस्सैल डोरे धीमे-धीमे कँपकँपाने लगे। वह रुक गई। एकदम हतप्रभ। 'सिद्धार्थ...नहीं...नहीं, यार।'

सिद्धार्थ ज़ार-ज़ार रोने लगा था। पूरा पलँग चरमर कर अजीब ढंग से सिद्धार्थ का साथ देने में लग गया।

'सिद्धार्थ...मैं यार, तुम्हें हर्ट नहीं करना चाहती थी।' सिद्धार्थ के बालों में अपनी उँगलियाँ फिरा वह उसे दिलासा देने की कोशिश करने लगी।

सिद्धार्थ ने उसकी गोद में अपना सिर रख दिया और बुदबुदाने लगा, 'शायना, मॉम की याद नहीं जाती...क्या करूँ? किसी काम में मन नहीं लगता है।'

'तो क्या हुआ यार, याद बनी रहे तो क्या बुरा है? अपने को तंग मत करो...' बेहद नर्मी से शायना बोली।

'नहीं शायना, तुम नहीं समझतीं, मॉम मेरे लिए क्या थीं? मैं उनके बिना नहीं जी सकता...मुझे मॉम चाहिए।' वह बच्चों की तरह जिद करने लगा, शायना की आँखों में आँखें डाल, उसे मनवाने के अचल प्रयत्न में।

शायना घबरा गई। वह सिद्धार्थ के अचल भाव का मुकाबला करने के प्रयास में ही घबरा गई। उसने अपनी नज़रें झुका लीं, लेकिन अपनी आवाज़ की गम्भीरता को नहीं झुका पाई, 'अरे, ऐसे थोड़े ही करते हैं, मॉम नहीं रहीं, ये सच्चाई है! सच्चाई हमें स्वीकार करनी ही पड़ेगी...'

इस पर सिद्धार्थ एकदम बिदक गया। 'नहीं शायना!' वह पागलों की तरह सिर पटकने लगा, 'नहीं शायना, मॉम चाहिए ही। तुम यह काम कर सकती हो। तुम हो न, तुम मॉम बन जाओ, मेरी मॉम, शायना...मुझे मॉम की तरह प्यार करो, बस! करो न। तुम समझती क्यों नहीं? करोगी न? मॉम बनोगी न? बनोगी न?'

शायना को लगा, समूचे कमरे से एक पुकार दरो-दीवार से होते हुए उस तक पहुँच रही थी। वह पुकार जो भीतर-ही-भीतर चारों ओर मचल रही थी, आज आनुष्ठानिक रूप से पूरी शानो-शौकत के साथ उसके सामने अनावृत्त हो रही थी। 'शायना, सिद्धार्थ की मॉम बन जाओ, शायना, सिद्धार्थ की मॉम बन जाओ।' यहाँ तक कि मॉम भी ख़ुद छाया बन, उसके सामने खड़ी हो गई थीं और उसके अन्दर प्रवेश करने की कशमकश में लगी हुई थीं, 'मुझे अपने अन्दर आ जाने दो...आ जाने दो!' उसके अन्दर सचमुच कुछ भारी-भारी-सा समाने को जगह बनाने लगा।

वह बड़ी देर तक सिद्धार्थ का सिर अपनी गोद में लिए बैठी रही। जब उसे लगा, सिद्धार्थ ने जी भरकर रो लिया होगा, तब उसने अपनी गोद से उसका सिर उठाया और तकिए पर रख दिया। सिद्धार्थ आँख बन्द किए पड़ा रहा। शायना दबे पाँव बाथरूम में घुस गई। वहाँ उसने अपने शरीर को पूरा ताना। फिर उसने अपना मुँह धोया। अनावश्यक ख़रीदारी की कई चीज़ों में से एक, वह नाइटी जो उस वक़्त बाथरूम के हैंगर पर फड़फड़ा रही थी, उसे अपने पास बुलाने लगी। शायना ने उसे पूरी इज़्ज़त बख्शी। फिर उसने बाथरूम के शीशे के पीछे बनी अलमारी में छुपाई, अपनी उस झक टमाटरी लाल लिपस्टिक को निकाला जिसे

उसने अपने मन की बदमाशी को दुलराने के उद्‌देश्य से ख़रीदा था। उसने होंठों पर रगड़कर लिपस्टिक मली। अपने कन्धे तक कटे बालों को हेयरब्रश की मदद से बिखराकर एक जंगली लुक पैदा किया और उत्साहित हो अपने आपको बाथरूम के आईने में उचक-उचककर निहारने लगी। उसने आत्मसन्तुष्टि से देखा, वह पक्की बार बाला लग रही थी—'ए परफेक्ट बार गर्ल।' उकसाती! निमन्त्रित करती!

उसने अपनी हथेली को होंठों के पास ले जाकर एक फ्लाइंग किस आईने में सफल-सी दिखती उस बार बाला पर उछाल दिया और खिलखिलाकर हँस पड़ी ज़ोर-ज़ोर से। खिलंदड़ी, सिरफिरी, बार-बाला! उसकी हँसी खनकदार थी। उसके अणु हवा में तीव्रता से फैलने लगे। उसने पाया, बेडरूम से आते हिचकियों के स्वर उसकी खिलखिलाहट में जाने कहाँ गुम होने लगे थे—पूरे के पूरे! पूरे के पूरे...!

झगड़ा

झगड़ा अभी-अभी होके चुका था। वह तेवर में थी। बहुत बोली, लेकिन चिल्लाई कम। चिल्लाने से आजकल उसकी आवाज़ बैठ जाती है। बड़ा कष्ट होता है फिर कई दिन। अपनी आवाज़ अपनी नहीं लगती, इसलिए उस आवाज़ में कहे गए बोल भी उस तरह का वज़न नहीं रख पाते जो उसकी अपनी स्वयं की आवाज़ में रखते हैं, वह आवाज़, जिसके साथ वह पैदा हुई थी! झगड़े के दौरान, वह भी शान्त नहीं रहा। बोला, वह भी ख़ूब। वह तो चिल्लाया भी दो-एक बार। लेकिन इससे वह तनिक भी विचलित नहीं हुई, तनी रही, सूखी टहनी की तरह। वह समझ रहा था, आज रुख दूसरा है, आज मुड़ने-तुड़ने का स्कोप नहीं दिख रहा है। वह थोड़ा पराजित महसूस कर रहा था। पर, इससे भी, उसकी अदा नहीं बदली।

उसने हलके से देखा तो वह खीज़ने जैसा लगा, ठीक उसी निर्विकार भाव से, जिससे वह डरती है। और...यही तो वह नहीं चाहती। वह तो चाहती है, वह लड़े, तो पूरे मन से! उसका गुस्सा जब गहरा होगा, तभी तो अन्तरंग लगेगा! वर्ना, यह छिटककर मामले को अधूरा छोड़कर भाग जानेवाली लड़ाई, एक खतरनाक बोरडम का संकेत देती है जो दोनों के वैवाहिक जीवन के लिए, कहीं से अच्छा नहीं है। वह इतना समझती है, और इस प्रकार की बोर मनःस्थिति से उपजी उथल-पुथल की सम्भावनाओं से आक्रान्त भी रहती है।

झगड़ा शुरू करने से पहले उसने यह कतई नहीं सोचा था, आज इतना बड़ा झगड़ा हो जाएगा। वह तो बस यूँ ही हो गया।

इतनी-सी बात थी—वह दिन भर के अकेलेपन के बाद, शाम का इन्तज़ार थोड़ी उम्मीद के साथ कर रही थी। उसने सोचा था, आज वह आएगा तो दोनों थोड़ी-थोड़ी मीठी-मीठी बातें करेंगे। अरसा हो गया था, दोनों को यूँ ही प्रेमियों की तरह साथ बैठे, चुपचाप, साथ-साथ प्रेम का एहसास करते हुए।

पर जैसे ही वह आया और वह उसकी ओर बढ़ी, वह उससे मुखातिब हुए

बिना ही, कुछ ढूँढ़ने में व्यस्त हो गया। शायद, कोई ज़रिया जो व्यस्त ऑफिस से, शान्त घर लौटने की ऊब को थोड़ा कम कर सके...उसका मन लगा सके।

उसे धकियाए जाने का एहसास हुआ।

वह अब वाकई बोर होने लगा है, अपनी बीवी की हरकतों से, उसके चेहरे से, उसके शरीर से, उससे! तभी तो उसे परे धकेलकर वह हरदम कुछ नया और आकर्षक तलाश करता रहता है। इधर कई दिनों से उसने यह देखना, समझना शुरू किया था कि उसका पति, उससे दूर रहने के बहाने ढूँढ़ता रहता है।

उसके पति के कुछ बड़े मीठे शौक हैं, जो किसी ज़माने में उसे भी बड़े आकर्षक और मोहक लगते थे। और तो और, उस ज़माने में अपने पति को ख़ुश देखने के लिए वह उन शौकों को बढ़ावा दिया करती थी। पर आज उसे लगने लगा है, उसके पति के ये ही शौक उसे उसके पति के जीवन से बाहर धकेलने को आमादा हैं। वे उसे डरा-डराकर उसके अस्तित्व को चुनौती देते हुए खड़े-खड़े विजयी भाव से विहँस रहे हैं। पर, ऐसे में क्या वह यूँ ही खड़ी, ऐसा होने दे! ख़ुद पराजित हो, घर के किसी कोने में सज जाए...? नहीं! वह ऐसा हरगिज़ नहीं होने देगी, ऐसी कई बातें, कुछ दिनों से मन में घुमड़ रही थीं, पर उन्हें प्रस्तुत करने का मंच नहीं मिला था।

आज ऐसा हो गया! अपने पति के नज़रअन्दाज़ कर देनेवाली नज़र से वह इतना प्रभावित हुई कि घर से झपटकर चली गई। यूँ ही कहीं दिशाहीन। वह तो बच्चे साथ थे, वरना तो उसके मन में आ रहा था कि वह कहीं दूर रात के अँधेरे में गुम हो जाए। पूर्णतः लोप, अप्राप्य और कोई अनजान तीसरा आकर यह ख़बर उसके पति तक पहुँचाए।

वह कल्पना भी करने लगी थी...ऐसी स्थिति की।

जब यह ख़बर उसके पति तक पहुँचेगी, तो वह कैसे परेशान हो जाएगा। कैसे वह उसको व्यग्र हो ढूँढ़ेगा। कैसे वह किसी अस्पताल में चली जाएगी, वहाँ से किसी 'क्लीनिकल साइकोलॉजिस्ट' से अपने पति को फोन करवाएगी और बुलवाएगी। उसका बेचैन पति आएगा। डॉक्टर कैसे उसके बेचैन पति को उसकी परेशानी समझाएगा, उसका पति रुँध जाएगा और सब कुछ भूल, पुनः उसे उतना ही प्यार करने लगेगा, जैसे पहले करता था।

उसे पता है, यह काल्पनिक स्थिति उसे अपने दिमागी गर्दिश के दिनों में बहुत सारी उम्मीदों की संरचना की शक्ति देती है। इसलिए वह ऐसी स्थिति की कल्पना अक्सर किया करती है।

ख़ैर, बच्चे साथ थे, इसीलिए उसे वापस आना ही पड़ा। वापस आई तो काबू

नहीं रहा, पति शान्त भाव से अपने व्यसन में लीन था, 'किताब पढ़ने का व्यसन'! उसे देखते ही देर से लौटने का उलाहना देने लगा। इस पर उसके भीतर का सुगबुगाता गुस्सा उफन-उफनकर बाहर आने लगा। पति ने भी पढ़ी जा रही किताब को पटका और फुँफकारा। बच्चे घबराकर उससे सटने-सिमटने लगे। उसे ज्ञान होने लगा, उसका पति इस दुनिया का सबसे बड़ा खुदगर्ज़ और मूर्ख आदमी है। यह किस प्रकार, उसकी बेइज्जती उसके नन्हे बच्चों के सामने कर रहा है!

वह झमककर उठ खड़ी हुई। बच्चों को समेट दूसरे कमरे में चली गई। उसने कनखियों से देखा, नौकर किचन में कान खड़े किए 'साहब-मेमसाहब' का नाटक जज़्ब कर रहा था। अन्य साथियों को सुनाने के लिए अच्छा मसाला था।

उसने प्रयास कर अपनी आवाज़ को भरसक व्यवस्थित किया और नौकर को आवाज़ दी। खाना लगवाया और ज़ोर से टी.वी. ऑन कर स्थिति की अशोभनीयता को घटाने की कोशिश करने लगी।

बच्चों ने जब खा लिया तो उसने चैन की साँस ली। उधर से पता नहीं, कैसे उन बच्चों का पिता, उसका पति आ गया और सहमे बच्चों से हँसकर बतियाते हुए वह भी खाना खाने लगा। यह उसके पति का संकट की स्थिति को नॉर्मल बनाने का प्रयास था।

उसने फिर चैन की साँस ली! उसे किसी भी स्थिति में अपने पति का भूखा रहना बहुत नागवार गुज़रता था। पति के इस रूप को देख, नौकर आश्वस्त हो गया, और ऊँचे स्वर में उससे अनावश्यक ढंग से पूछ-पूछकर उसको भी खाना परोसने लगा। उसने बहुत चबाकर धीरे-धीरे खाया। पति ने इस बीच उसे मनाने की कोशिश की, प्रकारान्तर से कभी टी.वी. प्रोग्राम, कभी बच्चों का सहारा लेकर। पर उसे बहुत सहज नहीं लगा, इसीलिए वह उदास और निस्पंद ही बनी रही।

बच्चों के सोने और नौकर के चले जाने के बाद, उसका पति फिर उसे मनाने के अभिप्राय से उसके पास आया। पर वह बिफर गई। भरी जो बैठी थी! यह बखूबी जानते हुए कि वह कहीं से बेहद उलझी हुई है, और निरन्तर आत्मविश्लेषण करने पर भी उत्तर विहीन है, वह बहस में कूद पड़ी।

जमकर झगड़ा हुआ! झगड़ा अपनी परिणति पर पहुँचा भी नहीं था कि पति उदास हो दूसरे कमरे में चला गया। वह तिलमिलाकर रह गई। थोड़ा और कड़वा बोलना रह गया था। बात भीतर रह जाने से उलटी-सी आने लगी। वह भागी। पति को अधूरी कही बात पूरी कही, उसे पुरज़ोर ढंग से आहत करने के अन्दाज में।

पर, 'यह क्या...!'

पति के चेहरे पर हताहत होने का भाव उत्पन्न ही नहीं हो रहा था। वहाँ एक अजीब-सी निर्विकार वितृष्णा का भाव अंकित था। उसे भीतर से भय का अनुभव होने लगा। पति कहीं इस झगड़े के बाद और विमुख तो नहीं हो जाएगा? और दूर? इसी दूरी को पाटने के मुद्दे को लेकर तो उसने झगड़ा किया था। सोचा था, इस झगड़े के बाद दूरियाँ समाप्त हो जाएँगी, पति उसकी कशमकश का हाल जान जाएगा और तुरन्त नहीं, तो एक दिन बाद जब उसका गुस्सा थोड़ा कम होगा, दुख थोड़ा छँट जाएगा, तो एहसास करेगा, पत्नी की इस व्यथित पुकार का, और तब वह अपनी पत्नी को बहुत-बहुत प्यार करेगा!

जब पति की मुख मुद्रा से, इस तरह की कोई प्रत्याशा उजागर नहीं हुई, तो वो कमज़ोर महसूस करने लगी। काँपती टाँगों से उसने गैस की तेज़ आँच पर दूध गरम किया, पति को दिया, ख़ुद लिया और गैस बन्द कर किचन की बत्ती बुझा, डरी, सहमी तेजी से बिस्तर में घुस गई। इधर, पति अलग कमरे में बैठा न जाने क्या, सोचता ही रहा।

रात बीतती रही, वह डरती रही और अपने वैवाहिक जीवन को पलड़े में डाल, नाप-तौल करती रही। रात का अँधेरा, विध्वंस के बाद का अवसाद, इनसे उपजा सन्नाटा, डर, गुस्सा और दुख अपने-अपने ढंग से झगड़ा बढ़ाते चले गए और सुबह कमबख्त थी कि आने का नाम ही नहीं ले रही थी!

तमाशा

बँगले पर कार्यक्रम था। बँगला अंग्रेज़ का था। वैसे तो अंग्रेज़ों को भारत छोड़े पचास वर्ष से ऊपर हो गए। हाँ, लगभग उतना ही और उनके बँगले भी सत्ता के साथ-साथ हस्तान्तरित हो गए। लिहाज़ा बँगला इंडियन साहब का कहलाता है लेकिन साथ में यह हमेशा जोड़ा जाता है कि बँगला ओरिजिनली अंग्रेज़ का ही है।

"टुम लोग क्या माँगटा?" साहब बहादुर चिल्लाया।

"साहब, माई बाप, कुछ हँसी-खेल।" सबने जीरा को आगे कर दिया, "बोल जीरा, साहब तुझे बहुत मानते हैं, तू ही बोल कुछ हँसी-खेल तमाशे की बात। महुआ पी के धुत होने की बात। त्यौहार आ रहा है, छुट्टी की बात। जीरा काला कलूटा बैंगन लूटा आगे हो—बोल, बोल।'

"साड़ेब..." जीरा स्त्रेण भंगिमा में लजाया, उँगली में मुट्ठी फँसा, एक टाँग थोड़ी आगे, एक थोड़ी पीछे कर ढोल-सा बजा, "साहेब, कुछ मजा करवा दो आज रात, आज रात कुछ हो जाए, आप भी हमारे साथ शामिल हो जाओ, माई-बाप।"

"बदमाश जीरा, टुम ये क्या बोलटा, टुम लोग इंडियन डॉग्स, काम से हमेशा भागटा क्या मजा माँगटा? बोलो?"

"साहेब, आज हम लोग सरवेंट क्वार्टर में नाच-गाना करेगा, आपका काम खतम करने के बाद, साहेब माई-बाप आप भी आना। साहेब, बस इतनी छुट्टी दे दो।" जीरा आँखें तिरछी फिर नीची कर गाया।

"यू डॉग्स।" साहब गुदगुद हो हँसा, "टुम लोग रात को पी लेगा फिर इस बँगला का चौकीदारी का क्या होगा? हो-हो-हो...!"

"साहेब, हम लोग सँभाल लेंगे। आप एक बार आना तो...।" जीरा की हिम्मत मस्ती की आशा से कूदने लगी। वह भूल गया, अपनी हस्ती। वह वहीं नौटंकी के लौंडों समान, काल्पनिक घाघरा-चोली को देह पर डाल, चोली कसने, ढीली करने लगा। घाघरा गोल-गोल घुमा अपनी नंगी जाँघों का उत्तेजक प्रदर्शन

करने लगा। ठुड्डी पर एक उँगली जमा, नैन मटकाने लगा...! साहब को मजा आ गया। इंडिया वाकई इरोटिक देश है! और इन भुच्च नंगी जातियों को मास्टरी हासिल है इन सब कलाओं में!

"हो-हो-हो...जीरा, वेरी गुड...! हम आएगा।"

साहब के लिए बँगले से ही ऊँची कुर्सी लानी पड़ी। सरवेंट क्वार्टर में तो चटाई भर थी बैठने को और सोने को बिस्तर। सर्दी की रात में, बँगले के विशाल कैम्पस में फैले पुराने बरगद के पेड़ छायादार कम मायावी ज़्यादा लग रहे थे। आम के पेड़ों को अपनी आगोश में छुपाए दैत्याकार और भयावह। तीस एकड़ के कैम्पस का बँगला, छह एकड़ पर बड़े-बड़े बरामदों, खम्भों एवं विशाल दरवाज़ों से अटा पड़ा था। सफ़ेद गर्वीला, नेटिव्स की ओर उपेक्षाभरे भाव से देखता। सरवेंट क्वार्टर्स, बँगले के पीछे कुछ सौ मीटर के घेरे में दुबके, ढिबरी और चिमनी की रोशनी में पिट-पिट कर रहे थे। वहीं मिट्टी और फूस के छप्परों से बनी दस कोठरियाँ थीं। वहीं अंग्रेज़ साहब के बँगले के सरवेंट लोग बसते थे। कड़ाके की सर्दी के बावजूद आज वे कोठरियों के बाहर थे। सामने अहाते की साफ़-सफाई कर ढोल, डुगडुगी और डफली बाहर ले आए थे वे कमरों से। महुआ का नशा बड़े ढोलों में भर गया था। ढोल बजने लगे थे—ढम-ढम...ढम। महुआ बहने लगा जुबान से। 'ए रसिया, आ जा-आ जा..., जान निकली जाए तड़प-तड़प...आज-आ-आ-जा।'

साहब अपना खाना निपटा वहाँ पहुँच गया। अकेला रहता था तीस एकड़ के बँगले में। पत्नी और बच्चा इंग्लैंड में। यहाँ के खराब मौसम से दूर, खराब मिट्टी से दूर, खराब नेटिव्स से दूर। कभी-कभी साहब जाता था इंग्लैंड, कभी वे आते थे, पर्यटक समान। साहब के अकेलेपन के साथी थे ये सरवेंट लोग, ये खराब ब्लडी नेटिव्स!

साहब को जज समान सामने बैठा, एक शीशे के गिलास में महुआ उँड़ेला गया साहब के लिए। 'इसऽऽऽ...' साहब ने चखा और मस्त हो गया। औरत-मर्द नाचने लगे, जीरा का वह लौंडा नाच, जीरा की औरत की मधुर तान 'आज... रसिया...।'

मस्त महुआ-साहब की आँखें चढ़ने लगीं, "ए जीरा, और ज़ोर से नाच," साहब नशे में चीखा।

जीरा ने तेज़ घुमेर लगाना शुरू कर दिए। जीरा नाचता गया, नाचता ही

चला गया। जीरा की औरत की तान मगर टूटने लगी। बाक़ी सरवेंट भी नशे में ढुलमुल होने लगे पर जीरा नाचता ही चला गया। फिर साहब को और मस्ती चढ़ आई। "ऐ जीरा, इडर आ, यू ब्लडी, इडर आ," बोलता हुआ साहब अपनी कुर्सी से उठ खड़ा हुआ। वह जीरा की औरत के पास पहुँचा। वह उठ खड़ी हुई। उसको आदत थी, साहब के यूँ नजदीक आने की...। साहब उसकी काली तवे-सी चमकती बाँह पकड़, उसे घसीटने लगा। वह चुपचाप घिसटती रही। उसको इसकी भी आदत थी। लाल-लाल आँखें डोरों के जाल से बुनी, लाल-लाल गाल रेशमी मखमली शनील से, सुनहरे-सुनहरे बाल उत्तेजना में खड़े कर साहब हँसने लगा और पूरी नाटकीयता से बोला, "अब गाना बन्द, अब जीरा की औरत मेरी तरह जीरा के ऊपर नाचेगी।"

पूरे नशे के माहौल में भी लोग अचकच हो गए। यह क्या बोल रहा है साहब?

"क्या साहब...कैसे?"

बूढ़ा घीसू महुआ की ताक़त के बल पर बोल उठा।

"ऐसे...।" साहब बोला और उसने जीरा को जमीन पर मुँह के बल पटक दिया और उसको घोड़ा बनने को बोला, "घोड़ा बन जीरा, घोड़ा।"

जीरा घोड़ा बन गया!

साहब उसकी पीठ पर चढ़ गया और घोड़ा दौड़ाने लगा, "चलो...भागो, रन जीरा रन..." और साहब अपने हाथ नचाने लगा। बैठा-बैठा ही नाचने लगा।

थोड़ी देर तो देखनेवाले सरवेंट सकते में रहे, फिर उन्हें भी साहब का यह अन्दाज़ मज़ेदार लगने लगा और वे 'हो...हो...हो' कर हँसने लगे।

जब जीरा लगभग सौ किलो के दानव को दौड़ाते-दौड़ाते बेदम हो गया, तो साहब ने नकेल खींची। घोड़ा रुक गया। साहब ने बगल में इशारा किया। गठरी बनी बैठी जीरा की औरत को अब आदेश था, "नाचो, ऐसे ही पीठ पर बैठकर, घोड़ा दौड़ाते हुए।"

जीरा की औरत ने आदेश का पालन किया। जीरा फिर दौड़ने लगा घोड़ा बनकर। उसकी औरत को चढ़ी महुआ उतर चुकी थी, वह घोड़ा-चालक के बजाय बन्दर का बच्चा जान पड़ती थी, घोड़े की पीठ से चिपकी। उसने पीठ के रास्ते घोड़े की छाती पर अपने दोनों हाथ उँगलियों समेत बाँध लिए। उसे लगा, घोड़े की साँस-धौंकनी समान चलती-चलती एकदम बन्द होने को आई है। "आय हाय दादाऽऽऽ...।" वह ज़ोर से चीखी और घोड़ा सवार समेत चित हो गया वहीं भूरी मिट्टी पर।

साहब हँसते-हँसते पागल हो गया। लोग लोटने लगे हँसते-हँसते और साहब को बँगले के बिस्तर तक पहुँचाते-पहुँचाते सबकी हँसी के मारे जान निकल गई।

हीरा का खानदान उसी बँगले पर जमा हुआ था चार पीढ़ियों से। बँगला वही था, पेड़ वही थे। कैम्पस वही था। बस, बदल गया था तो साहब जो अब अंग्रेज़ नहीं, विशुद्ध इंडियन था। हीरा का परदादा था जीरा। जीरा की कहानियाँ उसके खानदान की धरोहर थीं। वे यूँ बताते थे, 'जब हमारे दादा का बाप यहाँ इसी बँगले में काम करता था, तो क्या शान थी...।'

'किसकी?' लोग कौतूहल में पूछते।

'अरे दादा के बाप की, उनकी औरत की! अंग्रेज़ काम तो ख़ूब लेता था उनसे लेकिन बहुत इनाम-इकराम भी देता था।' इनामों की धरोहर के नाम पर एक आईना बचा था। अब ख़ूब चमकता। चारों ओर चाँदी के पतरे से उसके बॉर्डर को उकेरा गया था। बाक़ी सब तो बिक गया। कभी हमारे बाप ने बेचा, कभी दादा ने। फिर अंग्रेज़ साहब जो गया तो इंडियन लोगों ने कभी उस तरह का इनाम दिया ही नहीं। पता है, हमारे दादा के बाप और माँ ख़ूब सुन्दर थे? साहब उन्हें बहुत प्यार करता था। यहीं सरवेंट क्वार्टर के सामने ख़ूब खेल-तमाशे में हिस्सा लेता था साहब। तभी सब कहते, तेरा खानदान कितना सुन्दर है! तुम सब कितने गोरे ऊँचे हो...!'

हीरा का सीना चौड़ा हो जाता। वह वाकई सुन्दर था। वह अपनी औरत को थोड़ी हिकारत से देख कहता, 'पता नहीं इस ससुरी में हमारे बाप ने क्या देखा, काली-कलूटी उठा लाए।'

'कोई बात,' नहीं लोग कहते, 'नया साहब तो बहुत मानता है न तुम लोगों को, फिर क्या चिन्ता तुम्हें? कितनी पीढ़ियों से तो यहीं बँगले में रहते आए हो तुम लोग। तुम्हें कोई कहाँ हटाता है?

'हाँ!' हीरा गर्व से फूला नहीं समाता, 'पीढ़ियाँ गुजर गईं, इस बँगले के साहबों की सेवा में। इस बार का साहब तो हमारे 'समाज' का निकल आया है, इसलिए प्रेम-भाव ज़्यादा है उसको।'

'अपने लोगों को सभी ज़्यादा पूछते,' बाक़ी सरवेंट्स मन-मसोसकर रह जाते।

साहब अकेला आया था यहाँ। बीवी-बच्चे उसके दिल्ली में थे। कभी वे आते थे छुट्टी में, कभी साहब जाता था उनके पास। साहब सुन्दर था। थोड़ी सफ़ेद काली मूँछें थीं, सफ़ेद काले सिर भरकर बाल थे, लाल गाल थे, ऊँची पूरी देह थी।

साहब शाम को ऑफिस से आ नहाता था, फिर खाने के पहले योग करता था, फिर हीरा को आवाज़ लगाता था, 'हीरा, जा, नीली गोदरेज की अलमारी खोल दवा निकाल ला, और पानी, और बरफ।'.

हीरा रोज़ अलमारी सावधानी से खोलता। दवा की बोतल सावधानी से निकालता फिर दवा की बोतल पर बने तन्दुरुस्त भागते घोड़ों को देखता, मन-ही-मन विचार करता, इसको पीने से घोड़ों जैसी ताक़त आती होगी और साहब को गिलास में करीने से दवा बना के देने के बाद ख़ुद दवा नीट गुटक लेता।

साहब कहाँ पहचान पाता, दवा घट रही है कि नहीं। साहब क्यों करता इसकी चिन्ता। उसको तो कई विभाग के लोग ख़ुश करने पर तुले रहते। दवा की सप्लाई की कभी कमी नहीं होती।

जब सारंग साहब आता तो साहब ख़ुश हो उनको भी शामिल कर लेता दवा पीने के खेल में। सारंग साहब अकेला साहब का थोड़ा करीबी था। बड़ा मज़ा आता तब। हीरा की औरत गरम भजिए तलती। मछली कई तरह से भूनी जाती। कबाब भी बाज़ार से मँगवाए जाते। प्लेट भरते—खाली करते, हीरा गुप-गुपाड़ मुँह में डाल लेता सबकुछ थोड़ा-थोड़ा। रसोई में जाकर औरत के मुँह में भी ठूँसता रहता। दवा के घूँटों से लेकर भजिया, मछली, कबाब सब। नशे के होश में हीरा की दुनिया दूसरी होती, वह अपना परदादा बन जाता—जीरा...जीरा...जीरा, जिसका साहब अंग्रेज़ था और जो जीरा को बहुत मानता था।

"हीराऽऽ!"

उसी के 'समाज' का साहब जिसे हीरा ख़्यालों में दूसरी दुनिया में पहुँचा चुका होता था, हीरा को पक्का अंग्रेज़ लगता।

हीरा निर्णय पर पहुँच जाता, उसी दूसरी दुनिया में, 'साहब तो अन्ततः अंग्रेज़ ही होता है, भले ही वह उसी के समाज का क्यों न हो। क्या ठाठ होते हैं साहब के!' उसी दुनिया में बैठ हीरा सोचता, 'क्या साहब का परदादा भी साहब था?... न, साहब का परदादा तो साहब हो ही नहीं सकता क्योंकि साहब के परदादा के ज़माने में तो अंग्रेज़ साहब होता था? फिर साहब का परदादा उसी के समान सरवेंट था क्या?' हीरा के मन में कई सवाल घुमड़ते, 'साहब, अपने इतिहास का खुलासा तो करो, हीरा जानना चाहता है।' लेकिन साहब से पूछने की हिम्मत नहीं थी। भले ही साहब उसी के 'समाज' का था।

"हीराऽऽ...। कहाँ मर गया? अपनी औरत को बोल, मछली नई वाली ग्रिल पर रखकर रोस्ट करे...पुराना वाले से ये जल-सी जा रही है।"

"जी...जी, साहब...।" हीरा दूसरी दुनिया से लौट आता।

"कल यहाँ एक कठपुतली का शो रखवाता हूँ सर। जैसा आप चाहे रहे थे।" सारंग साहब अटक-अटककर बोल रहा था। साहब के सामने अच्छे-अच्छों की फटी रहती थी।

हीरा शान करने लगा, 'साहब उसी के 'समाज' का आदमी है। क्या रुतबा है!'

"नहीं सारंग, बाहर से क्यों बुलवाते हो? यहीं बँगले के सरवेंट क्वार्टर में रहते हैं कुछ खेल-तमाशे वाले, उन्हीं से करवा लेते हैं। एक तरह से मेरे जैसे सोच के व्यक्ति के मानवीय दृष्टिकोण का विस्तार होगा ऐसा कार्यक्रम। समझ रहे हो न? मेसेज अच्छा जाता है इससे। और अकेला रहता हूँ तो थोड़ा जुड़ गया हूँ इन सरवेंट्स से। कल शनिवार है। बुला लो कुछ अफ़सरों को और यहाँ कैम्पस में कर लेते हैं कार्यक्रम।...क्यों हीरा?" प्रेम से हीरा को देख मुस्कुराया साहब मानो उसका समर्थन माँग रहा हो।

हीरा गद्गद हो सिर हिलाने लगा, अपने 'समाज' वालों की बात ही और होती है!

सारंग साहब दो गिलास के बाद उठ गया। साहब को ख़ुश करने के लिए मनोरंजक कार्यक्रम की रूपरेखा मन में बन गई उसके।

"साहब जी," हीरा साहब को अकेला पा मनुहार करने लगा, "पीछे कर लो प्रोग्राम जहाँ अंगेज साहब करवाता था, हम लोगों के घर के सामने। साहब, अभी तक तो सिर्फ़ कहानी है हमारे परिवार की कि कोई इतना बड़ा साहब था इस बँगले पे, जो सरवेंट क्वार्टर वालों के साथ घुल-मिलकर रहता था। फिर न तो मेरा दादा बोला ये बात, न मेरा बाप। दोनों के पास कोई कहानी नहीं। आप तो मुझे एक किस्सा दे दो साहब जो मेरे नाती-पोते घमंड से कह सकें। एक और साहब आया था जो सरवेंट्स को बहुत मानता था, उनसे घुल-मिलकर रहता था और अपने 'समाज' की शान था।"

साहब को नींद आने लगी थी हीरा की गें...गें सुनते हुए। "हाँ, हीरा," उसने कदमों तले बैठे हीरा के सिर पर हाथ फेर उसे पुचकारा। "चल, कल वहीं कर लेंगे खेल। जा, अब खाना लगा।"

साहब के सोने तक हीरा साहब के पाँव दबाता रहा।

शाम को सरवेंट क्वार्टर के अहाते में बड़ा उत्साह था। हरिया और तुलसी गाना-बजाना भी करते थे और बँगले के बगीचे की देखभाल भी। उन्हें हीरा और उसकी औरत से चिढ़ थी। दोनों साहब के कैसे मुँहलगे हो गए थे! भाग्य देखो, साहब भी उनके 'समाज' का था! इतना घमंड हो गया था दोनों को कि सारे

सरवेंट क्वार्टर वाले उनसे चिढ़ने लगे थे। आज दोनों पति-पत्नी ने निश्चय किया, हीरा और उसकी औरत के मन से रुतबे का भूत भगाकर रहेंगे। बेइज़्ज़त करेंगे दोनों को।

"तो साहब, कद्रदान, कठपुतली का तमाशा शुरू।"

"ए राजा, आज कौन-सी कहानी कहेगा तू?"

"ए रानी, मजेदार कहानी कहूँगा मैं।"

"किसकी कहानी होगी वो?"

"मानना चाहे तो तेरी-मेरी, मानना चाहे तो सामने बैठे साहब, मेमसाहबों की और नहीं मानना चाहे तो मान हीरा और उसकी औरत की।"

"ही...ही...ही..."

कठपुतली के तमाशे को देखने पहुँचे सारे सरवेंट क्वार्टर के बच्चे, बूढ़े, जवान, कस्बे के अफ़सर और उनके परिवार, सारंग साहब और बँगले के साहब सब सजग हो बैठ गए। साहब का मन आलोड़ित हो रहा था। यहीं कभी कोई सिरफिरा अंग्रेज़ था, जो यहीं इन्हीं लोगों के साथ मौज-मज़े में हिस्सा लिया करता था। वह इस बँगले में उस अंग्रेज़ के बाद सिर्फ़ दूसरे थे जो उन्हीं स्वर्णिम पलों को लौटा ला रहे थे। ऐतिहासिक पलों का निर्माण कर रहे थे वे, अपने मानवता बोध से।

'हाँ, तो रानी, सुन, तुझपे भूत आते?'

'हट, मुझपे क्यों आए भूत! क्या तुझपे आते राजा?'

'हाँ, मुझपे आते रानी?'

'वे क्या करते राजा?'

'वे मुझे पुराना बना देते रानी?'

"मैं महुआ पीता और मस्त हो जाता?"

"फिर मस्त हो तू क्या करता?"

"मैं गाना गाता रानी, तू भी गाती मेरे साथ।"

"फिर राजा, हम दोनों पीते गाते क्या करते?"

"हम अंग्रेज़ों की सेवा करते। अंग्रेज़ हमसे लाड़ करता!"

"बहुत लाड़ करता क्या वह राजा, तुम्हें?"

"हाँ, मुझसे ज़्यादा तुम्हें?"

"वह तुम्हें आशीर्वाद देता रानी।"

"ही...ही...ही...!"

"क्या आशीर्वाद राजा?"

"तुम्हारी औलाद को गोरे होने का आशीर्वाद रानी।"

"तुम सच कह रहे राजा?"

"एकदम सच रानी।"

"फिर क्या भूत भागते नहीं? तुम पुराने से नए नहीं होते क्या कभी?"

"होता हूँ, रानी, और हो के मैं आज की बात करने लगता हूँ।"

"कौन-सी बात राजा?"

"आज घर जाके देखना ज़रूर, तुझ काली का बेटा इतना गोरा इतना सुन्दर...। कहाँ से...?"

"राजा, तुम बदमाश हो..."

"तुम रानी, तुम बदमाश हो।"

"हट...हट...हट...।"

ही-ही-ही!

लोगों का हँसते-हँसते बुरा हाल हो गया। बड़े अफ़सर समझे कि नहीं, नहीं मालूम, लेकिन सरवेंट क्वार्टर वालों को जीरा से हीरा तक की कहानी समझ में आ गई। वे हीरा का कन्धा ठोक-ठोक कठपुतलियों के संवादों में दोहरे मायने ढूँढ़-ढूँढ़ मस्त हो पगला रहे थे। एक क्षण को हीरा के साहब भी कुछ आधा-अधूरा लक्षित होता देख सकपका गए। बाक़ी दर्शक पर कहाँ इतने बारीक थे, वे तो बस हँसे जा रहे थे। कठपुतली का खेल बढ़िया था। साहब ने चैन से साँस ली। उनकी आत्मा आरोपविहीन थी। शुद्ध और परोपकारी। उन्होंने आश्वस्त हो कुर्सी से उठ हीरा की पीठ थपथपाई। "देख, कितनी मजेदार कहानी दिखाई हरिया और तुलसी ने। तेरा और तेरी औरत का भी जिक्र हो गया, हो...हो...हो!"

कुछ क्षणों से गुम बैठा हीरा, साहब का स्पर्श पा, मस्त हो गया, 'तो क्या हुआ जो उसके खानदान की कहानी कही गई मज़ाकिया ढंग से। हरिया और तुलसी तो पक्के हरामखोर हैं। जलनखोर साले। असलियत में तो सबको मज़ा आ रहा है। उनका मकसद यदि उसे बेइज्जत करना था तो फेल हो गए वे दोनों। बाद में निपटेगा दोनों से...अभी तो मस्त होने की बारी थी, उसने बिंदास हो बगल में बैठी अपनी औरत को चिकोटी काट, आँख मारी और पेट पकड़कर हँसने लगा। साली, परदादा जीरा की तरह उसकी कहानी भी मज़ेदार तमाशा थी।

कान

वे ध्यानाकर्षित करते थे। दूर से इशारा करते थे। कभी अभिमान में तने। कभी तेवर में लाल, कभी मुलायम चिकने। कभी-कभी समयाभाव में उन पर कँटीले बोगोनविला की तरह कुछ साफ़ होने के पहले, कुछ छूट गया-सा नज़र आता था। गोल-गोल छल्लों सा, जो उनकी विद्वता दर्शाता था। वे इतने प्रभावशाली, इतने क्षमतावान थे कि लोग कहते नहीं थकते थे, 'प्रेम वल्लभ राय के कान, दुनिया के सबसे अद्‌भुत कान हैं।'

हैरत की बात यह थी कि वे दोनों अंग चेहरे और गर्दन के अनुपात में बहुत छोटे आकार के थे और 'चारु धीर' जो वास्तुशिल्पी था, कहते नहीं थकता था, 'ये तो प्राचीन खजुराहो की वास्तुकला के साक्षात् नमूना कान हैं, और वैसे तो दावा नेशनल हेरीटेज का होना चाहिए मगर राज्य की ओर से अगर इन्हें धरोहर घोषित कर दिया जाए तो भी बड़ा उपक्रम होगा।'

मानव गुप्ता चित्रकार था। लोग कहते हैं, वह चोरी-चोरी कई दिन प्रेम वल्लभ राय को देखता रहा था। उसकी तकनीक गजब की थी। वह परम्परा से अलग, कैनवस पर पहले रंग भरता था। फिर रंग सूखने के बाद फ्री हैंड से कैनवस पर स्केच बनाता था। ताज्जुब की बात थी कि सारी प्रयोगधर्मिता के बावजूद मानव गुप्ता कैनवस पर एक बड़ी कहानी बयां कर देता था, इसलिए उसका शुमार देश के बड़े चित्रकारों में होता था। ठीक इसीलिए जब वह एक दिन प्रेम वल्लभ राय का रात के अँधेरे में पीछा करता पाया गया, तो प्रेम वल्लभ राय का बारहवीं में पढ़ता भारी वज़न वाला बेटा उसके इस संदिग्ध रूप को देख चीख पड़ा था।

''पापा, आपके पीछे चोर लगा है...।''

प्रेम वल्लभ राय अपने घर की बाउंड्री के बाहर निकले भर थे, डरकर घर के अन्दर दुबारा उछल आए।

''कहाँ बेटा?''

''वो पापा, वो...।'' बेटा उत्तेजना में अपने भारी शरीर को ले, उँगली एक

दिशा की ओर दिखा कूद रहा था।

''अरे बहादुर...।'' प्रेम वल्लभ राय ने अपने आउट हाउस में रहनेवाले चौकीदार को बुलाया, ''देखो तो कोई बाहर है क्या?''

मानव गुप्ता, चित्रकार आदमी, ठीक से भाग भी नहीं पाया और धरा गया। जब तक अपनी सफ़ाई देता, एक-दो थप्पड़ लग चुके थे, मगर जिन्हें देखने के लिए उसने इतना खतरा मोल लिया था, उन्होंने दूर से ही उसकी सफाई सुन ली। मानव गुप्ता को प्रेम वल्लभ राय ने अपने पास बुलाया। वह पानी-पानी हो बहादुर से अपना हाथ छुड़ाते हुए उनके सामने पेश हो गया। उसने देखा, बरामदे में वे सीधे खड़े थे और वहाँ लगे, साठ पॉवर बल्ब की मद्धिम पीली रोशनी में उनके वे अतुलनीय जेवर रक्तिम आभा से दीप्त दिखाई पड़ रहे थे। वह एकटक उन्हें निहारने लगा और उसने पाया कि वे उन्हें अपना बचाव पक्ष सुना रहा है।

''सर, दरअसल प्रमिला जी ने आपके लिए सन्देश भेजा था।''

''क्या?'' प्रेम वल्लभ राय चौंककर सिकुड़ गए। ''बहादुर, तुम जाओ, ये तो अपने मानव गुप्ता सर हैं, मैं पहचान नहीं पाया।'' फिर अपने भारी वजन वाले बेटे को देख कहा, ''बेटा, जाइए, आपके सोने का समय हो गया है।''

बेटा चोर-पुलिस के खेल में अपने को पुलिस महसूस कर रहा था, उसका मन हो रहा था, इस दबे-कुचले डेढ़ पसली के चोर पर दो-दो हाथ आजमा ले, कितना मजा आएगा, और पापा कहते हैं, सोने जाओ।

''पापा, अब मैं बड़ा हो गया हूँ,'' वह थोड़ा लड़ियाया।

''नो, ये तो हम तय करेंगे, आप बड़े हुए हैं कि नहीं, इसीलिए...जाइए।''

बेटा हारकर, पैर पटककर चला गया।

बेटे के चले जाने के बाद वे फिर मानव गुप्ता से मुखातिब हुए। ''क्या कह रहे हो तुम, इतनी रात गए, प्रमिला जी का क्या सन्देश है?''

''कुछ नहीं सर, कह रही थीं, याद आ रही है।'' मानव गुप्ता ने प्रमिला जी का नाम ले अमोघ अस्त्र फेंका।

कान तन गए, चौकस।

''मानव गुप्ता, जाइए...बेकार की बातें लेकर आ जाते हैं। कोई और बात है तो बताइए?''

''नहीं सर, और कुछ नहीं।'' मानव गुप्ता अपनी धड़-धड़ करती जान हथेली में ले अपने घर चल दिया।

उस रात उसने अपने कैनवस पर ढेर सारा हरा रंग डाल दिया और दो दिन तक सोता रहा। जब वह उठा तो कैनवस सूख चुका था। मानव गुप्ता ने उस

दिन अपने जीवन का मास्टरपीस बना डाला। दिल्ली में उसी चित्र को पुरस्कार मिला, जिस पर हरा रंग था और हरे रंग पर बने थे दो चटक-चटक काले रंग के कान।

कला समीक्षकों ने उसकी कृति के बारे में अख़बारों में लिखा, 'ये साधारण बात नहीं, चित्रकार ने पृथ्वी की छाती पर दो कान बनाकर संकेत किया है कि कान कितना महत्त्वपूर्ण अंग है और पृथ्वी के अन्तरतम तक पहुँचने का ज़रिया। पृथ्वी कहती है, यदि आनेवाली पीढ़ियों के लिए इस पृथ्वी को बचाए रखना है, तो मुझे वही बात सुनाओ जो मुझे प्रिय लगे—'मुझे बचाने की बात।'

ऐसा सटीक यथार्थवादी विश्लेषण था कि जिन्होंने इस ख़बर को पढ़ा, अपने कान पकड़ लिए। हाथों में ले, उसे देखा-भाला, सहलाया और चित्र देख इस निचोड़ पर पहुँचे कि उनके अपने ये महत्त्वपूर्ण अंग कितने दो कौड़ी के हैं, जो आटा, दाल, चावल, मकान, स्कूटर, कार, बच्चे के कैरियर, विवाह आदि की बात ही सुनते हैं और उन्हें समझाते हैं।

मानव गुप्ता की सफलता के बाद सीमा शर्मा की बारी आई। उसकी कृति के साथ भी यही हुआ। वह कवयित्री थी। उसने जैसे ही 'दैनिक उजाला' में अपनी कविता भेजी वह देश-भर के हिन्दी साहित्य के पाठकों की हीरोइन हो गई। 'ओ कान...' से उसकी कविता शुरू होती थी, और 'जय हो ऐसे कान' पर खत्म। उसने भी प्रेम वल्लभ राय से मित्रता गाँठ, उन पर कई दिन नज़र रखी थी, तभी वह ऐसी महान रचना कर पाई।

दरअसल प्रेम वल्लभ राय की निकटता हासिल करना निहायत मुश्किल काम था। उनका रुतबा ही ऐसा था। वे आर्ट्स कॉलेज में प्रिंसिपल थे। कॉलेज में आठ बजे उपस्थित हो जाते थे और अपने कानों को चारों ओर फैला देते थे—स्टॉफ रूम, प्लेग्राउंड, क्लासरूम और बाथरूम की ओर भी। कई बार जगदीश सफाई कर्मचारी को बताना पड़ा था, सर, आज कल से ज़्यादा लोग बाथरूम आए। पाँच बार साफ़ करना पड़ा।

स्पोर्ट्स सर, श्री बाजपेयी, अपनी कुलाँचे भरती चाल से, श्रीमती मंजू सक्सेना (जो दूसरी स्पोर्ट्स टीचर थी) को उनकी सुस्ती के एवज़ में कानों की बदौलत वार्निंग लेटर दिलवा चुके थे। इंग्लिश डिपार्टमेंट वाले, अपने को अलग-थलग और हिन्दी वालों से श्रेष्ठ समझते थे, यह ख़बर भी प्रेम वल्लभ राय को थी। लोग एकेडमिक काउंसिल में, वाइस प्रिंसिपल बनने के लिए सीनियोरिटी की शर्त को खारिज करवाने पर तुले थे क्योंकि वहाँ प्रमिला जी के नियुक्त होने की सम्भावना बन रही थी, और लोग प्रमिला जी से रश्क करते थे। कान यह भी जानते थे!

जैसे ही इंग्लिश डिपार्टमेंट के अध्यापक प्रिंसिपल साहब के कक्ष में पहुँचे, उनके वे कान जो अभी चारों ओर फैले थे, एकाग्र हो अपनी चौड़ी टेबल के सामने रखी कुर्सियों पर बैठे अध्यापकों के चेहरों की ओर मुड़ गए। उन्होंने सुना, ''सर, ये हिन्दी डिपार्टमेंट वाले हमारे साथ मिलकर सालाना कार्यक्रम में साहित्यिक समागम करने से इनकार कर रहे हैं।''

''क्यों?''

''वे कहते हैं, हिन्दी का राष्ट्रभाषा होना उसकी सत्ता और अखंड स्वरूप को स्थापित करता है। वे अपनी संगोष्ठियों में ऐसी ही चर्चा करनेवाले हैं, इसीलिए उनका निवेदन है कि हम अपनी इस औपनिवेशिक भाषा को उनसे दूर रखें।''

''सर, फंड तो सम्मिलित प्रचार से मिले थे, अब अलग से कार्यक्रम की तैयारी भी सम्भव नहीं। क्या करें?''

प्रिंसिपल सर की रग-रग में भी राष्ट्र गौरव आलोड़ित हो गया। वे भी तो हिन्दी विभाग से ही थे। बचपन से हिन्दी स्कूलों में पढ़ने से, एक झिझक उनके अन्दरूनी हलकों में बस गई थी, जो यदा-कदा अंग्रेज़ी परिवेश में प्रवेश करने पर एकदम से ज़ोर से उभर जाती थी। जब वाइस चांसलर के करीबी रिश्तेदार होने का लाभ लेने का समय आया था, तो उन्होंने सही उम्मीदवार साबित होने के लिए, बाकायदा अपने को चारों ओर से निखारा था। शीशे के सामने खड़े हो अंग्रेज़ी बोलने की ढेर सारी कोशिश की थी और उसमें खासी सफलता भी हासिल कर ली थी। अंग्रेज़ी से मिले लाभ अच्छे लगते थे मगर जैसे ही वह व्यक्तित्व पर दबाव बनाने लगती थी, उनके अन्दर बेचैनी भरने लगती थी। वह तो हिन्दी विभाग की प्रमिला जी थीं, जो उनके सब दुख हरने, खास प्रकृति द्वारा भेजे गए देवदूत समान उनके जीवन में सहजता फैलाती रहती थीं, वरना तो वे भी कितने पीड़ित रहते। इस हिन्दी-अंग्रेज़ी के द्वन्द्व में फँसे-फँसे।

वैसे वे प्रमिला जी को अपने एम.ए. के दिनों से जानते थे। उन्हीं की जूनियर थीं। उस वक़्त लेकिन, खास पहचान नहीं थी। उस वक़्त उनमें बाद तक याद रखने लायक भी कुछ नहीं नज़र आता था। साधारण रंग-रूप था, बेहद दुबली-पतली थीं। याद तो इसीलिए रह गईं, क्योंकि एम.ए. वालों की फेयरवेल पार्टी में उन्होंने एक बड़ा पुराना फिल्मी गीत गाया था, जिसे कानों ने सुना था और देर तक उनमें रस घुलता रहा था। उसी रस की याद हमेशा बनी रही। अकेले होने पर प्रेम वल्लभ राय उन्हें गुनगुनाते थे, 'इस दुनिया में जीना है तो सुन लो मेरी बात। गम छोड़ के मनाओ रँगरेली। और मान जाओ कहती है जो केली।'

जब भी जीवन में दिक्कतें आईं, वही गाना गूँजता रहा। जब संयोगवश उन्हीं

के कॉलेज में प्रमिला जी नियुक्त होकर आ गईं, तो स्वाभाविक रूप से जान-पहचान भी बढ़ गई। प्रमिला जी को जब गीत से जोड़कर देखा तो मन में कुछ कोमल भावनाएँ भी जग गईं। कानों ने प्रमिला जी को कितनी बारीकी से रोमानियत का रंग चढ़ा गुलाबी बना दिया। प्रेम वल्लभ राय को उनकी आँखें हिरणी की आँखें, गाल गुलाब के अर्क में डुबोए से और होंठ आश्चर्यजनक रूप से जामुन की ख़ुशबू से भरे लगने लगे थे।

प्रमिला जी भी प्रिंसिपल सर के कमरे में, अब कई बार, अधिक गम्भीर विचार-विमर्श के लिए जाने लगी थीं और खिंचाव की बानगी यह कि प्रेम वल्लभ राय के कानों से उन्हें वाकई प्यार हो गया था।

वे कभी उन्हें अकेला नहीं छोड़ती थीं। कभी सहलातीं, कभी दुलरातीं, कभी उनमें रस घोलतीं, कभी उन्हें बुद्धि देती थीं। पूरा कॉलेज प्रमिला जी और उनके विभाग की तरक्की को आहिस्ता-आहिस्ता आँख की किरकिरी बनने तक बर्दाश्त कर रहा था और इस सही निष्कर्ष पर पहुँच रहा था कि 'प्रिंसिपल सर के दिल तक का रास्ता, उनके कानों से होकर जाता है।' इसीलिए सब अपने-अपने ढंग से अपनी प्रसिद्धि और लाभ के इन्तज़ार में उन्हीं की ओर देखा करते थे।

इंग्लिश डिपार्टमेंट वालों की बातों पर ग़ौर करते हुए, मामला सुलझाने के लिए प्रमिला जी भी बुला ली गईं।

"देखिए, अब ये रवैया ठीक नहीं प्रमिला जी, अब आपको इनके साथ हर सम्भव तालमेल बनाना ही होगा। अगली बार, कार्यक्रम की अलग-अलग रूपरेखा तैयार कर लेंगे।" प्रमिला जी को दिए गए आदेश में तल्खी से ज़्यादा इसरार गूँज रहा था।

"जी, सर!" प्रमिला जी ने अच्छी लगनेवाली बात, अच्छी लगनेवाली आवाज़ में ही लौटाई।

इंग्लिश डिपार्टमेंट वालों को बहस की उम्मीद थी, मगर मामला उसके बिना ही हल हो गया। उनकी बात रह गई थी, मगर वे प्रमिला जी को ही जीता हुआ देख रहे थे। वे ख़ुश होने आए थे पर अब बिना ख़ुश हुए, कमरे से बाहर हो गए। उनके जाने के बाद प्रमिला जी भयावह तेजी से दरवाज़े की ओर लपकीं, दरवाज़े की चिटखनी कस के बन्द की और प्रिंसिपल साहब की कुर्सी की ओर दौड़ पड़ीं। उन्होंने अपनी आँखें बन्द कर लीं और प्रिंसिपल साहब के दोनों कान ज़ोर से खींचे और बोलीं, 'आई लव यू!' इसके बाद वे पिस्तौल से छूटी गोली की तरह कमरे से बाहर हो गईं। प्रिंसिपल साहब बड़ी देर तक मुस्कुरा-मुस्कुरा अपने कान मलते रहे।

चारू धीर जो वास्तुशिल्पी था, उसी कॉलेज में गेस्ट लेक्चरर की हैसियत से काम करता था। वह प्रिंसिपल साहब के कमरे के बाहर बैठा, कमरा ख़ाली होने का इन्तज़ार कर रहा था। उसने जैसे ही प्रमिला जी को कमरे के बाहर, हवा में उड़ते रुई के फाए-सा उड़ता देखा, वह खट् से मामले की तह में समा गया। उसे लग गया कि सीमा शर्मा कवि और मानव गुप्ता चित्रकार के बाद अब प्रमिला जी भी उन अतुल्य कानों की बदौलत कुछ महत्त्वपूर्ण हासिल करनेवाली हैं। वह दुखी हो गया, 'क्या उसकी बारी कभी नहीं आएगी?'

जलकर उसने प्रमिला जी की साड़ी का लहराता पल्लू अपने पैर से दबा दिया, प्रमिला जी सामने की ओर गिरते-गिरते बचीं।

"क्यों, चारू धीर, क्या इरादा है?" उनकी आवाज़ में हवा मिठाई का हलकापन भी भर आया था।

"इरादा तो नेक नहीं प्रमिला जी...!"

"क्या...?" प्रमिला जी लाज से दोहरी हो गईं।

"बताओ तो, अभी कॉलेज में आए जुम्मा-जुम्मा आठ दिन हुए और तुम मुझे ही घायल करने चले। हुँह!"

यह वह कोमल क्षण था जब प्रेम ने प्रमिला जी को इतना खुला और संवेदनशील बना दिया था कि वे चारू धीर की बातों की लच्छेदार कमानियों में फँस-सी गईं।

"नहीं...?" चारू धीर तो अपने बनाए नारसिसस के मॉडल समान, न सिर्फ़ नारसिसस की मुद्रा में खड़ा हो गया, बल्कि और शीरीं हो, सिर्फ़ अपनी बातें करने के मकसद से उस कोमल क्षण को मथने लगा, अपने पक्ष में। "मुझे वो चाहिए...!" कह उसने एक सापेक्ष इशारा कर दिया।

प्रमिला जी अकबका गईं और उन्होंने अपने हाथों से अपने को ढक लिया।

चारू धीर 'दुष्ट' मगर कहता रहा, "वो जो अन्दर छुपा है...।"

"कौन?" अब वह शर्तिया रूप से डर गईं। मुँह सूखने भी लगा।

"वो...वो..." (कान) वह मन में बुदबुदाया।

इसी बीच प्रेम वल्लभ राय कमरे के बाहर आए और सामने घटित होते नाटक का सिर्फ़ अभिनय देख पाए। वह भी अन्तिम क्षणों का। संवाद तो पहले ही खत्म हो चुके थे। अव्वल तो देख, उन्हें कुछ समझ में नहीं आया और जो देखा भी तो उसका स्वाद मन में शंका उत्पन्न करनेवाला था। लिहाज़ा वे शंका की नाव में हिचकोले खाते बोले, "ये क्या हो रहा है?"

"कुछ नहीं...।" प्रमिला जी मानो सपने से जागीं।

चारू धीर ने ठहाका लगाया। ये कानों के लिए आशंकाओं को जन्म देती चुनौती थी।

आज प्रिंसिपल साहब कॉलेज का वक़्त खत्म होने से पहले घर आ गए। यह अनूठी बात थी क्योंकि घर में स्त्री के होने पर भी स्त्री जैसा सुख नहीं होना, प्रेम वल्लभ राय को घर जाने पर एक अव्यक्त अवसाद में धकेल देता था। वहाँ वे बेकद्री में जीते थे। रिश्ते में खटास और अपरिपूर्णता थी, जिसे प्रमिला जी के गीत और शब्द ही कुछ झेलने लायक बनाते थे। इसीलिए वे घर नहीं जाने के बहाने ढूँढ़ते रहते थे।

उस दिन मगर, जिस दिन, प्रेम वल्लभ राय के कानों ने प्रमिला जी और चारू धीर के बीच संवाद नहीं सुन पाने से प्रेम वल्लभ राय के दिल के कोटरों में शंका के बीज बोए थे, ठीक उसी दिन से वे बेचैन रहने लगे थे और घर जल्दी जाने लगे थे। वे हवा की सरसराहट भी नहीं सह पा रहे थे। उन्हें उसमें भी कुछ छुपाई हुई बात दिखती थी। वे उन्हीं को खोलने के प्रयास में उलझे रहते थे।

कुछ ही दिन बाद प्रेम वल्लभ राय ने अपने लाइब्रेरी के राउंड के दौरान एक रहस्य-भरा दृश्य देखा। बस देख ही पाए वह, क्योंकि लाइब्रेरी में चुप रहने का आदेश था। उन्होंने देखा, चारू ने एक किताब शेल्फ नम्बर तीन से निकाली और बगल में खड़ी प्रमिला जी को दिखाई। उसे देख प्रमिला जी के चेहरे पर एक रंगत चढ़ आई जो प्रिंसिपल साहब के लिए न सिर्फ़ अब तक अनदेखी थी, बल्कि अबूझ भी थी। प्रमिला जी तो ऐसे अन्दाज में उनके साथ कभी नहीं मुस्कुराई थीं। क्या चल रहा था यहाँ? वे परेशान हो वहाँ से चले गए।

ज़ल्द कॉलेज का सालाना कार्यक्रम आ पहुँचा। उसी कार्यक्रम के दौरान कानों ने सुना, इंग्लिश डिपार्टमेंट के कुछ अप्रसन्न अध्यापक कह रहे थे, ''आजकल प्रमिला जी और चारू धीर में ख़ूब घुट रही है।''

फिर और ''प्रमिला जी क्या वाइस प्रिंसिपल बननेवाली हैं?''

''अरे, अब मुश्किल है। चारू धीर जो बीच में आ गया है।''

पहली टिप्पणी पर, प्रिंसिपल साहब को लगा, ये इंग्लिश वालों की सरासर बदमाशी है, 'यूँ अफवाहें फैलाना,' फिर लगा, 'लोग तो कमीने होते हैं, दो लोगों के गम्भीर परिपक्व रिश्ते में भी तनाव पैदा करने की साजिश से भरे-भरे।' आखिर उनके रिश्ते में हर्ज ही क्या है? दोनों एक तरह से भावनात्मक रूप से अकेले हैं और कितना तो सुन्दर है दोनों का रिश्ता। मान्य परिभाषाओं के दबाव से मुक्त। उन्मुक्त और राज़-भरा, रस-भरा! ये सब कुछ वे अपने आपको समझा

रहे थे और इधर उनके वे कान थे जो कनपटी तक अपनी गर्मी फैला चुके थे। वे क्रोध में लाल भी आग समान हो रहे थे।

प्रेम वल्लभ राय का ब्लड प्रेशर बढ़ने लगा। उन्होंने प्रमिला जी को इशारा कर अपने पास बुलाया और बाहर चलने को कहा।

प्रमिला जी थोड़ा चौंकी मगर चूँकि सार्वजनिक रूप से भी प्रिंसिपल साहब से अपनी निकटता प्रकट करती रही थीं 'बेहिचक' इसीलिए बाहर चली आईं।

वे पार्किंग में अपनी मारुति कार के सामने खड़े थे। अँधेरा इतना था कि दूर से छुपा जा सकता था और आमने-सामने एक दूसरे को ठीक से देखा भी जा सकता था।

"क्या हुआ जान?" कानों ने प्यार की कूक सुनी मगर वे तने रहे। अभी भी उतनी आग भरे। "थोड़ी देर के लिए मेरे साथ, राजेन्द्र ब्रिज पर चलो। गाड़ी में बैठो और चलो...! जल्दी लौटेंगे, कार्यक्रम ख़त्म होने से पहले।" बहुत मुश्किल हो रही थी, आग को आवाज़ में घुलने से रोकने में।

"अरे यार, मगर अभी क्यों?" मीठी कूक में चिढ़ झपटने लगी।

"अभी ही! बैठो, ज़रूरी बात करनी है।" कान फड़कने लगे।

राजेन्द्र ब्रिज सुनसान था इस वक़्त। वक़्त नहीं लगा वहाँ पहुँचने में। प्रेम वल्लभ राय ने गाड़ी रोक दी और प्रमिला जी से उसी सुनसान लम्हे में पूछा, "क्यों, चारू धीर से क्या चक्कर है?"

"क्या?"

"बोलो...जवाब दो? क्या चक्कर है?"

"क्या बकते हो? इस वक़्त तुम मुझसे ये बकवास करने मुझे कार्यक्रम से घसीट लाए? चारू धीर मुझसे कितना जूनियर है। और जूनियर हो या सीनियर, मुझे इससे क्या? मैं तुमसे प्रेम करती हूँ। ये चक्कर जैसा वाहियात ख़्याल तुम्हें आया भी कैसे?"

कानों ने ये प्रेमवाला दावा पचासों बार सुना था, मगर आज उसमें ठोस भावों की कमी लगी। ऊपर से चारू धीर की चुनौती वाली हँसी की अनुगूँज ने प्रमिला जी की बातों को खोखले सेब-सा भस कर दिया था। वे जवाब सुन आश्वस्त के बजाय और अविश्वास से भर उठे।

"झूठ...।"

"सच...सच...सच। तुम्हारे अलावा मेरा किसी और से कोई लेना-देना नहीं...।"

"झूठ...।"

इसपर प्रमिला जी को आया ज़ोरदार गुस्सा। उन्होंने प्रेम वल्लभ राय के दोनों

कान अपनी मुट्ठी में भर खींचना शुरू कर दिया।

वे दर्द से चीखे, "छोड़ो-छोड़ो..., छोड़ो, क्या कर रही हो?"

"नहीं।" प्रमिला जी जिद में और ताक़त से भर उठीं, और-और ज़ोर से उन्हें खींचने लगीं। अजीब पागलपन वाली स्थिति पैदा हो गई। क्या और क्यों कुछ समझ में नहीं आ रहा था। मगर इसी पागलपन वाली स्थिति में प्रेम वल्लभ राय ने गाड़ी दौड़ा दी और उम्मीद की, कि निर्जन अव्यक्त से सभ्यता के बीच पहुँच वे अपने कान बचा लेंगे, गोकि उन्हें बचाना तो जीवन बचाने जैसा ही था, और जीवन बचाना तो सबका प्रथम कर्तव्य होता है। उन्हें यह भी ख़्याल तुरन्त आया कि यह पागल, एहसानफ़रामोश, आक्रमक स्त्री जिसे कितना कोमल मान उन्होंने कितना-कितना प्यार किया था, सभ्यता देख निस्सन्देह डर जाएगी और उनके कान भी छोड़ देगी।

रास्ते भर भयंकर गुत्थम-गुत्था मची रही। इसके बावजूद वे कॉलेज तक गाड़ी चला ले आए और तेज़ी से अपने कपड़े ठीक करते हुए, कार्यक्रम स्थल की ओर सुरक्षा के लिए दौड़ पड़े। चेहरे पर शारीरिक युद्ध की पीड़ा बनी हुई थी, जिसे भी वे संयत करते जा रहे थे।

उनके चले जाने के बाद प्रमिला जी गाड़ी की सीट पर अधलेटी बनी रहीं। उन्हें उतरने की कोई जल्दी नहीं थी। वे अस्त-व्यस्त-सी ख़्यालों में डूबी रहीं। अरे! प्रेम वल्लभ राय तो वही 'राजा राम' निकले, जिसका पाठ वे अपनी कक्षा में छात्रों को पढ़ाया करती थीं। ठीक वैसे ही, कान के कच्चे! जिन कानों को इतना दिव्य मान, उन्होंने उसमें अपना सर्वस्व घोल दिया था, वे तो अन्ततः मिट्टी के ही बने निकले। कच्चे और कमजोर। उन्हें तो नष्ट हो ही जाना चाहिए।

तभी उनके दरवाज़े पर दस्तक हुई, और बाहर से दरवाज़ा खोल दिया गया। वहाँ चारू धीर खड़ा नज़र आया। दुष्ट हँस रहा था, "क्यों, कैसे थे? मैं कब से उन्हें ढूँढ़ रहा था। मैंने आपसे भी कितनी बार भेद लेना चाहा, मगर आप तो जवाब में मुस्कुराती रहीं। बस! इतने दिन हुए मगर आज जाके मुझे पुरस्कार योग्य विषय मिल ही गया। चूँकि आप भी इससे जुड़ी हैं तो आपको भी आमन्त्रण है, मैडम...आएँ और मेरे काम में हाथ बटाएँ।"

उस साल चारू धीर की कृति राष्ट्रीय पुरस्कारों में मिसाल बन गई। उसने अपनी कृति में ऐसी मिट्टी का प्रयोग किया था, जो इतनी कच्ची थी कि फुसफुसाने पर अपना आकार बदलने लगती थी। शुरू में देखने पर वह, लम्बे, चपटे, खुरपे के आकार का गाल के नज़दीक का मानव अंग दिखता था मगर हलकी-सी फुसफुसाहट के बाद उसका कुछ नया रूप हो जाता था...! निस्सन्देह

अद्‌भुत प्रयोग था। उसे विजेता होना था, वह हुआ और मानव गुप्ता और सीमा शर्मा की श्रेणी में स्थापित हो गया।

प्रमिला जी को ट्रस्टीज़ ने वाइस प्रिंसिपल बना दिया है। वे योग्य हैं और अपने काम के साथ प्रिंसिपल साहब के कामों में भी बहुत सहयोग करती हैं। दरअसल कुछ दिनों पहले प्रिंसिपल साहब को एक प्रकार का 'कान रोग' हो गया है और उनकी सुनने की क्षमता कम होती जा रही है, लिहाज़ा ट्रस्टीज़ को लगा, उनकी सहायता प्रमिला जी सबसे अच्छी तरह कर लेंगी। आख़िर दोनों दोस्त रहे हैं, लम्बे समय से और दोनों के तालमेल की अच्छी चर्चा है।

कॉलेज के लोग अलबत्ता कई तरह की बातें करते हैं। आदतन, वे कहते हैं, कॉलेज के सालाना कार्यक्रम के दौरान कोई प्रेम वल्लभ राय के कान ले गया! सचमुच ले गया? वे दो लोगों पर शक भी करते हैं—चारू धीर और प्रमिला जी पर।

दरअसल उस दिन प्रिंसिपल साहब के कानों को कई लोगों ने कार्यक्रम के अन्त में लहूलुहान देखा था और कार्यक्रम स्थल से चूँकि ये ही दो लोग, कुछ देर बाद पूरी तरह गायब हो गए थे, तो लोग इसे मिली-जुली साजिश मानने से नहीं हिचकते। वैसे चारू धीर की आदर्श कृति, उसे ज़्यादा सन्देहास्पद बनाती है। जहाँ तक प्रमिला जी का प्रश्न है, वे अब ख़ुद वाइस प्रिंसिपल बन चुकी हैं, इसीलिए लोग सँभल-सँभलकर बोलते हैं। हाँ, और कुछ लोग अब धीरे-धीरे उनके भी कान भाँपने में जुट गए हैं!

रात्रि जागरण

छोटा-सा कस्बाई मुहल्ला, बिलकुल मेरे शहर के मुहल्ले सरीखा—दबा-दबा, घुटा-घुटा, हरदम सुस्ताता-सा। चारों ओर साल, नीम और आम के पेड़ अपनी जर्द बूढ़ी शिनाख़्त लिए आशीर्वाद देने की मुद्रा में ऊँघते-निदिंयाए पसरे थे। धूप को भयंकर कशमकश के बाद इनमें से छनकर मुस्काने का मौका मिलता था। मुहल्ले की सड़क के दोनों ओर भी यही सिलसिला बना रहता था। धूप इस मुहल्ले में सुन्दर ही बनी रहती थी, सहनीय और सहलाती हुई। कभी भी रुक्ष एवं आतंकित करनेवाली नहीं। शाम को आसमान के स्वच्छ नीले अँगोछे पर कुछ घरों से उठती धुएँ की लकीरें, आड़े-तिरछे नक्शे बनाती हुईं अपनी अँगीठी-चूल्हे की हैसियत का ऐलान करती थीं। मुहल्ला, अपने हर अन्दाज़े-बयाँ में ठेठ मध्यवर्गीयता की गमक से बजबजाता रहता था।

मुहल्ले की संरचना आयताकार पैटर्न पर हुई थी, जिसमें आयतन का चौथा भाग खाली छोड़ दिया गया था (आयतन के घेरे में)—एक खुले मैदान को शामिल करने के वास्ते। मुहल्ले को कॉलोनी का रूप देने की एक अनगढ़ फूहड़-सी कोशिश ज़रूर की गई थी, पर गन्ध, रूप, गुण, आकार-प्रकार कहीं से भी औपनिवेशिक प्रस्तरवाद का वहाँ कोई दखल नहीं था। बड़ा साब तो दूर, वहाँ बड़ा साब की जूती का अस्तित्व भी न होने के बराबर था। मैदान, मुहल्ले में बसे बीस एक घरों के अनुपात में काफ़ी चौरस एवं फैला हुआ था। आसपास नगरपालिका ने कोई फेंसिंग नहीं की थी, अतः वह प्रायः सभी के उपयोग का था। वहाँ गाय, भैंस, कुत्ते, घोड़े, टट्टू से लेकर सड़क छाप मजनूं, मुहल्ले के कर्तव्यनिष्ठ टहलनेवाले, उछल-कूद करते छोटे बच्चे, मोटापा घटाती महिलाएँ और चुहल करती शोख लड़कियाँ सब यदा-कदा नज़र आ जाते थे। इन सब कार्यकलापों के अलावा वह मैदान, मुहल्ले वालों के सामूहिक रूप से मनाए गए उत्सवों के लिए इस्तेमाल किया जाता था। मान लो, किसी घर में शादी हुई तो मैदान की तमाम खुरदरी ज़मीन को पानी के छींटे मार, सपाट कर, पशुओं और

मनुष्यों द्वारा श्रद्धापूर्वक त्यागे गए उत्सर्गों को सफाई कर्मचारियों की मदद से साफ़ करवा ऊपर चाँदनी तान दी जाती थी। ज़रूरत के अनुसार नीचे, टाट, चटाई, कालीन से लेकर झक सफ़ेद उजली-उजली जाजम भी बिछ जाती थी। बिजली के तारों को रोडलाइट के पोल से जोड़ छोटे-छोटे चमकदार कई बल्ब लग जाते थे, जो फूल-पत्तियों की सज्जा से मिल समवेत स्वर में राग-आह्लाद गाने लगते थे। सारी सज्जा अपनी अद्‌भुत चंचलता से अचम्भित करने लगती थी और फिर शाने-बयानी में वही मैदान किसी बड़े शहर के गुलजार बाग़ से कम नहीं दिखता था।

ऐसे मौकों पर वह ऊँघता-सा मुहल्ला भी सीधा हो बैठ जाता था। घरों से सिर झाँक-झाँककर मैदान की ओर देखने लग जाते थे और अनेक बार रोजमर्रा के निरुत्साहित निष्प्रभ चेहरों पर रंग चटख जाता था। औरतों के माथे पर टिकुली चमकदार, देह पर साड़ी रंगदार और आँखों का सम्प्रेषण विद्युत् हो जाता था। चपल चंचल लड़कियाँ घरों की लाख प्रताड़नाओं के बावजूद जीन्स, टॉप पहन, घर की छतों पर यूँ ही टहलने लग जाती थीं, ठुमक-ठुमक इतरा-इतराकर। ताज़ा जवान लड़के नई 'करीनाओं' और 'उर्मिलाओं' की तलाश में जल्दी इस्तरी की गई पैंट की क्रीज़ ज़माने में लग जाते थे। चारों ओर तेज़ बेचैनी का आलम छा जाता था। सब बदहवास। ज़्यादातर घरों के पालक और भी बेदम, तंगहाल। '...हो गई छुट्टी', '...फिर कोई नया तमाशा', '...न जाने ये साल्ला मैदान यहाँ बना ही क्यों, अब पूरी रात की पीस खत्म!', '...साल्ला सारे फंक्शन यहीं होंगे', '...शादी गणपति दुर्गा सारे-के-सारे उत्सव यहीं', '...और ये हमारे फेमिली वाले, सारे-के-सारे उसी में मस्त', 'हमारे लिए तो किसी को टाइम ही नहीं होगा, सब घूमते-फिरते दिखेंगे' '...काश, मैदान पर जाने को मिलता, इसी किसी बहाने।'

यही थी उस मुहल्ले की खिटपिट और कुल-मिलाकर वही मैदान था उनके मन-बहलाव, रूटीन से अलग सबको अनजाने ही लड़ाते-भिड़ाते, ख़ुश करते रहने का केन्द्र। सबको, खासतौर से ठीक सामने के छह घरों को बेहद प्रभावित कर व्यस्त रखता था, वह मैदान। ये छहों घर खालिस बेबाक ढंग से मध्यवर्गीय पायदान पर होश टिकाए बैठे थे। हाँ, सक्सेना साहब बुरा मान जाते (मुँह बिचकाए, पिचपिचाए) मध्यवर्गीय शब्द से सम्बोधित होने में। इसीलिए लोग उनके सामने इस शब्द का प्रयोग करने से परहेज़ करते थे, और उनको चढ़े हुए उच्च से उच्चतर वर्ग में गैस भरे बैलून समान उछाल देते थे—जा...जा रे! पर सक्सेनाजी के पीठ पीछे वे फिक्क से हँस उनके सब-इंजीनियर बेटे की घूस की कमाई और

बेटी की विजातीय से शादी के किस्से रस लेकर चबा-चबाकर सुनाया करते थे और आवेश में सक्सेना के घर की दीवाल के ठीक पास थूकते जाते थे, बकते जाते थे, 'बुड्ढा सनकी है। साल्ला घर की दीवार पर हरी टाइल्स लगवाकर शान बघारता है। सारे मुहल्ले से अलग दिखता है घर साले का। ठप्पा बनना चाहता है साल्ला अमीरी का।'...इसके बाद लोग न चाहते हुए भी अन्दर से बलबलाती अपनी ईर्ष्या को कसकर जांत लेते थे और कलेजे का दर्द अनुगूँज पैदा करता था, 'मकान (पैसा हो तो) क़सम से हम भी हरी टाइल्स वाला ही बनवाते। बात है कुछ हरे पेंट और टाइल्स में...।'

उस मुहल्ले के लोगों में एक अटूट कूपमंडूकीय प्रतिभा थी, जिसकी बदौलत बुड्ढे सक्सेना का वह बाथरूम सरीखा घर ही मापदंड बन गया था, पैसों का और उससे उपजती नफासत और शऊर का। सक्सेना की पत्नी उनके रिटायर होने से पहले ही गुज़र चुकी थी, बेटी के भाग जाने के ठीक बाद। बेटी के भागने की ख़बर का धक्का उन्हें ठीक दिल में छाती की बायीं ओर लगा था और उसके बाद ईसीजी मशीन बेहरकत ही रह गई थी। सक्सेना ने बुढ़ापा एन्ज्वाय करने के उद्देश्य से घर बनवाया था, पर अब एन्ज्वाय करने लायक जैसा कुछ बचा नहीं था। साथ नहीं, साथी नहीं, बच्चे अलग, हाँ, एक फुँफकारती-सी शान थी अपनी बीती गॅजटेड अफ़सरी की और (पिटे-पिटे घरों के बीच) अपने दमदार हरे-हरे घर की। सक्सेना का बेटा कानपुर में नौकरी करता था। छुट्टियों में बाप के पास आता था। कानपुर की टेंशन से उबरने और ख़ुद हरियाने अपनी बीवी, नन्ही बच्ची समेत। बहुत-बहुत आम लाइफ थी सक्सेना जी की। छोटे से नौकर के हाथ का खाना, मैदान में ख़ूब टहलना, पेपर पढ़ना, गप्पबाज़ी करना, अपने च्वाइस के लोगों के साथ टी.वी. देखना, घोड़ा पछाड़ शेखी के वार करना, हर मिलने-जुलनेवाले पर, और बस।

उनके पड़ोस में बसता था कौशल परिवार। कुल दो जने थे। नई-नई शादी हुई थी कौशल की। सिर्फ़ छह महीने बीते थे। औसत कद, प्राइवेट सेक्टर की औसत नौकरी, भदेस-सी गठी काठी में क़ैद कुलबुलाती, छटपटाती जवानी का मालिक था कौशल। वह ऑफिस से बेवजह भागकर कभी भी घर आ जाया करता था—दोपहर, शाम, सुबह या ऑफिस जाने के ठीक एक घंटे बाद। न जाने क्यों एक आग-सी जलती रहती थी उसके पोर-पोर में। घर आकर नवेली पत्नी के हाथ का ठंडा पानी पी तर हो जाता था वह। उसकी इस हालत को देख पत्नी हँसती जाती थी खन-खन-खन...। कौशल को तब यों लगता, उसके ऊपर हरसिंगार के मादक फूल झर रहे हैं, डुबो रहे हैं, अपने भार से न मालूम किस तरल-गरल कुंड

में। बस, सिहरन-गुदगुदी, सिहरन-गुदगुदी की मदहोशी का दौर छा जाता और तड़पते हुए कौशल मसल देता हरसिंगार के फूलों को, कुचल देता सारे अट्टहास। फिर मुँह-हाथ धो, फ्रेश बन चल देता उस ज़रूरी फाइल के लिए जिसे वह जानबूझकर सुबह ही घर छोड़ गया होता था।

कौशल परिवार के बगल में रहता था मास्टरजी पंवार का लम्बा-चौड़ा कुनबा। पूरा मकान ऊपर से गुलाबी पुता हुआ, पर अन्दर की दीवारों, फर्श का रंग था स्लेटी। वही रंग घर के बाशिन्दों पर भी पुता रहता था—ग़मगीन स्लेटी, धूसर स्लेटी, स्लेटी ही स्लेटी। घर में पाँच बच्चे थे उन्नीस से तेरह साल तक के। तीनों लड़कियाँ बड़ी थीं। दो कॉलेज जाती थीं और तीसरी भाइयों के साथ स्कूल। इनकी जननी बेतरह फूली माताजी थीं। माताजी के हाथ-पैर दिन-रात पानी में काम करते-करते अजीब-सी काई से पुते, काली सिकुड़ी दरारोंवाले माउंट वीसूवीयस के ज्वालामुखी के आसपास की जली-कटी मिट्टी समान दिखते थे। माताजी स्वयं ऊपर से नीचे तक किसी पर्वत शिला समान अभेद्य, टनों भार से रचित नज़र आती थीं। माशाअल्लाह, अभी अच्छे-खासे तन्दरुस्त सास-ससुर थे, छबीली छोटी ननद थी और था एक अदद जवान मुस्टंडा देवर। इन सभी मेम्बरान के नाज-नखरे उठाते-उठाते श्रीमती पंवार की शारीरिक स्थिति बिल्ली के तेवर समान उठती-गिरती रहती थी। उनके शरीर की वास्तविक स्थिति के बारे में मुहल्ले के डॉक्टर भी गारंटी से कुछ कह नहीं पाते थे। बी.पी. का रोग उन्हें, गैस की शिकायत उन्हें, गठिया-वात उन्हें, आदि-आदि। अक्सर घर के पचास कामों से जूझते-जूझते वे धब्ब से बैठ जाती थीं। फिर भी एक पल को उस घर की गाड़ी नहीं रुकती थी। टी.वी. बन्द नहीं होता था, देवर की बॉडी बिल्डिंग चलती रहती थी, सासू माँ जुगाली के बीच बड़ी-सी डकार निकाल देती थीं, ससुर बीड़ी पत्ती मलते रहते थे और बीच में रुककर 'राम की माया, कहीं धूप कहीं छाया' का जाप कर अपनी पतोहू के प्रति अपनी संवेदना प्रकारान्तर से प्रकट करते रहते थे। बेटे साइकिल निकाल चक्कर काटने चल देते थे और बेटियाँ खिसियाती-सी, होंठ को दाँत से काटती हुई मदद के लिए बुआ को आवाज़ देने लग जाती थीं।

"बुआ, देखो, माँ को क्या हो गया है? तुम्हें तो घर में ही रहना है, आके देखो न। हमें कॉलेज को देर हो रही है।"

"ओफ्फोह!" बुआजी चिढ़ जातीं।

बुआजी, जो बारहवीं फेल थीं, जो कुछ करने और सीखने के उद्‌देश्य से पिछले छह वर्षों से सिलाई सेंटर जाती थीं, बुआजी जो आँखों में मोटा काजल और बालों को स्टेप स्टाइल में कटवाकर खुला छोड़ती थीं। बुआजी जो छमिया

थीं, कटावों और अदाओं से लैस, फुलटाइम छमिया। वही बुआजी, अपने श्रृंगार में व्यवधान बर्दाश्त नहीं कर पाती थीं और बाथरूम में लगे आईने के सामने से ही कटखनी कुतिया की तरह गुर्राने लगती थीं। "क्या है? ये घर है कोई? तबेला समझो। जब देखो तब गाय-भैंस डकरते रहते हैं। काम ही काम। हर समय काम और काम के समय कौन याद आएगा—बुआजी! मरी सबकी सब मरी।

"उँह! चाँदी बाजार में अभी अजय से मिलने का टाइम है कि घर सँभालने का?"

ये जुमला वो अवरोह की तर्ज में प्रस्तुत करती थीं, क्योंकि ये महाशय अजय और मोहतरमा बुआजी का मीठा-मीठा चक्कर अभी निहायत ही नाजुक और गोपनीय मामला था। मतालिब यह कि इस रद्दी घर और उसमें बसते स्वार्थी लोगों से निजात पाने के बुआजी के श्योरशॉट प्लान अभी प्रस्फुटित अंकुरित ही हो रहे थे हौले-हौले गुपचुप-गुपचुप।

और अजय...? 'ऊ ऊ अजय' का ख़्याल ही बुआजी को इतना रोमांचित कर देता था कि आईने में उतरती अपनी माधुरी दीक्षित वाली छवि के पास अंकित हो जाती थी महाशय अजय की स्वप्निल छवि और भावावेश में वे आत्ममुग्धा आईने को ही चूम लिया करती थी।

श्रीमती पंवार को घर में चलनेवाली इन सब प्रक्रियाओं से कोई सरोकार न था। उनके भीतर प्रतिक्रियाविहीन तन्त्र फिट था। वह कभी सुलगता नहीं था। कुछ पलता ही नहीं था उनके भीतर सिवाय रोग के। वे जिस आसानी से, थककर चूर हो, बीमार, बदहाल गिर जाती थीं, उसी आसान बेशर्म लापरवाही से उठ भी जाती थीं। जुत जाती थीं कामों में, खा लेती थीं, पी लेती थीं, जी लेती थीं।

मास्टरजी स्वयं अपनी अकेली दुनिया के सम्राट थे। एक अकेले उदाहरण, दुनिया और घर के लोगों से अलग। स्कूल से आकर वे रोज़ नियम से चरमराती खाट पर लेट जाते थे (जो इतने बड़े कुनबे के पालक के रूप में उनके हत्थे चढ़ी थी, श्रीमतीजी को तो खाट का भी सुख नसीब नहीं था), वे मास्टरजी की खाट के ऐन बगल में नीचे चादर, खेस बिछाकर लेट जाती थीं। मास्टरजी अपनी खाट समान ही चरमराए, डेढ़ पसली के भुतहा आदमी दिखते थे। उनकी आँखों के दुख के सागर से, गागर के गागर भर सकते थे। उनकी पीड़ा इतनी सघन और मारक थी कि सामनेवाला उसकी क्षमता के तेज़ के आगे टिक ही नहीं पाता था, स्प्रिंटर की तरह भाग खड़ा होता था। उनके घर लौटने के बाद उनका घर भरे, ठसे स्लेटी बादलों समान फटने को तैयार रहता था। घनघोर दुख की वर्षा करने को तत्पर, उत्सुक। बस मास्टरजी के चौकन्ने दिमाग़ के किसी बटन को दबाने की देर रहती

थी और मास्टरजी अपनी ही पीड़ा से दग्ध हो फूट-फूटकर रो उठते थे। 'हाय रे! मेरी फूटी किस्मत। कैसे बेड़ा पार लगेगा?', '...कैसे पालूँगा सबको?', '...बस! इतने (मुट्ठी को बन्द कर कहते) इतने ही पैसों की कमाई है मेरी!', '...साल्ला हिन्दी विषय के लिए कोई ट्यूशन भी नहीं लगाता है। ओह-ओह!'

घर के लोगों को इसकी भी आदत हो गई थी। अतः रुदन-क्रन्दन, लड़ाई-झगड़े, जुगाली-डकार के बावजूद घर विधिवत् घर की तरह चलता रहता था।

अलबत्ता मुहल्ले वाले इस घर के विषय में तफसील से बतियाते थे। बहुत मेम्बर थे चर्चा करने योग्य। इसी क्रम में चौथा और पाँचवाँ मकान दो भाइयों—रामकिशन और रामसेवक की मिली-जुली सम्पत्ति था। दोनों भाइयों को ज़मीन पिता के मरने के बाद मिली थी। दोनों की बिजली के छोटे-मोटे उपकरण रिपेयर करने की साझी दुकान थी। विवाहोपरान्त पत्नियों द्वारा लाए गए कुछ दहेज और कुछ भविष्य के प्रति उत्पन्न हुई आशंका ने दोनों भाइयों से बिज़नेस में बड़ी मेहनत करवाई। बिज़नेस अच्छा चल निकला। बिज़नेस, दुकान में तो साझेदारी निभ गई, पर जिस किराए वाले घर में वो रहते थे, उसमें न निभ पाई। पत्नियाँ काफ़ी काँव-कच्च करने लगीं। छोटी ज़्यादा जवान, सुन्दर और बड़े शहर की थी, सो बड़ी को हमेशा कॉम्प्लेक्स में डाल देती थी। "...मैं तो कहूँ, इसके रंग-ढंग अच्छे नहीं दिखे हैं।...कुछ-न-कुछ तो गुल खिलावेगी। देवर तो सिध्धा है बिचारा।"

वही टिपिकल बड़ी बहू खिलाफ़ छोटी बहू की तकरार। छोटी बातें बड़े मुद्दों में तब्दील हो गईं। फिर जब छोटी ने विवाह के तत्काल बाद बच्चा पैदा करने से मना कर दिया और कुत्ता पालने की जिद की, तो बाल-बच्चेदार (दो बेटोंवाली) बड़ी बहू ने ठान ली, "अब ना रहना इसके साथ।...आप तो बाबूजी वाली जमीन पर घर बनवा ही लो।...ऐसा चरित्तर तो खानदान में न देखा न सुना।...बच्चन का सोच्चो।"

सो, रामकिशन को भी बात जँच गई। आखिर संस्कारों वाला मामला था। कुत्ता पालनेवाली बात और बहू के अजीब रंग-ढंग देख वह भी अन्दर-ही-अन्दर थोड़ा घबरा गया था। घर बना और भाई रामकिशन अपने परिवार समेत शिफ्ट हो गए।

इधर छोटी बहू भी भरकर बैठी थी। बड़े शहर की अदाएँ और चालाकियाँ उसमें कूट-कूटकर भरी थीं। "देखो जी, कहीं वहाँ जाकर वो पूरी जमीन पर कब्जा न कर लें। आप भी बनवा ही लो मकान अपने हिस्से में। भैयाजी तो अच्छे हैं, पर जायदाद वगैरह के चक्कर में तो जाने कब किसका जी मचल जाए...(एक

लम्बी ठंडी साँस) कौन जाने!''

''अरे...!'' रामसेवक झल्लाता, ''अगर भइया को लेनी होती तो पूरे पर मकान न बनवा लेते? आखिर छोड़ी है न, हमारे हिस्से की जमीन!''

''हाँ...! आज छोड़ी है, पर कल किसने देखा है?'' अधर में लटके प्रश्न को रामसेवक देर तक घूरता रहता, इतना कि एक दिन उस प्रश्न ने उसके सिर पर इतने हथौड़े मारे कि वह कराहता हुआ उठा और छह महीने के भीतर ही उसका मकान तैयार हो गया।

हमेशा की तरह विचित्र पर हमेशा से ही सच्चा, संयोग हुआ और जेठानी-देवरानी के घर अलग होते ही दोनों के बीच का बिसरा प्रेम दुबारा दौड़-दौड़ अपनी पहचान बनाने लगा। बच्चे चाची के घर के छोटे पिल्ले टॉमी को बेहद चाहने लगे, घुमाने लगे। दोनों बहुएँ आपस में मिलकर पापड़, बड़ी बनाने लगीं। भाइयों ने सिर हिला-हिलाकर गद्‌गद समर्थन दिया और ख़ुद चैन की साँस ली।

सब अच्छा चल रहा था, जब दुर्भाग्य ने सुख को गम्भीर पटखनी दी और रामसेवक घर लौटते वक़्त एक दिन ट्रक के नीचे आ गया। चूर-चूर स्कूटर समेत उसकी देह पुलिस शवगृह से अगले दिन प्राप्त हुई।

चौबीस वर्षीय रामसेवक की पत्नी उसके बाद से अजीब, डरावनी दिखने लगी और धीरे-धीरे अपने आप में गुम हो गई। जेठानी उसे कमरों से तलाश कर आँगन में खड़ा करने की कोशिश करती थी, पर उजाले में वह मोम जैसी पिघलकर बह जाती थी। सबसे बोलना-चालना बन्द हो गया उसका। 'टॉमी आ, टॉमी खा, टॉमी ले, टॉमी चल' करते-करते कई दिन बीत गए कि अचानक लोगों ने देखा कि वह कुछ-कुछ ठीक दिखने लगी, रंगीन कपड़े पहनने लगी, मुँह पर क्रीम-पाउडर लगाने लगी और घर के बाहर निकलने लगी। लोगों ने कमोबेश ठीक ही अनुमान लगाया कि उसे नौकरी मिल गई थी, इसीलिए उसमें स्वावलम्बन की चुस्ती और चमक भर गई थी। नतीजतन अपने पिता के लाख बुलाने पर भी वह मायके नहीं गई और धीरे-धीरे ख़ुद को सँभाल लिया। जेठानी-देवरानी के सम्बन्ध परन्तु पुराने वाले सूत्र से फिर जुड़ न सके, बस औपचारिक भर रह गए।

उस घेरे का अन्तिम घर था पांडेयजी का। दिवंगत श्री जे. पांडेय उर्फ श्री जय पांडेय। वे अपनी जीवित अवस्था में तहसील ऑफिस में बाबू के पद पर कार्यरत थे। मृत्यु से पहले भगवान की दया से तहसील की तमाम फाइलों के प्रकरण निपटाते-निपटाते अच्छे पैसे कमा लिए थे। लिहाज़ा यह घर बन गया था। एक बड़ा काम निपटा तो दूसरे की आस में थे। यानी कि अपनी इकलौती बेटी का विवाह। बेटी ब्याह दी जाती तो दो ही प्राणी बचते घर में, पांडेयजी और उनकी

पत्नी। बुढ़ापे के राहत-भरे ठंडे सपने थे उनके। वे स्वादिष्ट खाते थे, बेटी को ख़ूब दुलारते थे और मीठी नींद सोते थे। कभी कोई दुःस्वप्न आया ही नहीं था उनको, कि एक दिन खर्राटों की आवाज़ अचानक ऐन बीच रात आनी बन्द हो गई। पास में लेटी पत्नी को पता ही नहीं चल सका। सुबह जब देर तक कोई हरकत नहीं हुई तो पत्नी ने हल्ला मचाया। कॉलेज में पढ़नेवाली उनकी इकलौती गम्भीर बेटी ने आकर देखा और सब समझ गई। माँ का दिल रखने के लिए मुहल्ले के डॉक्टर को बुला लाई। मुहल्ले के डॉक्टर ने फ़िल्मी अन्दाज में ग़मगीन हो सिर हिलाकर 'आई एम सॉरी' नहीं कहा। बस, ठस्स से बम पटक दिया, "अरे च्च च्च! पांडेयजी तो गए! कोई तकलीफ हुई थी क्या?"

तमाम रोने-धोने, सिर पटकने के बीच मुहल्लेवालों ने पांडेयजी का दाह-संस्कार किया। और कुछ दिनों के बाद उनकी धीर-गम्भीर बेटी की अनुकम्पा नियुक्ति के तहत नौकरी लग गई थी। माँ-बेटी जैसे उजाड़ हुए थे, वैसे बस भी गए और वांछित सन्तोष से ज़िन्दगी कटती चली गई।

इसी कस्बाई मुहल्ले में एक दिन पास-पड़ोस के लड़कों ने ऑफ सीजन में कुछ मनोरंजन करने की सोची। संयोगवश इधर कुछ महीनों से न शादी-ब्याह पड़ा था, न ही कोई तीज-त्यौहार। सुस्ताता-सा मुहल्ला मानो टँगा पड़ा था, अपनी ही सलीब पर, अपनी परम्परावादी रूटीन का मातम मनाता हुआ। इससे जवान होते हुए किशोर और ऑलरेडी जवान हो चुके लड़कों के दिमाग़ में खलबली मचने लगी। "अबे यार, चाँद-सितारे नहीं देखे। बड़े दिन बीते।...अब कुछ हो जाए।"

अब हो तो क्या हो! ऑर्केस्ट्रा बुलाने की औकात नहीं थी। छोटा-सा असहाय अन्दाजों से टिमटिमाता मुहल्ला बड़े आयोजन में यों ही पैसे ख़र्च कर दे, तो साल भर अफरा और बदहजमी का मरीज बनकर रह जाए। अतः बड़ी चीज़ नई यार, कुछ छोटा-मोटा। कुछ गाने-बजाने का कार्यक्रम, कुछ ऐसा कि घीं-घीं करते पालक और बूढ़े नाक-भौं सिकोड़ने के बजाय, शामिल हों, आनन्द उठाएँ, तभी यार, नज़ारा भी दिख पाएगा।

फिर तय हुआ बेदिली से "चल यार, रात्रि जागरण हो जाए।...माता का दरबार लगेगा, श्रद्धालु भी जुटेंगे और वो ख़ूबसूरत चाँद-सितारे भी।...रौशन तुम्हीं से दुनियाऽऽ।"

अगले दिन स्कूल कॉलेज से लौटने के बाद मुहल्ले के उत्साही नौजवान दिलों में हजार हसरतें दबाए, घर-घर जाकर चन्दा उगाहने लगे। कस्बाई संस्कृति में ये बड़े धर्म का काम था। इसी बहाने कई घरों के अन्दर की सूरत और सीरत के दीदार हो जाया करते थे जो रोज़ की चर्चा में कुछ नया आयाम जोड़ते थे। बातें

सड़क से घर तक पहुँचती थीं। बहनों की फुसफुस को माताएँ कान खड़े कर सुन लेती थीं और रात में पिताओं को रहस्यमय अन्दाज में रससिक्त होकर सुनाया करती थीं। इसी तरह ठीक मेरे मुहल्ले की तरह, उस मुहल्ले में भी बातें अपने घरों के अन्दर होती थीं, पर उनकी अनुगूँज सुनाई देती थी अगल-बगल के घरों की दीवारों से।

ख़ैर! हफ्ते भर की भाग-दौड़ के बाद पर्याप्त चन्दा इकट्ठा हो गया। गर्मी का मौसम था। मैदान साफ़ करवाया गया। दरियाँ बिछ गईं। माँ अम्बे की एक बड़ी फ़ोटो मास्टर पंवार के घर से उधार माँगी गई। फ़ोटो रखने के लिए टेबुल दिवंगत पांडेयजी के घर से आया। फूल-मालाएँ प्रत्येक घर के सामने लगी छोटी-छोटी बाड़ी से सहेज लिए गए। प्रकाश व्यवस्था, अगरबत्ती, लाउडस्पीकर और प्रसाद सामग्री का इन्तज़ाम चन्दे के पैसों द्वारा हो गया। रात आठ बजे से कार्यक्रम के शुरुआत की घोषणा कर दी गई। लड़के पुनः घरों के दरवाज़े खटखटाकर हुलसते हुए सभी को निमन्त्रण दे आए।

अगले दिन लड़के बड़ी मेहनत से स्थान का साज-शृंगार करने लगे। सामनेवाले ब्लॉक से स्पष्ट दिख रहा था। सक्सेनाजी टहलकर लौटे तो दरवाजे से ही देख लिया, स्थान सुन्दर लग रहा था। वे जल्दी भोजन कर माता के दरबार में जाने का मन बनाने लगे। कौशल घर लौटा। हमेशा की तरह हाँफते, तरसते। पत्नी को खिड़की पर खड़ा देखा। मैदान की ओर ताक रही थी किसी आस से। फट से उसने मोटरसाइकिल खड़ी की और दौड़कर खिड़की बन्द कर दी।

"क्या है?"

पत्नी ने आँखों के रास्ते मुहब्बत का इज़हार इसरार से किया, "वहाँ चलें? मैदान पर? थोड़ी देर के लिए। हम लोग तो कहीं बाहर जाते ही नहीं।"

कौशल को लगा, उसके दिल की धड़कन रुक जाएगी। यह तन्वंगी, कोमल पुष्प-गुच्छ, लतराने को आतुर, वहाँ बाहर मैदान में? हरगिज नहीं। यहाँ-यहाँ लतर जाओ, फैला दो गन्ध, महका दो आँगन, घर, दीवार, बिस्तर और मेरा रोम-रोम, मेरी फूल, मेरी मदहोशी, मेरी जान...। कौशल का मस्तिष्क कौंधने लगा। परम आवेश की स्थिति उत्पन्न हो गई और वह वहीं बेहोश हो जाता, अगर पत्नी चाय न लाई होती।

चाय पी, बाथरूम में घुसा तो वहाँ भी उसे पत्नी और स्वयं के प्यार की गन्ध आती रही। उसने निश्चय किया, "भाड़ में जाए मैदानवाला रात्रि जागरण, उसे तो अपना वाला ही प्यारा लगे है। वो तो उसी में...।"

इसी बीच श्रीमती पंवार भी, बच्चों, सास-ससुर आदि को खिला-पिला अपने

खाने की बारी का इन्तज़ार करते हुए खिड़की तक आईं। बच्चे जागरण के इन्तज़ामात में लगे हुए थे। उन्हें सुनाई पड़ा, ससुर नई लुंगी पहनते हुए वही जुमला दोहरा रहे थे—'राम की माया, कहीं धूप कहीं छाया।' फिर एक नया जोड़ प्रस्तुत हुआ, 'चल माता के दरबार, जय माता दी।' श्रीमती पंवार पसोपेश में थीं, क्या करें, क्या न करें? जाने की इच्छा तो बहुत थी पर मास्टरजी ईश्वर से रुष्ट रहते थे। अभी भी उदासीन हो छत के कंगूरे गिन रहे थे। फिर श्रीमतीजी को नीचे बैठने में भी दिक्कत होती थी। बैठ जाएँ कुछ तकिया मसनद वगैरह लगा के तो बिना सहारे उठा नहीं जाता था। "चलो, ठीक है, सामने से ही खिड़की पर से हाथ जोड़ धर्म के पुण्य का लाभ उठा लेंगी, मास्टरजी को तो नाराज़ कर, जाना उचित नहीं होगा।"

रामकिशन का परिवार पूरा तैयार था, बस ताला लगाने की देर थी। रामकिशन की पत्नी ने एक बार उदासी से देवर रामसेवक के घर की ओर देखा। मद्धिम-सा पीला बल्ब जल रहा था। आ गई है छोटी दफ्तर से। टॉमी भो नहीं भौंक रहा है, पर छोटी से जागरण में चलने की उम्मीद करना बेकार है। धरम-करम से विश्वास उठ गया था उसका। भला करना माताजी, सबका भला, जय-जय-जय माता दी।

दिवंगत पांडेयजी की पत्नी ने घड़ी की ओर देखा और थोड़ा सहम गईं। उनकी गम्भीर बेटी अभी दफ्तर से नहीं लौटी थी। इधर एक साल से पोस्टिंग थोड़ी दूर हो गई थी। कस्बे से वहाँ तक पहुँचने में एक घंटा लग जाता था। बस से आती-जाती थी। बेटी उनकी सोना थी, खरा सोना। बचपन से ही गम्भीर स्वभाव की थी। पिता की असमय मृत्यु ने उसे अपनी उम्र से कहीं अधिक बड़ा और अधिक गम्भीर बना दिया था। ईश्वर ने सुडौल कद-काठी अच्छे लम्बे बाल और ठीक-ठाक चेहरा दिया था। परम्परागत ढंग की सुन्दरता का कहर नहीं था उसके व्यक्तित्व में पर झील-सा शान्त ठहराव था, जिसमें तैरती रहती थीं दो चिन्तनशील आँखें। पांडेयजी की पत्नी शिद्दत से महसूस करती थीं कि विवाह करना ज़रूरी है लड़की का। कुछ दिन बाद तो देर ही हो जाएगी, पर अवश थीं अपनी स्थिति से। अकेलापन उन्हें कचोटता था। अपना हर दृष्टि से सामर्थ्यहीन होना उन्हें अखरता था। बूढ़ी हड्डियों में एक ऐसा अनजाना स्वार्थ प्रवाहित होने लगा था कि बेटी का विवाह टलता ही जा रहा था। क्या करें? उसके लौटने का इन्तज़ार करें या चली जाएँ मैदान पर? आएगी तो ढूँढ़ ही लेगी माँ को। कौन ज़्यादा भीड़ होगी, उनका अपना मुहल्ला और आसपास के शायद एक-दो मुहल्ले के लोग और।

मैदान में लगे लाउडस्पीकर से सम्मिलित स्वर में देवी स्तुति की आवाज़ें आने लग गई थीं। लोग धीरे-धीरे आ-आकर अपनी जगहें तलाशने लगे थे। मनचले अति उत्साह में बेसुरे सुर लगाने लगे थे। लड़कियाँ, लड़कों की इस अदा पर शरमा-शरमाकर मुस्कुराने लगी थीं। सक्सेनाजी हाथ जोड़े मगन दिख रहे थे। मास्टरजी के बच्चे और माता-पिता भी मगन हो ज़ोर-ज़ोर से गा रहे थे। रामकिशन का परिवार भक्तिरस में डूबा हुआ था। पांडेयजी की पत्नी श्रद्धा से आँखें मूँदे हुई थीं। श्रीमती पंवार ने अपने घर की खिड़की से झाँकते हुए सारा-का-सारा दृश्य अपनी आँखों से पी डाला। श्रद्धा से सिर झुकाकर 'जय माता दी' बोला और अपना चौका समेटने चल दीं। चौके में पड़ी ठंडी दाल और रोटी उनका स्वागत कर रही थी। बड़े आराम से उन्होंने बड़ी गुठली वाला कैरी का अचार मर्तबान में हाथ डालकर निकाला और मजे से बाजू तक टपकते तेल को चाट गईं। फिर उसी ठंडी रोटी को दाल-अचार में डुबोकर यूँ खाने लगीं मानो यही तो निश्चित था, यही उनका प्रारब्ध था। इस भोजन का यूँ उपलब्ध होना, उनके जीवन में इसी प्रकार निहित था। उससे कैसा रंजोगम? उन्होंने सन्तुष्टि से अपना भोजन समाप्त कर रसोई में लगे नल पर अपनी थाली-कटोरी को मांजा। बर्तन रखकर पुनः खिड़की की ओर जा ही रही थीं कि एकाएक उनका पैर फिसला...। धब्ब की ज़ोरदार आवाज़ हुई और 'आह...!' करके वे चारों खाने चित! अब घर में तो कोई था नहीं जो इस आवाज़ को सुनता मास्टरजी के अलावा, पर मास्टरजी तो लीन थे अपलक पीड़ा से नहाए कंगूरे ताकने में। सो श्रीमतीजी की वस्तुस्थिति एकाध घंटे तक एक-सी बनी रही। काफ़ी देर बाद जब मास्टरजी अपनी पीड़ा के भार से थक गए तो सोने का उपक्रम करने लगे। आदतन नीचे नज़र गई तो थोड़ा चौंके। सस्तउआ रिस्ट वाच को बार-बार ठोंककर देखा। समय सही था। रात के ग्यारह बजे थे। फिर ये श्रीमतीजी कहाँ गायब हो गईं? क्या उनकी वर्जना की अवहेलना कर वे भी माता का दरबार अटेंड करने चली गईं? अगर ऐसा हुआ है तो यह अपराध अक्षम्य है। मास्टरजी के साथ ऐसी ज्यादती? ट्रेजेडी किंग की आँखों में फुर्ती से स्वचालित खारा पानी हिलोर मारने लगा। बड़ी हिम्मत कर वे अपनी खाट से उठे। खिड़की से बाहर देखते हुए भीड़ में श्रीमतीजी को ढूँढ़ने की कोशिश की, पर फेल हो गए। आँखों से पराजय की अविरल धारा रुकने का नाम ही नहीं ले रही थी। सामने के शोरगुल से सिर फटने जैसा हो रहा था। झल्लाकर रोष में खिड़की का पल्ला बन्द कर दिया। फिर विगलित भाव से घर की जली हुई बत्तियाँ बन्द करने लगे। 'सब स्वार्थी हैं। ईश्वर से लेकर पत्नी तक। कोई नहीं है मेरा।'

चलते-चलते पहुँचे चौके में। पैर किसी ठोस चीज़ से टकराया पर चोट महसूस नहीं हुई। आश्चर्य से सिहरते हुए फर्श पर देखा तो भौंचक। बेवफ़ा, कठोर पत्नी तो यहाँ धराशायी पड़ी थीं। "अरे...।" चिल्लाए मास्टरजी, "उठो, ये कोई सोने की जगह है? कितना परेशान रहता हूँ।" आँख-नाक से चूते द्रव को बनियान के छोर से पोंछते हुए बोले, "फिर भी सब लोग नहीं समझते। पर तुम तो समझो।" पुनः अपनी विवशता पर आँसू झड़ने लगे। "धत्, क्या चौके में ही सो रहोगी आज? इरादा क्या है? अजीब तमाशा है!"

तिस पर भी कोई हरकत नहीं हुई। लाख हिलाया-डुलाया मास्टरजी ने उस जमे हुए हिमखंड को, पर पिघला नहीं वह। अब पत्नी को घर में डिस्कवर कर लेने की विजयी आश्वस्ति के स्थान पर असमंजस पैदा हो रहा था मास्टरजी के मस्तिष्क में। "ये क्या हुआ? अरे, क्या करूँ मैं?"

तभी श्रीमतीजी के मुँह से कुछ गुड़ब-गुड़ब-सी आवाज़ हुई। अब मास्टरजी कुछ समझने का प्रयास करने लगे। लगता है, नाटक नहीं कर रहीं, कुछ बेचैनी हो रही है इनको। दुख के पुरानेपन से जंग लगे रिफ्लेक्स ने काम किया। मास्टरजी ने दौड़कर हाथ की कटोरियाँ बनाईं और लगे मारने श्रीमतीजी के मुख पर छींटे। कोई असर नहीं हुआ। आँखें नहीं खुलीं। मुँह से वैसी ही गुड़-गपड़-सी कुछ अस्पष्ट बोली निकलती रही। मास्टरजी पर वज्रपात हुआ। पहली बार अपनी दुर्दशा के दायरे से निकल किसी और के लिए एक टुकड़ी चिन्ता मन में समोने लगी। "कोई है?" वे चीखे और प्रत्युत्तर की प्रतीक्षा किए बिना दौड़ पड़े मैदान पर। नंगे पाँव।

भजन कीर्तन ज़ोर-शोर से चल रहा था। ज़ोर से बोलो, जय माता दी! सारे बोलो, जय माता दी! मैं आया माता रानी के दरबार खाली हाथ न लौटाना। गायक चंचल कैसेट के जरिए पब्लिक का स्वर बनकर चीख रहा था। मास्टरजी इधर-उधर धक्का खाते, सौ-डेढ़ सौ लोगों के कोपभाजन बनते हुए अपने मददगारों की तलाश में परास्त होने लगे कि सामने माता-पिता दिख गए। "बाऊजी, बाऊजी, घर चलो। देखो, आपकी बहू को क्या हो गया है?"

बाबूजी ने हौले से आँखें खोलीं और बेटे को अप्रत्याशित रूप से वहाँ पाकर गद्गद हो उठे, "तू भी आ गया बेटा, चल, सीस नवा।"

"बाऊजी, घर चलो, बहू को कुछ...।"

इतने में माताजी ने आँखें खोलीं और तमक के बोलीं, "बहू के तो सारे पुराने रोग हैं। थोड़ा आराम करवा, पानी पिला। हम आते हैं।"

मास्टरजी आस के मारे, ग़रीब बिचारे, शब्दों की तेल चुपड़ी मार से पहली

बार पिटे। "अरे समझ नहीं रहे आप लोग। बेहोश दिख रही है वह। मत आओ आप लोग। बताओ बच्चे, बहन कहाँ हैं?"

"अब हमें क्या पता है! ढूँढ़ ले।"

मास्टरजी को लगा, पत्नी का रक्तचाप उनके शरीर में प्रवेश कर गया हो। धक-धक साँस की आवाज़ कानों में आने लगी। पसीना अलग तर कर रहा था और कंठ था कि सूखता ही जा रहा था। तुरन्त निश्चय किया, अब किसी और को ढूँढ़ने से अच्छा मुहल्ले के डॉक्टर को दौड़कर बुला लाएँ। सड़क पर उसी हालत में दौड़ पड़े। कच्ची ऊबड़-खाबड़ सड़क और घरों के बाहर लगी कँटीली मेहँदी की बाड़ सड़क पर छितराए हुए, दुर्गम मार्ग अवरोधक का काम कर रही थी। आपाधापी में मास्टरजी को कुछ दिखाई नहीं पड़ा। सड़क का बल्ब भी हमेशा की तरह बुझा हुआ था। न जाने कैसे, उलझकर गिर पड़े। दुनिया-जहान को कोसते-कोसते हाथ-पैर झाड़ते-तिलमिलाते उठने का प्रयास किया तो देखते क्या हैं कि जिसमें उलझकर गिरे थे वह कोई झाड़ नहीं था। झाड़ की ओट थी जहाँ एक युगल जोड़ा यूँ बाँहों में गुत्थमगुत्था बैठा था कि उन्हें देख मास्टरजी का सिर शर्म से चकरा गया। जीवन का एक रंग यह भी है, वे भूल चुके थे। उनकी लाचारी के क़ैदखाने में इस तरह की प्रक्रियाओं का प्रवेश सर्वथा वर्जित था। ये घिनौनी प्रक्रियाएँ जीवन में पीड़ा को उछाह प्रदान करती थीं। तभी तो पाँच बच्चे...और उनसे जनित जिम्मेवारियों का कष्ट!

"ऊँह!" नफरत और हिकारत से उठकर जाने लगे मास्टरजी तो चार जोड़ी आँखों से उनकी आँखें टकराईं। देखनेवाली आँखों में दुर्वासा के व्यथित कोप-सा तेज़ था। लगा, मास्टरजी वहीं भस्म न हो जाएँ। भयानक सनसनाहट के बीच मास्टरजी आँखें केन्द्रित करने हेतु दिशा तलाशने लगे कि पहचान की विकट ज्वाला ने उन्हें ग्रस लिया। सामने थीं आलिंगन में बँधी उनकी अपनी बहनजी। उधर बहनजी को काटो तो खून नहीं। फिर भी तड़पकर माधुरी दीक्षित स्टाइल में चिल्ला पड़ी, "ओह! भइया।" मास्टरजी फुटबॉल बन गए। जो ज़ोरदार किक के बाद कई क्षण हवा में प्रलंवित रहता है। टँगे रहे यूँ ही।

अचानक धड़-धड़ भागते कदमों की आहट हुई और सुनाई पड़ा, "अजय, तुम जाओ, भइया ने हमें देख लिया। जाओ...।"

"भइया...।" चीत्कार से मास्टरजी पटक दिए गए जमीन पर एक प्रचंड आवेग के साथ। फिर बहनजी की इस गलीज़ हरकत को दिमाग़ के पिछले कोने में बाद के लिए धकेल श्रीमतीजी की चिन्ता को आगे किया, होश किया और पुनः दौड़ पड़े अपने गन्तव्य की ओर।

इधर श्रीमती पांडेय कीर्तन के बीच में बगल में बैठे सक्सेनाजी से टाइम पूछे जा रही थीं। पर वह खब्ती ऐंठा हुआ बूढ़ा सुन ही नहीं रहा था। श्रीमती पांडेय ने खीजकर सक्सेनाजी का कुर्ता साइड से खींचना शुरू कर दिया, पर बुड्ढे ने आँख नहीं खोली। बुड्ढे ने जीवित रहते हुए भी कभी पांडेयजी को सम्मानित दृष्टि से नहीं देखा था। पांडेयजी के दिवंगत होने के बाद भी उसका दिल नहीं पसीजा था। पांडेय परिवार का बाबूगीरी वाला उद्‌भव सक्सेना के लिए एक न भूलनेवाली चीज़ थी। अतः सक्सेना ने उत्तर देना उचित नहीं समझा और श्रीमती पांडेय ने हारकर रामकिशन की बहू से समय पूछा।

रामकिशन की पत्नी का भक्तिभाव टोके जाने से उखड़ गया और उसने कुछ नाराज़-सी आवाज़ में बताया, ''बारह से कुछ ऊपर। क्यों आंटी, घर जाओगी क्या?''

श्रीमती पांडेय ने समय सुना तो वैसे ही घबरा गई थीं, दूसरे प्रश्नों की मिसाइलों ने तो उनके पसीने छुड़ा दिए। ''नहीं, नहीं, बिटिया तो अभी तक...।'' राम-राम, वे ये क्या बोलने जा रही थीं? जवाब नहीं देना ठीक रहेगा, वरना तो ये मुहल्ले के दकियानूसी लोग उसकी सोना जैसी बेटी के बारे में भी अनाप-शनाप बकने लगेंगे।

''नईं...।'' आश्वस्त दिखने का असफल अभिनय कर श्रीमती पांडेय ऊँची आवाज़ में बोलीं। ''बस, आज न जाने क्यों थकान-सी हो रही है। सोचती हूँ, घर चलूँ।''

''अरे रे आंटी, इतना धरम हो रहा है। कौन-सा अपने मुहल्ले में रोज़-रोज़ माता का दरबार लगता है। चलो, थोड़ी देर और बैठ लो।''

''हाँ, हाँ...!'' श्रीमती पांडेय बोलीं और आँखें बन्द कर लीं।

रामकिशन की पत्नी ने भी धर्म से ओत-प्रोत हो अपने दोनों सोते हुए बच्चों की मुद्राएँ ठीक कीं (दोनों वहीं सो गए थे, दरी पर) और ज़ोर-ज़ोर से भजन गाने लगी।

सक्सेनाजी ने कनखी से देखा। हा-हा-हा! श्रीमती पांडेय को आखिर तक चेष्टा करने पर भी उनसे कोई जवाब नहीं मिला था। बड़ी आईं सक्सेनाजी से सम्पर्क बढ़ाने! एक विचित्र-सी जीत की खुशी से सराबोर सक्सेनाजी और मगन हो भजन गाने लगे।

बाथरूम जाने के लिए उठी कौशल की पत्नी का मन चंचल हो उठा। न जाने किस जादू से विवश हो शाम को दी गई कौशल की चेतावनी के बावजूद वह मैदान की ओर खुलनेवाली खिड़की खोल खड़ी हो गई और बाहर गर्दन निकालकर

लम्बी-लम्बी साँसें भरने लगी। सामने का गीत-संगीत का शोर उसे बड़ा भला लग रहा था। उसका वहाँ भागकर जाने को जी कर रहा था। अपने मायके में ऐसे समारोहों में वह ख़ूब उत्साहित हो भाग लिया करती थी। दौड़ती, भागती, नाचती रहती थी। ऊपर आसमान में टँगा चाँद बहुत आसानी से उसके बालों में आकर छुप जाता था और सितारे उसकी आँखों में समा जाते थे और इस तरह वह पूरा ब्रह्मांड बन जाती थी और नाचती जाती थी। आकाश के चाँद को देखते-देखते उसे पता ही नहीं चला, कब खिड़की का पल्ला बन्द हुआ और कब कौशल ने उसे नन्हे बच्चे की तरह गोद में उठाकर बिस्तर पर लिटा दिया और वहीं से ढेर सारा आसमान और झिलमिलाते कई चन्दा-सितारे दिखा दिए और दिखाता गया, दिखाता ही चला गया...।

रामसेवक के घर से तीन बजे के करीब टॉमी के भौंकने की आवाज़ आई।

''चुप हो जा टॉमी। अभी रात है। सोने दे,'' कहती हुई रामसेवक की पत्नी की आवाज़ भी आई। फिर चुप्पी छा गई उस घर में।

उसी मैदान में बैठी श्रीमती पांडेय ने घबराकर आँखें खोलीं और माता की ओर देख याचना-भरे स्वर में बोलीं, ''माँ, क्या हो गया है मेरी बेटी को? कहाँ है वो?'' मास्टरजी पंवार के माता-पिता घर लौट रहे थे, उनसे ही समय पूछा, ''साढ़े तीन बज गए क्या?''

वे बोले, ''घर जाओगी क्या? हम तो अब न सह पावें। घुटने दुखने लगे हैं।''

''हाँ, मैं भी घर ही चली।'' घबराहट और चिन्ता से छटपटाती श्रीमती पांडेय के गाल लाल होने लगे और ठंडा पसीना फिर से तेज़ी से आने लगा। अपनी धीमी चाल के लिए जगहँसाई का पात्र बनी उस महिला में न जाने कहाँ से प्रेरणादायी ऊर्जा जाग्रत हो गई थी और वे दौड़ लगाने लगी थीं। घर पहुँचकर ताला टटोलकर देखा। बन्द था, जैसा वे छोड़ गई थीं। नीम-अँधेरे में आँख गड़ा-गड़ाकर देखने की कोशिश की, पर बेटी का कहीं अता-पता न था। वह नहीं लौटी थी। अब क्या करें वे? कोई एक्सीडेंट तो नहीं हो गया उसका? अमूमन बस से ही लौटती थी, पर कई बार देर हो जाने पर साब लोग गाड़ी से छुड़वा देते थे। पर आज तो देरी की भी हद हो गई। पड़ोसियों को ख़बर करें, मदद लें या सीधे पुलिस में जाएँ? आसपास कोई फोन बूथ भी नहीं था। फिर फोन करें भी तो भरी रात में पूछें किससे? साब लोगों की नाराज़गी अच्छी नहीं। दिवंगत पांडेयजी हमेशा उनसे कहा करते थे। फिर?

तनाव से उनका बदन ऐंठने लगा और पेशाब का आवेग ज़ोर मारने लगा। इधर यूटॅरस के प्रोलैप्स की शिकायत की वजह से पेशाब रोकना कठिन हो जाता

था उनका। जब तक ताला खोल बाथरूम तक पहुँचीं, दो-चार बूँद वहीं...!

मास्टरजी के घर में इधर कुहाराम मचा हुआ था। श्रीमती पंवार को बड़ी मेहनत से उठाकर एक खाट पर लिटा दिया गया था। आसपास सब लोग जमा थे। मुहल्ले का डॉक्टर फिल्मी अन्दाज़ में सिर हिला रहा था, "लगता है, नहीं बचेंगी। हैमरेज है शायद। जल्दी अस्पताल शिफ्ट करना पड़ेगा। एम्बुलेंस बुलाइए।"

यह सुनकर घर के सब लोग क्रन्दन करने लगे। रुदन की दहला देनेवाली पिच को सुन एकबारगी (बगलवाले घर में) कौशल और उसकी पत्नी एक दूसरे से छिटककर अलग हो गए। लेकिन आवाज़ की भाषा समझ नहीं पाए। दुबारा मुँह में मधु का स्वाद घुलने लगा और वे दुबारा से लिपटकर सो गए।

रामकिशन का परिवार मैदान से लौटा न था। रामसेवक की पत्नी को नींद में कुछ हलकी-सी चिल्लाने की आवाज़ आई, पर वह करवट बदलकर सो गई। उसे अब कोई चीज़ न उकसाती थी, न डराती थी।

"सब ठीक है।"

पांडेयजी की पत्नी पानी के कई गिलास खाली करने के बाद अपनी साड़ी बदलने लगी थीं। उनके घर तक, मास्टरजी के घर से आनेवाली आवाज़ कम ही पहुँचती थी। अगर आवाज़ ठीक से पहुँच भी जाती तो फिलवक़्त अपनी इस बदहाल, मायूस परेशानी में बिलकुल सुनाई नहीं देती।

मैदान में मौजूद लोग अब अस्फुट स्वर में जयकारा गा रहे थे। ढोल-मंजीरे वाले भी थक चुके थे और कई बार ताल की थाप गलत पड़ती जा रही थी। आधे लोग लौट चुके थे। आधे प्रसाद के इन्तज़ार में औंधे हो रहे थे। फिर भी, कुछ उत्साही लड़के-लड़कियाँ और सक्सेनाजी टाइप के श्रद्धालु बूढ़े और रामकिशन के परिवार की तरह के कुछ समर्पित युगल डटे हुए थे।

भोर का उजाला फैलने से पहले मास्टरजी के घर से कोई एम्बुलेंस के लिए फोन कर आया था। ननदजी भाभी के तलवों में तेल रगड़ रही थीं। बच्चे बुक्का फाड़ रो रहे थे। सास-ससुर थककर कराह रहे थे। मास्टरजी स्वयं न जाने किस प्रकट-अप्रकट शून्य को ताक रहे थे, पलक झपकाए बगैर। एक ही रात के दरमियान इतने वर्षों का जीवन आज उलटा-सुलटा हो उन्हें ठेंगा दिखा रहा था, परन्तु आज आँख के सारे आँसू सूख गए थे। वहाँ बसते समुद्र को रेतीले रेगिस्तान ने ढँक लिया था और रह-रहकर वहाँ गड़न और चुभन हो रही थी। घर-परिवार के लोगों की सड़ी, सुथ्थर सारी-की-सारी परतें उधड़-उधड़कर छिलती जा रही थीं। अपनी खुदगर्ज लाचारी के अन्धे कुएँ से आज पहली बार बाहर देखा मास्टरजी

ने। ओफ्फ, उनकी पत्नी कितनी अच्छी है, और उसके मुकाबले कितने मतलबी और चालाक हैं घर के सब लोग? क्या मनुष्य की मजबूर स्थितियों में रिश्तों की बुनियाद मतलब से तय होती है? एक जमाना था जब ब्याह कर आई थीं, फूलकुँवर-सी थी उनकी यही पत्नी और आज...?'

इतने में पें...पूँ का सायरन बजाती एम्बुलेंस दरवाज़े पर आ खड़ी हुई। मैदान पर चल रहा कार्यक्रम एक मिनट के लिए रुक गया। कुछ जिज्ञासु लोग मास्टरजी के घर की ओर चल पड़े, पता लगाने, माजरा क्या है? श्रीमती पांडेय भी खिड़की से बाहर देख रही थीं। एक बार, सिर्फ़ एक क्षण को उनकी इच्छा हुई, पता लगावें, मास्टरजी के घर एम्बुलेंस आई क्यों, पर बेटी के न आने की चिन्ता ज़्यादा बलवती थी, सो नज़र तुरन्त सड़क के दूसरी ओर इन्तज़ार में मुड़ गई।

इधर चमत्कार देखिए, घोर अविश्वासी जीव मास्टरजी को सामने चल रहे माता के दरबार की माँ अम्बे बार-बार अपने दर्शन देने लगीं, और 'मैं आया माता रानी के दरबार, माँ खाली हाथ न लौटाना' त्वरित गति से, दिमाग़ में बार-बार रिपीट होने लगा। दिमाग़ पर इससे इस कदर प्रेशर बढ़ा कि गुम बैठे मास्टरजी अचानक ही चीख पड़े, "अरे, कहाँ ले जा रहे हो मेरी पत्नी को? मत ले जाओ...!"

अब स्थिति का नाटकीय ट्विस्ट देखिए।

"क्या है?" कहती हुई विस्फारित नज़रों से देखती श्रीमती पंवार अपनी खाट पर खट से उठकर बैठ गईं। जी हाँ! वही अधमरी काया उठकर बैठ गई। देखकर लगा, किसी माइथोलोजिकल फिल्म का सीन खेला जा रहा हो! मुहल्ले का डॉक्टर चिल्लाया, "इट्स ए मिराकेल!" फिर उसने फटाफट आला लगाया, दिल की धड़कन जाँची, नब्ज़ देखी, ब्लड प्रेशर देखा और अजीब ढंग से मास्टरजी को देखकर बोला, "एम्बुलेंस वापस करवा दो मास्टरजी। अब अस्पताल जाने की ज़रूरत नहीं है। सब ठीक लग रहा है।" फिर श्रीमती पंवार की ओर देखकर हारी हुई टोन में बोला, "मान गए श्रीमती पंवार आपको, आज फिर अपनी हालत से आपने हमें कन्फ्यूज कर दिया। कमाल की पेशेंट हैं आप।"

इस पर श्रीमती पंवार चकित हिरणी-सा एक्सप्रेशन देते हुए बिलकुल सपाट आवाज़ में बोलीं, "अरे, पर मुझे हुआ क्या है? और आप लोग इस तरह घेर के क्यों खड़े हैं मुझे? क्या रात्रि जागरण खत्म हो गया? बच्चो, मेरा प्रसाद कहाँ है? अजीब हाल है। लगता है, मेरी आँख लग गई थी।"

श्रीमती पंवार की इस जानलेवा प्रतिक्रिया पर मुहल्ले का डॉक्टर विस्मृत भय से बैग उठा चलता बना। बाक़ी लोगों की भी हिम्मत नहीं हुई इस विशिष्ट आत्मा

के सम्मुख खड़े होने की। जीवन-मृत्यु का कैसा अद्‌भुत खेल खेला था उन्होंने!

घर के सब लोग धीरे-धीरे अपने-अपने नरकों से वाकिफ़ हो इधर-उधर होने लगे। छोटे बच्चे वहीं दरी पर लुढ़क गए, लड़कियाँ सिर झुकाए अपने कमरों में चल दीं, सास-ससुर पहले ही बिस्तर पर पड़े थे, बस ननदजी वहीं गड़ी बैठी रहीं। वे सुबकती जा रही थीं और अपर्ना जोरा-जोरी के दौरान रँगे हाथों धरे जाने का एक सम्माननीय मजमून मन-ही-मन तैयार करती जा रही थीं। वे समझ रही थीं, भाभी के इस क्रान्तिकारी अभिनय के बाद अब घर में मंचित होनेवाले दूसरे ड्रामे में उनके अभिनय को (असली माधुरी दीक्षित से ज़्यादा) सशक्त ही नहीं, बोल्ड और विश्वसनीय होना होगा। तभी फ़रेबी तन और मन इस घर में टिक पाएगा।

दूसरे कमरे से सासू माँ ने उसी निश्चिन्त पुराने अन्दाज़ में डकारा। बैठे-बैठे बड़ी गैस बन गई है। ससुर ने भी उसी बोरिंग आश्वस्ति से जम्हाई लेते हुए कहा, “राम की माया कहीं धूप कहीं छाया...।”

श्रीमती पंवार भी कुछ समझने का प्रयास करते हुए, पुरानी तफ्सील से उठीं और अपने कमरे में जाकर दरी और खेस बिछाने लगीं। एक बार मास्टरजी की ओर रुककर देखा आश्चर्य से, “यहाँ क्यों बैठे हो जी? सुबह होनेवाली है। पूरी रात बीत गई। आख़िर तुम सोए क्यों नहीं? दिन निकल आएगा तो स्कूल की तैयारी लगानी पड़ेगी।”

फिर प्रत्युत्तर की आशा किए बिना ही, थकी-थकी-सी अपने स्थान पर पसर गईं और डॉक्टर द्वारा दी गई दवाओं के असर से अनभिज्ञ जल्द ही खर्राटे भरने लगीं। मास्टरजी पर श्रीमतीजी के बोलों का किंचित् भी प्रभाव न पड़ा। वे कुर्सी से जमे ही रहे। इस सारे घटनाक्रम से हतप्रभ पर ज्ञान की नई परिभाषा से लज्जित और रिश्तों के बोझ से अचानक ही भारमुक्त। उनका रात्रि जागरण अभी समाप्त नहीं हुआ था। उन्हें ढेरों दिमागी कसरत करनी थी।

श्रीमती पांडेय वहीं खिड़की के जँगले पर सिर रखकर बैठी थीं कि लगा कोई सपने में बोल रहा है, “माँ, दरवाज़ा खोलो।”

“ऐ...कौन? बेटी?” अकबकाकर आँखें खोलीं उन्होंने। देखा, सचमुच बेटी खड़ी थी। “आ गई तू?” आँखों में राहत के बादल घुमड़ आए।

“हाँ, माँ।”

“देर क्यों हुई बेटा? बहुत घबरा गई थी मैं। कहीं से ख़बर भी नहीं की तूने!”

घर के अन्दर प्रवेश करते ही सीधे अपने कमरे का रुख किया गम्भीर बेटी ने। “ओवरटाइम करना था माँ। थक गई हूँ। खाना-वाना खा चुकी हूँ। बड़ी नींद आ रही है। जाओ, तुम भी सो जाओ,” कहते हुए कमरे का दरवाज़ा बन्द किया

बेटी ने। लापरवाही से पहनी हुई साड़ी निकालकर फेंकी और मय पेटीकोट-ब्लाउज़ पलँग पर गिर पड़ी।

हाड़-हाड़ दुख रहा था उसका। आज तो साहब ने हद कर दी। पहले भी कई बार...। पर आज तो प्रेम निवेदन समाप्त ही नहीं हो रहा था उनका। उसे छोड़कर घर जाने का नाम ही नहीं ले रहे थे। हमेशा की तरह साहब यह एहतियात बरतते थे कि मामले की गोपनीयता बरकरार रहे, और ये सारे काज शहर से दूर के रेस्ट हाउस में सम्पन्न हों। पर इतनी देर? उफ्फ! आज और ऑफिस नहीं जाएगी वह। मुहल्ले के किसी लड़के से छुट्टी की अर्जी भिजवा देगी। तड़पने दो साले को। अपने दीदार से भी मेहरूम रखेगी वह आज उस सूअर के बच्चे को। अपनी ताक़त का अब कुछ अन्दाज़ा होने लगा था गम्भीर बिटिया को।

"बहुत रात्रि जागरण हो गया, ऊँह!"

चादर तानकर सो गई बिटिया। पूरी गम्भीरता से।

दूसरे कमरे में श्रीमती पांडेय माता की जयकार करने में लगी थीं। "तेरा लाख-लाख शुक्र है माता। बेटी सही-सलामत घर पहुँच गई। कोई एक्सीडेंट हो जाता तो? या फिर कोई गुंडा-बदमाश ही...।" और नींद ने श्रीमती पांडेय को भी अपने शिकंजे में कस लिया।

बाहर मैदान पर शंख निनाद के साथ बड़ा ऊँचा जयकारा लगा। रात्रि जागरण समाप्त हो गया। श्रद्धालु भक्तगणों से निवेदन हुआ, प्रसाद लेकर ही जाएँ।' श्रद्धालुओं ने अर्ज किया, 'जो उपस्थित नहीं हैं, उनके घरों में प्रसाद पहुँचा देना बच्चों।' बच्चों ने खिलकर हामी भरी। सबके घरों के अन्दर दुबारा झाँकने का सुनहरा मौका होगा वह। धीरे-धीरे सारे थके-निंदियाए लोग भारी कदमों से घर जाने लगे। खूसट सक्सेना, रामकिशन का परिवार, अगले पिछले ब्लॉक के लोग...! कुछ लड़के खड़े होकर जागरण की उपलब्धियों के विषय में चर्चा कर रहे थे :

"पीले दुपट्टे वाली क्या लग रही थी!"

"रहती कहाँ है? किस ब्लॉक में?"

"चल, शाम को पता लगाएँगे।"

धूप आसमान का दरवाला खोल नीचे उजियारा फैलाने को बेताब दिख रही थी—सुन्दर सुनहली रोज़ की तरह मुहल्ले को सहलाती हुई। मन-ही-मन अपनी रोज़ाना की अदा पर मुस्कुराती हुई।

ग़ौर से देखा, हवा में रूटीन साँसों की ख़ुशबू फिर से तिरने लगी थी।

यूटोपिया

नज्जो के अब्बा नहीं थे।

गुज़र चुके थे उसके पैदा होने के दो ही साल बाद। नज्जो को याद नहीं, अब्बा दिखते कैसे थे, एक धुँधलाई सफ़ेद काली तस्वीर देखी थी अम्मी के गुलाबी फूल हरे पत्ते वाले टिन के ढक्कन वाले बक्से में कभी। खेलते-खेलते पहुँच गई थी वह, घर के अन्तिम कोने की आख़िरी काली दमघोंटू कोठरी में। कोठरी एकदम काली-काली थी। वहाँ कुछ नज़र नहीं आता था, सिर्फ़ टिन के बक्से का गुलाबी फूलोंवाला ढक्कन अबूझ आकर्षण से नज्जो को अपनी ओर खींचने लगा। नज्जो गिरती-पड़ती बक्से तक पहुँची और बक्से पर चढ़ गई। वह उस पर चढ़कर अपनी फ्रॉक दोनों हाथ में भींच दाएँ-बाएँ ख़ूब इठलाई। फिर उसे लगा, उसके कूदने पर भी बक्सा झन-झन कर ही नहीं रहा है...क्यों? उसने ज़मीन पर बक्से के सामने पालथी मारी और बैठ गई। उसने बक्से के ढक्कन से ज़ोर-आज़माइश शुरू कर दी। बक्से का कुंदा उसके हाथ में आ गया और उसकी आँखें चमक उठीं। उसने ज़ोर लगाया और बक्सा खुल गया। वाह! उसमें तो मज़ेदार चीज़ें थीं। तरह-तरह की। चमकदार और लुभावनी। उसे एक चमचमाता मोतिया बटुआ दिखा, एक लौंग का पंखा जिसमें नीले-लाल शनील की झालर लगी थी और ढेर सारे चाँदी के बर्तन जो कुछ मटियाए सफ़ेद दिख रहे थे और इन सब ठस्समठस चीज़ों के नीचे, ख़ूब नीचे दबा था एक कालापन लिये लाल-लाल गरारा सूट। नज्जो की आँखों की रोशनी और चम-चम कर उठी। 'अल्लाह! शादी का जोड़ा...।' ऐसे कई जोड़े उसने देखे थे, उन बेगिनती शादियों में जिसमें वह अपनी अम्मी की उँगली पकड़, उनकी परछाईं बन जाया करती थी। उन शादियों में उसकी इस अदा पर ख़ूब ठिठोली भी हुआ करती थी, 'अए नज्जो, छोड़ अम्मी की उँगली...। क्या अपनी शादी में अम्मी को लेकर जाएगी? दहेज बनाकर...? नज्जो की आँखें डबडबा जाती थीं। उसके अन्दर की ज़िद, दीदे फाड़ फब्ती कसनेवालों को जवाब देती, 'मैं अम्मी को छोड़ कहीं नहीं जाऊँगी...!'...'अच्छा...!' औरतें नज़रें मटकातीं,

हाथ घुमाते-नचाते कहतीं, और 'शादी...न करेगी?'...'नहीं!' वह ज़िद को गुस्से में ढाल चीख़ती, 'कभी नहीं करूँगी, शादी।' औरतें फाहश हँसी हँसतीं, अम्मी तुरन्त उसकी बलैया लेने लगतीं, 'अल्लाह करम करे, ऐसा नहीं बोलते...।' लेकिन बचपने वाली ज़िद नज्जो के व्यक्तित्व का दूसरा हिस्सा बन हरदम ही उसके दिल में ठोस ढंग से प्रतिध्वनित होती रही, यह घर के लोगों को बहुत बाद में समझ आता। नज्जो तो सब जानती थी। उसी का खेला था सब, उसी का किया-कराया।

लाल जोड़ा निकाल नज्जो उसे बेतरतीबी से उलटने-पलटने लगी। एक पुलक के साथ। उसे शादी करने का ख़्याल चिढ़ाता था लेकिन शादी का जोड़ा उसके मन में न समझ में आनेवाली एक ख़ुशी का एहसास फूँक देता था। नज्जो का जी होता, लाल जोड़ा पहन ख़ूब नाचे-इतराए मगर अम्मी का साथ न छूटे कभी। उसका उसकी अम्मी से लगाव इस कदर बेपनाह था कि उसके भाई चिन्ता करते, 'अम्मी, माना इकलौती है, माना सबसे छोटी है, माना अब्बू नहीं अब, लेकिन इसका आपसे ऐसा लगाव ठीक नहीं, इतनी ढील देती हो, ज़िद्दी हो रही है।' अम्मी रसोई में सालन पकाते हुए ठिठक जातीं, रुककर अपने तीन जवान लड़कों को देखतीं और उनका जी जुड़ा जाता। अपने खाविंद के जाने का गम आधा हो जाता। लड़के उनके तीनों समझदार थे। उनके प्यार के पप्पू, गुड्डू और राजा। पप्पू को तो उसके अब्बू के इंतकाल के बाद उन्हीं के ऑफिस वालों ने, वहीं ड्राइवर रख लिया था, जहाँ वे ख़ुद थे। पप्पू ने अपनी जान-पहचान की बदौलत गुड्डू और राजा को भी प्राइवेट गाड़ियों पर लगवा दिया था। मिला-जुलाकर तीनों दस-बारह हजार की आमदनी हर महीने पैदा कर लेते थे। अभी सब ठीक था। अम्मी जानती थीं, दुलहनों के आने पर सारे मामले दुबारा ज़माने पड़ेंगे। नज्जो की शादी भी चार-पाँच साल में कहीं ठहरानी होगी। उनके जिगर का टुकड़ा थी वह, लेकिन जीवन भर अपनी छाती पर थोड़े बिठाकर रख सकती थीं वे उसे। बेपनाह लाड़ था उसका इस घर में। हो सकता है, इससे थोड़ी ज़िद्दी हो गई थी वह? लेकिन अम्मी जानती थीं, लड़कियाँ बारह-तेरह साल की हुई नहीं कि ख़ुद ही सँभल जाती हैं। अक्ल न जाने कैसे उनकी सारी अदाओं, आदतों को चीर, घुस जाती है, उनके ज़ेहन में। फिर दुपट्टा ठीक से लपेटने को कहना भी नहीं होता है उन्हें। थोड़ा-सा ढलका और लड़कियाँ ख़ुद ही चौकस अपनी चीज़ों को सँभालने लगती हैं। अम्मी भी उसी रास्ते बड़ी हुई थीं। उसी तरह दुपट्टा सँभालने से लेकर नमाज़ की पाबन्दी और सालन पकाने का हुनर अख़्तियार किया था उन्होंने। अम्मी अपने जवान बेटों की चिन्ता का मर्म समझते हुए भी उसे ज़्यादा तवज्जो नहीं देती थीं। क्या करना है? अकुवा के जंगली झाड़ों की तरह बेसँभाल

ढंग से बढ़ना है लड़कियों को, वे बढ़ेंगी ही। कुछ साल और। फिर कहाँ चहकेगी नज्जो उनके इस घर में, उसे तो फैलना होगा किसी दूसरे की ओट में। पूरी-की-पूरी ओट में। अम्मी के ऊपर सोच-सोचकर घबराहट तारी हो जाती। उनके मियाँ ने तो परदा नहीं कराया उनसे, बुर्का-वुर्का कुछ नहीं, बस चादर से ढँका उन्होंने अपने-आपको, मगर क्या जाने, नज्जो की ससुराल वाले कैसे हों?

अम्मी बेटों को आँखों-ही-आँखों में मुस्कुराकर राहत की बदली से भिगो देतीं। 'मैं हूँ न...' की तर्ज पर। लड़के अम्मी का मान रखते थे। मेहनतकश कामकाजी थे, अनावश्यक हील-हुज्जत से दूर रहते थे।

अम्मी को सालन पकाते-पकाते अपनी बहुत देर से गुम बिटिया की याद आई। गुम बिटियाओं से घर हमेशा ही हौलनाक और ग़मगीन हो जाया करते हैं, अम्मी जानती थीं। उनके घर की फुदकती चिड़िया उन्हें हमेशा ज़िन्दगी के ख़ूबसूरत मायने बताती थी। उस आवाज़ के बिना उनको सूनापन घेरने लगा। उन्होंने अपने चारों ओर यूँ ही बुन गए, मकड़जालों को हटा-हटाकर साफ़ किया और चिल्लाईं, 'नज्जो...! नज्जोऽऽ! नज्जो!'

नज्जो अभी लाल गरारा सूट ठीक से देख भी न पाई होगी कि लगा कि अम्मी की आवाज़ कहीं दूर किसी पहाड़ की तराई को पुकारती, गूँजती-सी उस तक पहुँची। नज्जो ने न पहाड़ देखे थे न तराई। उसने गाँव और खेत भी ठीक से नहीं देखे थे। उसकी आँखों के दायरे में तो इस शहर की पूरी परिधि भी नहीं बँध पाई थी। उसके लिए राजीव नगर मुहल्ले से थोड़ी दूर बना उसका यह आधा पक्का, आधा कच्चा घर ही उसकी पूरी दुनिया थी। कभी-कभी बस वह शहर की सैर को निकलती थी, जब भाइयों की ड्यूटी ख़त्म हो जाती थी और तब भी गाड़ी उनके हाथों में रहती थी। भाई उसे लाड़ से शहर घुमा लाते थे, वरना तो अम्मी का हाथ पकड़ वह मुहल्ले और रिश्तेदारों में जाने तक को ही अपना जहान नापना मानती थी।

अम्मी की आवाज़ का टूट-टूटकर उस तक आना उसे न जाने क्यों दहला गया। उसने चिहुँककर गरारा हाथ से गिरा दिया। गरारे के हाथ से छूटते ही एक कड़ाक की आवाज़ हुई और आवाज़ के साथ अम्मी के तेज़ी से नज़दीक आते क़दमों की थापों की जादुई जुगलबन्दी हुई और वे नज्जो की दुनिया में अचानक ही कई जानकारियों के साथ प्रवेश कर गए।

'अरे नज्जोऽऽ, यहाँ अँधेरे में क्या कर रही?'...'अरे क्या तोड़ा?'...'लिल्लाह, ये लड़की न जाने क्या गुल खिलाएगी!' अरे कहाँ मर गई?

नज्जो ने पहली बार अपनी ज़िन्दगी में अम्मी को बेगानी अम्मियों की तरह

बोलते देखा। पहली बार अम्मी के हाथों के नरम खरगोशपने के बदले कच्ची कैरी के चटकपने का स्वाद लिया और अम्मी की उस टूटी हुई जमींदोज़ चीज़ के उठाने पर जाना, अम्मी की बरसों से छुपाई उस इकलौती चीज़ का उसने नुकसान कर दिया था। उसी दिन नज्जो ने अपने जीवन का पहला दुख-भरा गीत अपने दिल में बजते हुए सुना। दुख दिल में इतने निचोड़ पैदा कर आँख के रास्ते बहता है, यह भी नज्जो ने जाना उस दिन। इतने सारे दुख के आयामों के उद्घाटन के बावजूद, नज्जो ने समझा, 'अम्मी का गुस्सा लाजमी था उस दिन।' उसने अँधेरी कोठरी से घिसटते हुए चुँधियाती रोशनी में पटके जाते हुए जाना कि अँधेरे के बाद यदि आँखें 'आराम से' के बजाय हड़बड़ी में खोल दी जाएँ तो कितनी तकलीफ होती है। लगता है, आँखों में कीलें ठुक रही हैं। उन्हीं सब दुख जानकारियों के बीच, बताया था अम्मी ने बार-बार दिखा-दिखाकर कैसे उसने अपने अब्बू की इकलौती तस्वीर का फ्रेम और काँच अपने खेल की खातिर पटककर तोड़ दिया था। उसी दिन तो देखा था उसने, अब्बू उसके कितने काले थे। लम्बी भूरी दाढ़ीवाले काले-काले। उसने अपने नए कमाए दुखों के बीच एक हलकी फाँक-सी खुशी महसूस की थी, 'वो अब्बू जैसी नहीं, वो तो अपनी अम्मी जैसी गोरी-गोरी सुन्दर है।' उसने रोते-रोते लाड़ से अम्मी के हाथों से अब्बू की तस्वीर ले ली और अम्मी के हाथ खाली कर दिए। अब अम्मी की गोदी थी और अम्मी के हाथ जिसे उसने अपने चारों ओर लिपटवा लिया और उन्हें बीते हुए कल से आज बना फिर से बामकसद बना दिया।

'अरे पगली...!' अम्मी की आवाज़ थी या सिसकी का शुबहा।

'एक ही तो फोटो थी तेरे अब्बू की, अब उसमें दुबारा फ्रेम जड़वाना पड़ेगा।'

'अम्मी,' उसने सब कुछ परे धकेलते हुए उम्र और उसके कौतूहल की ईमानदारी से पूछा था, 'तुमने अब्बू की तस्वीर बक्से में क्यों बन्द कर रखी थी, यहाँ क्यों नहीं टाँगी दीवार पर, इन तस्वीरों के साथ?' उसने 'मक्का मदीना' की काली फाइबर पर उकेरी उजली तस्वीरों को दिखाते हुए पूछा था। 'यहाँ तो इनका कुछ नहीं बिगड़ता और हम रोज़, अब्बू को देखते उनके यहाँ नहीं होने पर भी।'

'नहीं...!' अम्मी की उदासी घनी थी। नज्जो नहीं देख पाई उस पार जाकर, बहुत छोटी थी तब।

ज़िद कर कुछ उदासी की परतों को फलाँगते हुए नज्जो ने पूछा, 'अम्मी, क्यों नहीं?'

अम्मी अचकच हो गईं। उन्हें लगा, क्या समझाएँ अभी इसे? उनके अन्दर का यकीन पक्का था ही, सीख लेगी लड़की जात सब जीवन के क़ायदे पाबन्दियाँ,

रोज़ा, नमाज़, सब ज़ल्द ही।

उन्होंने धीरे से नज्जो को गोद से उतारा, उसकी फ्रॉक खींचकर उसे घुटनों से नीचे करने का असफल प्रयास किया और समझ गईं, फ्रॉक अब नहीं खिंच पाएगी। लड़की बड़ी हो गई है, ज़ल्द सलवार-कमीज पहनाने पड़ेंगे। टाँगें तो ऐसी लम्बी और चिकनी होती जा रही हैं उसकी। रंग भी माशा अल्लाह खिलता गन्दुमी था और मोटी काली आँखें थीं। बाल भी ख़ूब लम्बे और काले थे। लम्बी चोटी पीठ पर फुदकती रहती थी। आँखों का कजरारापन साँप बन लोगों को डसता रहता था।

तभी, उनकी देवरानी ने पहले ही कह दिया था, 'बाजी, नज्जो हमारे यहाँ ही आएगी। लड़के तो इस खानदान के लुटे-पिटे दिखे हैं, इस लड़की से ही रौनक होगी। नस्लें सुधरेंगी।'

अम्मी अपनी देवरानी के चुहल के भीतर छिपी गम्भीरता से बहुत पहले से परिचित थीं, उन्हें सोच-सोच, कँपकँपी छूटती थी उनकी लाड़ो की, ऐसी गम्भीर सास के साथ कहीं साँस तो न बन्द हो जाएगी? ऊपर से हाँ-हाँ बोलते हुए वे हमेशा ही ना-ना मनाती थीं।

एक-दो बार उन्होंने अपने तीनों जवान लड़कों को कहा भी था, 'नज्जो का रिश्ता परिवार से बाहर ही ठीक रहेगा।'

लड़कों ने ऐसी बात पर तवज्जो देना बन्द कर दिया था। वे जानते थे, अपनी नज्जो की बाबत सारी बातें अम्मी और सिर्फ़ अम्मी तय करेंगी, फिर बोल चाहे वे कुछ भी लें।

अगले दिन अम्मी नज्जो को घर में खेलता छोड़ भरी ठेलमठेल गर्मी की जलनखोर नासमझी को अपने मकसद की ज़रूरत से बेपरवाह उड़ाते हुए, 'अग्रवाल एंड संस' की दुकान पर पहुँचीं। वहीं सेठ की दुकान पर उनका खाता चलता था। सेठ अम्मी जैसे खातेदारों को देख रंग जाता था—ख़ुशी से। धन्धा उसका इस छोटे शहर में उन्हीं लोगों की मार्फ़त ज़िन्दा रहता था, जो तत्काल भुगतान न करते हुए, लगातार उधारी पर रहते थे। इससे ग्राहकों की संख्या कभी घटती नहीं थी और भले ही तुरन्त का नुकसान उसकी छाती को धोबी पछाड़-सा कूटता था, फिर भी वह आगामी सम्भावनाओं की वर्षा से बेफिक्र हो जाया करता था। 'जाएँगे कहाँ ये सारे? आज नहीं तो कल उसका उधार चुकता करेंगे ही, वरना पुलिस और पार्टी के सेवक सब उसकी मदद को तैयार रहते थे। दोनों जगह अच्छा टैक्स भरता था वह।' बड़े दुकानदारों में गिनती थी उसकी।

'बोल्लो, क्या देखना है?' उसने आवाज़ में चाशनी घोली। अम्मी को सेठ

ठीक नहीं लगते हुए भी ठीक लगता था। उनकी कई एक उधारियों के वक़्त भी सेठ की चाशनी कम मीठी नहीं होती थी। एक तो उधार की फिक्र उसपे यदि दुकानदार बदतमीज़ी से बात करे तो अपने मुफ़लिस होने का सच उजागर हो जाने को धमकाता था और चूँकि अम्मी फिलहाल मुगालतों को पोसना चाहती थीं, इसलिए महँगी लेकिन मीठी चाशनी से ही वह बार-बार वास्ता बनाए रखना चाहती थीं। उन्होंने एक छोटे लाल फूलोंवाली बिस्कुटी रंग की थान पर हाथ रख दिया, 'भइया, इसमें से तीन मीटर और इसी फूल से मैचिंग लाल जार्जेट का दुपट्टा।'

'दुपट्टा कितना?' दुकान का नौकर चिल्लाकर पूछने लगा।

'दुपट्टा डेढ़ मीटर कर दो।'

सेठ अम्मी की आँखों में आँखें डाल चाशनी गाढ़ी कर बोला, 'अच्छा बिटिया रानी के लिए ले रही हो, तो ये काटन क्यों? एक बनारसी कपड़ा आया है, उसमें से ले जाओ। अभी तो शादियाँ भी आ रही हैं, जँचेगी लड़की इसमें।...ऐ लड़के, दिखा इनको नया आया बनारसी कपड़ा।' सेठ की चाशनी झाड़ू की फटकार में बदल गई थी।

अम्मी को बुरा नहीं लगा। अम्मी का रुतबा नौकर से ऊपर रखा था सेठ ने। बनारसी कपड़े के थान पटकने के अन्दाज में नौकर की छिपी नाफरमानी ताड़ ली अम्मी ने, 'अरे भइया, ठीक से दिखा।' उन्हें सेठ की चाशनी का दम था।

नौकर दोबाला प्रहारों के बीच पैरों के घुटने मोड़ बैठ गया, विशुद्ध व्यावसायिक अन्दाज़ में। उसे भावनाओं से परहेज़ करने का सबक बचपन से बालघुट्टी में घोल-घोल पिलाया गया था। 'ये लो...कौन-सा...देखो...!'

अम्मी की आँखें फट गईं—क्या सुन्दर चमकीले रंगों के कपड़े थे सारे! सब पर ज़री का ताना-बाना था। कपड़े के अन्दर से सुनहरे फूल उग आए हों जैसे। उन्हें पीले रंग वाला थान सबसे उम्दा लग रहा था। उन्हें लग रहा था इस हल्द पीले पर उगे ये सुनहरे फूल उनकी गन्दूमी रंग की बिटिया पर जब खिलने लगेंगे तो कैसी फुलवारी-सी महक जाएगी! उनकी हसरत पूछ बैठी, 'ये तो महँगा होगा?'

'नहीं, बनारसी है लेकिन उसके आधे दामों पर।'

अम्मी को दिलासे ने धीर बँधाया, 'बनारस वाले अब हम जैसों के लिए भी कपड़ा तैयार करने लगे!' उन्होंने पीले बनारसी थान से भी तीन मीटर कपड़ा मोलवाया और मुट्ठी में भींचे एक पुराने मुसे-कुसे बटुए से दो सौ रुपए निकाल सेठ की ओर बढ़ा दिये 'दुपट्टा भी मैच करवा देना और अगले महीने के खाते में पैसा लिख लेना।'

सेठ ने पैसों पर झपट्टा मारा, बाक़ी के आगे लिखा 300 रुपए और अपना काम ख़त्म करने के बाद की मुद्रा में अपना मुँह टेबल की दराजों में गड़ा दिया।

अम्मी भी नीली पन्नी में सिमटे अपने सामान को ले दुकान से बाहर निकलीं। उनके मन में आया, कॉटन का सूट वे ख़ुद सिल लें, मगर बनारसी वाला शकीला दर्जन को दें। क्या बढ़िया लेडीज़ सूट सिलती थी! अभी हाल में अम्मी का एक सिला था उसने। अपने सूट को याद कर अम्मी को अजीब-सी शर्मिन्दगी तबाह करने लगी। उन्होंने एक उलटी साँस खींची। इतने सालों से साड़ी के अलावा कुछ नहीं पहना था उन्होंने, लेकिन इधर कुछ अरसा पहले उनके बड़े बेटे पप्पू ने नमाज़ के बाद मस्जिद में होनेवाली बातचीत का हवाला देते हुए कहा था, 'अम्मी, मौलवी साहब कह रहे थे, औरतों को नमाज़ पढ़ते वक़्त सलवार-कमीज़ पहनना होगा। साड़ी में नंगापन होता है।'

अम्मी उम्र के इस पड़ाव पर बेटे के मुँह से ऐसी बात सुन हिल गई थीं। पचपन की पहुँचती उम्र में साड़ी के बाहर उनका पेट बालिश्त भर नज़र भी आ जाता, तो क्या नज़र आता वहाँ? झाँकती, छुपती कुछ सफ़ेद फटी लकीरें और झूलती ढीली चमड़ी? वह क्या किसी की भी आँखों से देखने पर नंगई होती? वह तो इतने बच्चों को पेट में रखने का नतीजा था, बस। लेकिन मुहल्ले की ज़्यादातर औरतों ने मौलवी साहब की बात का लिहाज़ रखते हुए अब नमाज़ पढ़ते वक़्त सलवार-कुरते पहनने शुरू कर दिए थे। अम्मी के अन्दर कुछ खौफ़-सा अधकचरा बवाल उठता। कहीं बात न मानने की वजह से उन्हें मुहल्ला बदर कर दिया जाए, तो या कुछ उलटा-सुलटा कह ही दिया जाए तो...? लिहाज़ा बहुत झिझकते हुए वे नमाज़ के वक़्त अपना सूट पहन लिया करती थीं।

शकीला दर्जिन ख़ूब खुलकर हँसी कपड़ा देख, 'क्यों, नज्जो की अम्मा, लड़की के लिए रिश्ते आने लगे क्या?'

'नईं...नईं,' अम्मी ने मुस्कुराकर शकीला के उत्साह का साथ दिया।

'अरे तुम्हारी बिटिया तो चन्दा है, कितने भी कपड़ों से ढक दोगी, फिर भी रोशनी खिलाएगी। उसे सँभालकर रखना होगा तुम्हें। मुहल्ले में लौंडों की फ़ौज बढ़ती जा रही है। ये जो हिन्दुअन के लड़के हैं न, ये आजकल ज़्यादा ही चढ़-बढ़ गए हैं। वैसे भी ज़माना ख़राब है, लड़की जात के लिए, क्या हिन्दू क्या मुसलमान?'

ये सब सुन अम्मी अनजानी बदख़यालियों से भर गईं। 'अभी तो पाँचवीं में है, आठवीं तक सगाई कर दूँगी उसकी।' उन्होंने तय किया और शकीला को कपड़ा कम पैसे में सिलने की धौंस दे, घर चल पड़ीं।

भारी गर्मी पड़ रही थी। अम्मी को लगा, चलते-चलते कहीं पिघल न जाएँ वे। उन्होंने अपनी साड़ी का पल्ला सिर के ऊपर खींचकर सिर ढक लिया अपना और तेज़ कदमों से चल पड़ीं। उनकी चाल की वजह से उनकी हलकी नीले रंग की साड़ी भी फदर-फदर हवा में शोर करते उड़ती फिरी। अम्मी को समझ में ही नहीं आया, कब मौलवी उस्मान अली उनके सामने पड़ गए। अम्मी को देख वे ठिठक गए और सलाम वालैकुम की रस्म अदायगी के बाद अम्मी को रोक कुछ-कुछ बतियाने लगे। अम्मी की नज़रें चोर हो गईं। वे मौलवी उस्मान अली की आँखों से होते हुए अपने उघड़े पेट पर जाकर लुक गईं। उन्होंने वहीं लुके-लुके जानना चाहा कि पेट पर कुछ नंगई नाच रही है क्या?

मौलवी साहब अपनी पैनी आवाज़ में पान थूक कह रहे थे, 'ज़माना बड़ा खराब है बीबी, लड़कों-बच्चों को सँभालना होगा। ये टी.वी., सिनेमा की बदौलत सब कुछ...! अब हम कितनी भी तकरीरें करें, जब घरवाले नहीं समझते तो बच्चों को क्या समझाया जाए? जवान लड़कों ने मस्जिदों में नमाज़ पढ़ने आना बन्द ही कर दिया समझो। सिर्फ़ जुमे के दिन मस्जिद भरती अब तो। ठीक नहीं सब।' मौलवी ने नाराज़ निराशा से अपनी लम्बी भूरी दाढ़ी पर हाथ फेरा।

अम्मी के सीने में क्या कुछ बराबर होने को मचलने लगा। उन्हें मौलवी उस्मान अली की बातों से पैदा हुई हलचल नागवार लग रही थी। उन्होंने 'जी... जी'...कर मौलवी के पार जाना चाहा पर येल्लौ...मौलवी उस्मान अली ने उनके लिए रास्ता तो बनाया और फिर साथ हो लिए। वक़्त की नजाकत को सँभालते हुए अम्मी कह उठीं, 'मेरे लड़के तो मौलवी, साहब जब भी ड्यूटी से फुर्सत मिलती है, नमाज़ की पाबन्दी निभाते हैं...कहीं हों।'

'तुम्हारे लड़कों की नहीं कह रहा मैं, ज़माने की कह रहा हूँ।' 'बीबी-पैसा!' रहस्य से आवाज़ धीमी की मौलवी ने, 'शहर के सारे सेठों का पैसा तो हिन्दुओं के त्यौहारों में फूँका जा रहा है। अब मस्जिद के पास ही देख लो, 'नवदुर्गा समिति' बनाकर बैठ गए हैं। ये तो सारी तंग करनेवाली बातें हैं न। लौंडों की फ़ौज है, वहीं गाना-बजाना करेंगे, हल्ला मचाएँगे और हमारी नमाज़ में खलल डालेंगे।'

'जी, अच्छा,' अम्मी ने टालने की गरज से एक टुकड़ा जवाब दे डाला।

लेकिन मौलवी कहाँ माननेवाले थे—जारी रहे, 'इस बार मुहल्ले का वो जवान छोकरा बन गया है, समिति का कर्ताधर्ता। आवारा कहीं का!'

'कौन?' अम्मी की भवों ने जिज्ञासा का लिबास ओढ़ तलबगारी की।

'अरे वही, तुम्हारे मुहल्ले वाला। वही जिसका बाप अपने फारूख मियाँ के साथ वाली दुकान में फल लगाता था। कित्ता भला आदमी था उसका बाप!

फारूख और उसकी कैसे घुटती थी! अब इसके लौंडे को देखो, कुछ किया-कराया नहीं, बस इसी करने में लगे हैं। फिज़ा खराब करते हैं ये बीबी...।'

अम्मी की चोर निगाहें अब उनके अपने मन के भीतर घुस गईं। जिस लड़के की बात मौलवी कर रहे थे उन्हें वह लड़का कुछ बरस पहले तक बड़ा प्यारा लगता था। नज्जो के अब्बा से उस लड़के के अब्बा के अच्छे ताल्लुकात थे। घर आना-जाना भी था। गुज़रे ज़माने की बातें थीं सभी—अब कहाँ! अम्मी ने एक शर्मिन्दा साँस को आज़ाद किया। लगता था, उनके इस छोटे से कस्बाई शहर का पूरा समाज ही बदल गया था। बचपन में उस लड़के को कई एक बार पुचकारा था उन्होंने, कैसे गुलाबी होंठ थे उस लड़के के—एकदम लड़कियों जैसे नरम! हाँ, अम्मी को उसका नाम पसन्द नहीं था, इतना लम्बा और जीभ घुमाऊँ नाम था—'अच्युतानन्द गोसाईं'। उसके घर के बग़ल वाले ख़ाली प्लाट में खेलता था वह, मुहल्ले के और बच्चों के साथ। अक्सर, टोली बना दुर्गा उत्सव का चन्दा लेने आता था उनके यहाँ। बस, यही कोई पिछले दो सालों से ये चन्दा माँगनेवालों का चन्दा माँगने का सिलसिला, यों ही ठप हो गया था। हालाँकि अम्मी को चन्दा माँगनेवालों से परेशानी होती थी, लेकिन चन्दा माँगने में अचानक आई तब्दीली बरसों से चले आए एक सिलसिले को कर्कश आवाज़ से तोड़ती थी। उसका तीखापन, पैनी टीस के साथ एक नए उग आए घाव से, फर्क की ओर इशारा करता था, जिसे अम्मी का जी आसानी से कुबूल करने को राजी नहीं होता था। उनके बचपन के ज़माने के शहर से कितना बदल गया था, आज के ज़माने का शहर। उनके ज़माने से तो कहीं ज़्यादा बदल रहे थे मुसलमान, पढ़ना-लिखना, नौकरी सब में इज़ाफ़ा हो गया था, लेकिन साथ-ही-साथ एक न समझ में आनेवाली सख़्ती भी मुसलमानों के अन्दर-ही-अन्दर पकती जा रही थी। उस पकने की तासीर का असर इधर-उधर हर जगह होने लगा था। मुसलमानों के भीतरपने से बाहर हिन्दुओं के भीतरपने में भी। अम्मी के घर उनके लड़के आके सारी बातें बताते थे, दुनिया-जहान की। वे बड़ी पार्टियों को टूर पर ले जाते थे, कभी आगरा, कभी दिल्ली, कभी मैसूर। वहाँ की बातें, वहाँ की इमारतें, लाल किले से ताजमहल तक सब देखती थीं अम्मी लड़कों की बातों में। वे सियासत और नेताओं की नज़दीकी बातें भी समझने लगी थीं, लड़कों, टी.वी. और अख़बार के बदौलत। वे जानती कम थीं, और समझती ज़्यादा थीं। 'बच के रहना' उनकी ज़िन्दगी का फलसफ़ा बनता जा रहा था। जब अनजाने ही लोगों की नज़रें बदलने लगें, पलटने लगें, अपने बरसों के रिश्तों की गर्मी घुलकर बह जाने से, तो शरीर को ढक, मन को बाँध, सिमट जाना होता था, अपने-अपने

मैले दड़बों में, अपने समान नकूशों वाले ढेरों बकरों समान। डरते लेकिन, एक साथ होने के नकली हौसलों से जीते-जिलाते। न जाने दड़बों के बाहर कौन खड़ा हो 'झटके के गोश्त' के इन्तज़ाम में। मौलवी उस्मान अली की बातें नागवार होते हुए भी वक़्त के सच्चे ज़रूरी घंटे बजाते हुए फ़िज़ा में हलके से बार-बार बहने का एहसास कराती थीं। उनका मन होता इस मुए को भगा दें यहाँ से कहीं, उनके अन्दर के असमंजसों को और बढ़ाता था ये इंसान। 'खुदा हाफिज़' वह बोलने को हुईं और रुक गईं। बचपन से ऐसे ही बोलते आई थीं, लेकिन इधर लड़कों के कहने पर 'अल्लाह हाफिज़' कहने में आने लगा था। 'अल्लाह' अपने होने का एहसास एक भारीपने से करवाता था। समाज में लोगों को अब 'ख़ुदा' लफ़्ज़ की खुशनुमाई से ज़्यादा भारीपना और बयान पसन्द आने लगा था, लिहाज़ा मन मारकर सलवार-कमीज़ के साथ 'अल्लाह हाफिज़' भी उनके वजूद में चल निकला था। उन्होंने आवाज़ में पूरा ठहराव भर 'अल्लाह हाफिज़' कहा।

मौलवी उस्मान अली को यूँ टरका दिया जाना अच्छा नहीं लगा। वे शिकायत करने लगे, 'अए क्या, मुझे लगा, चाय पिलवाओगी?'

'ओह!'...अम्मी का एतराज़ असरदार था। 'अभी मंडी जाना है, सब्ज़ी ख़त्म है।' 'अच्छाऽऽ!'

हवा में मायूसी टाँगने की कोशिश की मौलवी ने, लेकिन अम्मी पर उसका एक भी हिस्सा न खुल पाया। वे मौलवी को अपने ही घर के दरवाज़े पर वापसी की राह बता, अन्दर घुस चुकी थीं।

बाहर का यह कमरा उनका पक्की सीमेंट का बन गया था और इसके साथ लगा पप्पू का कमरा भी उनका सोचना था, धीरे-धीरे कर तीन कमरे तो पक्के करवा ही लेंगी। तीन लड़कों की तीन दुलहनों के वास्ते। नज्जो तो 'इंशाअल्लाह' ससुराल चली जाएगी। रही बात उनकी, तो उनका क्या, बाहर के कमरे के एक कोने में उनका पलँग बिछ जाया करेगा। 'अल्लाह' का शुक्र था, नज्जो के अब्बा के यूँ ही अचानक उठ जाने के बाद के गड़बड़ हालत अब लम्हा-लम्हा सुधर रहे थे।

'नज्जो...नज्जो,' उन्होंने पुकारा।

नज्जो अम्मी का लाया लाल दुपट्टा सिर पर डाल इठलाने लगी।

अम्मी ने झट बलैयाँ चटखीं। इस लड़की के बड़े होने के ख़तरे बढ़ते जा रहे हैं। उन्होंने तय किया, ढीले से ढीला कुर्ता सिलेंगी और शकीला दर्जिन को भी कल कभी जाकर हिदायत दे आएँगी।

मुहल्ले के लड़कों की टोली नज्जो के घर के पास वाले ख़ाली प्लाट में रोज़ ही धमाल मचाया करती थी। इधर अम्मी ने मना कर दिया था नज्जो को वहाँ जाकर उनके साथ खेलने को, क्योंकि रोज़ ही वह शक्ल से पिटी हुई वापस आती थी, वरना तो नज्जो रोज़ वहाँ चलते क्रिकेट के खेल में हिस्सेदारी कर दिया करती थी। लड़के उसे दौड़ा-दौड़ाकर फील्डिंग करवाते थे और उसके टेढ़े-मेढ़े, आड़े-तिरछे दौड़ने पर ख़ूब हँसते थे। वहीं एक दिन उसे अच्युतानन्द गोसाईं ने शाट मारकर, बॉल पकड़ने को ख़ूब दौड़ाया था। वहीं सब बेहिसाब हँसते-हँसते गिर पड़े थे और नज्जो अपनी दुर्गति पर घुटनों में सिर रखकर थकान और तौहीन के आँसू रो दी थी। वहीं फिर उसने सिर उठाया था, घुटनों के बीच से, वहीं अच्युतानन्द गोसाईं का पहला तआरुफ हुआ था, दो दहकते अनारों के इर्द-गिर्द डसते साँपों से। वह एकाएक सहम गया था, फिर एक उदास न समझ में आनेवाली तर्ज़ में हलके, डूबने-उतराने लगा था। उसे ज़ोर की रुलाई आने लगी थी। उसका दिल किया, नज्जो के गाल पर चिपके उन अनारों को नोंचकर फेंक दे। वे इतने लाल क्यों थे? उसका दिल किया नज्जो की आँखें ही फोड़ दे, वह इतनी काली क्यों थीं? वे उसे इतनी चोट क्यों पहुँचा रही थीं? उसने आँखें बन्द कर लीं, और जब उन्हें दोस्तों के हिलाने पर खोला तो देखा, नज्जो ग़ायब थी। उसे लगा, सामने का दृश्य पूरा ख़ाली हो गया है, कभी न भरने के आतंक-सा ख़ाली। उस दिन के बाद से नज्जो नहीं आई उस ख़ाली जगह को भरने। उस जगह का ख़ालीपन अच्युतानन्द के हृदय में कभी न जाने की धमकी-सा बैठ गया।

एक साल बड़े होने में बीत गया। अच्युतानन्द की मसें भींज गई। उसकी आवाज़ फटकर मर्दाना हो गई, उसके कपड़े छोटे हो गए, उसने ख़ाली प्लाट पर क्रिकेट खेलने जाना बन्द कर दिया।

अच्युतानन्द को दो समानान्तर ग्रहणों ने एक साथ दबोचा—बाप की असमय मृत्यु ने उसे फलवाली दुकान पर बैठने को मजबूर कर उसकी सारी आवारा आज़ादी पर अंकुश लगाया और उसके अन्दर के निरन्तर बढ़ते खालीपन ने उसे कहीं का न छोड़ा। वह ग्रहणग्रस्त हो झँवाता चला गया।

एक दिन दुकान में ऊबा बैठा था, जब पार्षद श्री राममोहन उसकी दुकान पर आए और उसके भइया से कहने लगे, 'लड़के को कहाँ उलझा रखा है? अरे हमारे साथ लगा दो, कुछ पार्टी का काम सिखाएँगे, यहाँ तो पैसे का हिसाब करते-करते ये भरी जवानी में बूढ़ा हो जाएगा।'

बड़े भाई को धन्धे के सिवाय कुछ खास समझ में आता नहीं था। उसने भावुक अन्दाज़ में हाथ जोड़ कहा, 'ले जाओ साहब, आदमी बनाओ इसे, मैं कोई

लड़का रख लूँगा अपनी मदद को, पर इसे तो आप अपने साथ रख कुछ बना ही दो...।'

पार्षद राममोहन हँसे, 'हँ-हँ...चल बे उठ, आज से ही मेरे साथ चल। ये फल का थैला पकड़।'

थैले में पपीते, चीकू एक-दूसरे के घाव सहला रहे थे। अच्युतानन्द को खीज़ उठ आई, उसे फलों में आदमी और आदमियों में फलों का रूप क्यों नज़र आता था? कई बार वह आदमियों को फल समझ काट डालना चाहता था, पहले दाँतों से फिर उनके जिद्दी और कड़े होने पर छुरी से। उसे सारी बातें दिमाग़ में एक कोहरे के अन्दर छटपटाती दिखती थी। बाप के मरने पर कोहरा और घना हो गया था। स्कूल में लगातार दो बार तीन साल तक फेल होने पर उसे निकाल दिया गया था। वैसे भी सत्रह साल का लड़का सातवीं कितनी बार पढ़ता? एक-दो साल तो दादागीरी में मज़ा था, फिर ऊब होने लगी थी। अच्युतानन्द अपने लिए माकूल ठिकानों और मकसदों की तलाश में यूँ ही बेवजह भटक रहा था कि श्री राममोहन उसके जीवन में अवतरित हो गए थे। उसे वे खास पसन्द थे नहीं। मोटे भसन्दर, तरबूजे से गाल। मन होता, वहीं चाक लगाकर देखे, अन्दर से सुर्ख लाल हैं कि नहीं। आदमी लेकिन वह काम के थे, पैसा-रुपया उगाना जानते थे, बेरोज़गार लड़कों को काम पर लगाना जानते थे, एवज़ में उनसे जम के काम लेना जानते थे और कुल मिला-जुलाकर लड़कों को आगे बढ़ाते हुए उन्हें मकसद देना जानते थे।

सबसे पहले वे अपने रंगरूटों को ख़ूब बढ़िया भोजन करवाते थे, फिर पीने-पिलाने के तौर-तरीकों की शुरुआत, बियर से होती थी। जब लड़के उनके डेरे पर बैठने के आदी हो जाते थे, तो उनकी विधिवत् कोचिंग होती थी। उन्हें धर्म और भारतीय संस्कृति के प्रेरक प्रसंग सुनवाए जाते थे। शहर में यज्ञों का आयोजन, शहर उत्सव समिति में शिरकत और त्यौहार प्रबन्धन समिति के कार्यकर्ता तैयार कराए जाते थे। मकसदहीन लड़के बामकसद हो, श्री राममोहन के पूरे मुरीद हो जाते थे। कोचिंग के अन्तिम चरण में इधर दो साल से शहर में वीडियो टेप्स और साधुओं के भाषणों से दिमाग़ी शुद्धीकरण का प्रयास ताबड़तोड़ जारी था। उम्मीद थी, युवा लड़कों के दिमाग़ों में बात का असर ज़्यादा मारक ढंग से होगा और यह शहर की आबोहवा बदलने में मददगार साबित होगा।

अच्युतानन्द गोसाईं का पहला असाइनमेंट था, भारत-पाकिस्तान क्रिकेट मैच में पाकिस्तान की हार के लिए, शहर में यज्ञ का आयोजन। घोषणा हुई, शहर में माइक रख आटो घुमाया गया, सभी खास बाज़ार और स्टेशन पर बैनर लगाए

गए। शहर में हल्ला बोला गया। देश में आस्था प्रकट करने की सब शहरवासियों से अपील की गई। पार्टी के सारे युवा कार्यकर्ता बटोरे गए। शहर के ज़्यादातर लोग जमा हो गए, सब भारत की जीत के लिए प्रार्थना करने बैठ गए। टी.वी. पर डाइरेक्ट टेलीकास्ट था। सबने देखा, 'ऊंऽऽ स्वाहा ऊंऽऽ स्वाहा ऊँऽऽ स्वाहा' के मन्त्रोच्चार के बीच अच्युतानन्द गोसाईं का चेहरा धधकने लगा। देश के प्रति आस्था की रोशनी जगमग करने लगी। उसकी छाती फूल गई, इतनी कि मुँह पर हाथ रख वह खाँसने लगा। लोगों ने दौड़कर उसे पानी पिलाया। जब बाद में भारत ने पाकिस्तान पर पाँच विकेट से जीत दर्ज कर ली, तो शहर में अच्युतानन्द गोसाईं को कन्धे पर बैठा घुमाया गया। खुली जीप में बैठे लड़के भाँगड़ा जैसा कुछ बल्ले-बल्ले करते चले। अच्युतानन्द हीरो का दर्जा पा रहा था, शहरवाले देख रहे थे।

राजीव नगर के खाली प्लाट के बग़लवाले घर में भी सबने टी.वी. पर देखा। वह छोकरा जो बॉल लाने के लिए उस घर में रहनेवाली एक लड़की को दौड़ाता था, अब मुहल्ले का अदना क्रिकेट खिलाड़ी नहीं रह गया था, अब वह बॉल के बजाय देश की चिन्ता करनेवाले जवान में तब्दील हो गया था।

उस घर में इस समाचार को देखने के बाद, बेचैनी और घुटन के चूल्हों पर उलटे तवे पर रख रोटी सेंकी गई जो अजीब धुआँए स्वाद से भरी थी। नज्जो का मन किया, उस स्वाद को गुसलखाने में कहीं थूक आए और पानी से हरहराकर बहा दे। उसके अन्दर एक रोष का जुगनू कट-कट करने लगा। कुछ भी कहीं भी उस धुआँए स्वाद से बेइज़्ज़त न हो, न तख़्त, न कुर्सी, न दर, न दीवार, न गुसलखाना। चूल्हों को नए सिरे से धो दिया जाए और दरवाज़े कस के बन्द कर दिए जाएँ, जो बाहर सड़कों से आते विजय गीतों की ताल को वहीं सड़कछाप बना छोड़ दिया करें। माहुर का रंग गीतों को नशीला बना रहा था और नज्जो ने अपने बड़े होने के समय में पहली बार किसी ऐसी ज़िद का इजहार किया, जिसका तर्क अम्मी की सब समझने वाली अक्ल भी न समझ पाई।

'अम्मी, परदे लगाओ मोटे-मोटे खिड़कियों पर। बहुत धूप-गर्मी और धूल होती है। खासतौर से खाली प्लाट की ओर खुलती खिड़कियाँ ढकनी ज़रूरी हैं—लू चलती है वहाँ से!'

अच्युतानन्द गोसाईं मंझ रहा था। उसके भीतर तक अन्दरूनी अलख जगती जा रही थी, जिसमें कई गुत्थमगुत्था अड़चने थीं। उसमें कई तरह के फल थे, फलों में आदमी थे और आदमियों में फल थे। उसमें कई तरह की गन्धें थीं। कई तरह के अस्पष्ट स्मृति दंश थे और इन सबसे बना एक साँवला झुटपुटा था। यह अलख

और झुटपुटे का युद्ध था, जिसमें श्री राममोहन की ट्रेनिंग की बदौलत, झुटपुटे के पार जाने की एक आश्वस्त-सी ताक़त थी। उसके अन्दर पहली बार उस अलख का ज़ोर हुआ, कुछ वीडियो रिकॉर्डिंग्स देख। वह सन्न रह गया। उसके सर्दियाये हाथ-पैर अकड़कर उसे गठरी बना गए।

'एक पुरानी मस्जिद थी कहीं। कहीं किसी शहर अयोध्या में, जो शायद इसी भारत के किसी कोने का हिस्सा थी।' वीडियो में बताया जा रहा था। उस मस्जिद की बुनियाद झूठ पर रची थी। कमेंटरी चल रही थी और मस्जिद टूट रही थी। 'हमें नीच समझा, डरपोक समझा, हम पर राज़ किया...। अब तो इकट्ठे हो जाओ और इस मस्जिद को ख़त्म करो, वरना नपुंसक कहलाओ। यह सन्देश दो, हमारी कौम नामर्द नहीं और उन लोगों को कह दो, इस देश में रहना है तो यहाँ का बन के रहें।'

अच्युतानन्द ने जैसे ही 'उन लोगों को यहाँ का बन के रहें' सुना, उसकी कनपटियाँ गर्म होने लगीं। उसे कुछ बरस पहले के दहकते अनार किचमिच हो बार-बार नज़र आने लगे। उसका ध्यान बार-बार उस ख़ाली प्लाट और उसके बगल में रहनेवालों पर घूम-घूमकर जाने लगा। वीडियो रिकॉर्डिंग और उन लोगों में मेल ही क्या था...? फिर भी! उसने अपनी देह की गठरी को खोला और श्री राममोहन के डेरे से बाहर निकल आया। बाहर शाम का झीनापन घिरने को था। एक सतरंगी आभा आसमान में धीमी चाल से पसर गई थी। वह आसमान और सड़क के बीच पतंग और डोर बन गया। वह उड़कर सड़क नापने लगा, पहले बाज़ार, फिर स्टेशन, फिर न समझ में आनेवाली ललक से राजीव नगर, उसके बाहर, उसके नज़दीक के ख़ाली प्लाट पर और फिर उसी ख़ाली जगह पे वह। जाकर उस ख़ाली जगह के सामने बैठ गया और उसने पाया कि प्लाट के अन्तिम छोर पर एक गुलमोहर का पेड़ तेज़ी से बड़ा हो चुका था और उसमें लाल-लाल फूल भी आने लगे थे। यह उसके यहाँ से कुछ बरस पहले चले जाने के बाद की नई घटना थी। कच्चे पेड़ के लाल फूलों को देख वह रोमांचित हो उठा। उसने उठकर पेड़ के कई फूलों के गुच्छे तोड़ डाले और वापस लौट उस ख़ाली जगह को उन फूलों से भर दिया, जिस ख़ाली जगह से वह इतने दिनों तक जुड़ा हुआ था और जो उसके अन्दर के ख़ालीपन का अन्तहीन सबब बनी हुई थीं। फूलों को सामने रख वह पैर जोड़ धूल में बैठ गया और अनजाने रस से भीगते हुए उसने अपनी आँखें बन्द कर लीं, इस नाउम्मीद ख़्याल से कि अब उसमें कुछ पुराना लौटता हुआ दिखाई पड़ेगा। लेकिन आँखें बन्द करने पर उसे काले भुतहा दृश्य दिखाई दिए, जिसमें किसी खौफ़नाक बाबर की शक्ल थी, एक बेतरतीब ढही

हुई मस्जिद थी, हजारों नई ईंटें थीं, जिनपर मर्यादा पुरुषोत्तम का न मिटनेवाला नाम था और इन सबके साथ लाखों लोग थे जो उन ईंटों को सिर पर ढोए चले जा रहे थे। ख़ूब सारी चीख़ों-पुकार के बीच एक वाक्य भी था जो करोड़ों प्रहार के समान दमदार और रसूखवाला था—'एक धक्का और दो'।

अच्युतानन्द गोसाईं को कस के गुस्सा चढ़ आया। पिछले तीन-चार बरस से जिस दिमाग़ी कोहरे को श्री राममोहन पार्षद साफ़ करने में लगे थे वह उसके दिमाग़ में और गहरा गया था। साँझ रात हो चुकी थी। बाहर कालापन था, भीतर उससे भी ज़्यादा कालापन घिर गया। अच्युतानन्द अपनी आँखें खोजने में लग गया। ख़ूब ताक़त लगाकर आँखें खोलने पर उसे दिखाई दिया एक अदृश्य-सा वृत्त, उसके अन्दर क़ैद एक ठोस ख़ाली जगह जिसे आज उसने गुलमोहर के लाल फूलों से भरना चाहा था। लेकिन कोई कमाल नहीं हुआ, कुछ मज़ा भी नहीं आया। वह तमककर उठ खड़ा हुआ। फूल टूटने पर ज़ल्द कुम्हलाने लगे थे। उसने अपने जूतों में पैरों की पूरी ताक़त भर दी और उन फूलों को और मसल डाला, फिर खाली जगह पर एक किक मारी और ढेर सारी धूल कालेपन के साए में उड़ाता हुआ चल दिया।

अम्मी ठीक समझती रहीं। नज्जो का बढ़ना कोई कहाँ रोक पाया, न अम्मी के ढीले-ढाले कुर्ते, न चादर की तहें, न रोज़ा, नमाज़ की पाबन्दियाँ, न घर की छतें और दीवारों की महफूज़ सरहदें। मुहल्ले के बाहर, नज्जो के उर्दू स्कूल के कैम्पस के बाहर नज्जो पर लाइन मारने वालों की लम्बी कतारें हुआ करती थीं। मगर नज्जो समझदार हो गई थी, बहुत समझदार। उसे रोज़ा, नमाज़ से लगाव हो गया था। नज्जो के चलन का मुसलमान घरों में कसीदा पढ़ा जाता था, उसे भी ऐसे घरों से अपनाइयत महसूस होती थी। उसका जी होता था, उसके जी में मचलनेवाली हज़ारों ख़्वाहिशों के बावजूद वो 'अल्लाहवाली' बनी रहे और इसी तरह उसकी राहें मौज़ूँ होती रहें। वह अब फ्रॉक उठाकर नाचनेवाली लड़की भी नहीं थी, अब तो वह अपने सभी कपड़ों को सलीके से दबा, मुँह पर, सिर पर दुपट्टा बाँध चलती थी। फिर भी उसकी सहेलियाँ ख़ूब लुत्फ़ उठाती थीं क्योंकि घायल मजनू उसे देख और घायल हो जाते थे। एक मजनू तो रोज़ अपने बालों को पीछे दबाता-सा, गाता मिल जाता था, 'झलक दिखला जा, एक बार आजा आजा आजा...।' सहेलियाँ हँसती चली जाती थीं, नज्जो को छेड़ती हुई। मस्त और खुशग़वार-सी बयार, उनके शरीरों से हवा में बिखरती जाती थी। उन सभी को बड़े होने में ख़ासा मज़ा आ रहा था।

एक दिन लड़कियों ने फैसला किया, स्कूल से लौट कपड़े बदल बाज़ार

जाएँगी। इस बार टेकरी वाली मस्जिद के पासवाली नवदुर्गा समिति ने ख़ूब बढ़िया मूर्ति बैठाई है। मूर्ति पर ख़ूब सुन्दर कपड़े-गहने हैं और साथ में कुछ बिजली से चलनेवाली झाँकियाँ भी हैं। लड़कियाँ शाम को सज-धजकर चलीं। बाज़ार में लड़कियाँ ख़ुद रोशनी हो गईं, और जगमग करने लगीं।

ठसमठस भीड़ के बीच लोगों को कतार में बाँध, पंडाल की सज्जा और झाँकियाँ दिखाई जा रही थीं। लड़कियाँ भी कतार में बँध खिल-खिलकर आगे बढ़ रही थीं। 'चलिए, चलिए, ज़्यादा समय मत लगाइए, बढ़ते जाइए...एक जगह भीड़ मत बढ़ाइए।' वॉलंटियर लड़के बोले जा रहे थे और लोग आगे बढ़ते जा रहे थे।

इन्हीं मिली-जुली आवाज़ों के बीच लोगों के कानों ने सुना एक खाली भारी आवाज़ को—'प्रसाद भी देते जाओ भाई...।' नज्जो के कानों में भी आवाज़ के बँटते रेशों को तार-तार अपने तक पहुँचते हुए पाया। उसे आवाज़ का ख़ालीपन और भारीपन दोनों अखर गया। उसने सिर उठाकर देखा। उसके सिर पर दुपट्टा था, उसका सिर्फ़ चेहरा दिख रहा था, बदन पर कपड़ों की मज़बूत तालेबन्दी थी।

आसपास खड़े लोगों ने झलक भर देखा और उस एक झलक में जान गए कि लड़की की उम्र ज़्यादा नहीं, फिर भी ज़्यादा लगने की तैयारी में थी।

उस खाली और भारी आवाज़ के जिस्म से अच्युतानन्द गोसाईं का साबका हुआ। वह आवाज़ हुआ, फिर जिस्म हुआ, उसने भी सामने देखा और उसके अन्तर की ऐतिहासिक खोज भड़क उठी। इतनी भीड़ के बीच भी उसने बिलकुल साफ़ आँखों से देखा, उसे फल ही दिखाई दिए। दो दहकते अनार और उनके इर्द-गिर्द डसते साँप। कुछ बरस पहले जो उसके जीवन में धमक मचाकर और फिर रूठकर चले गए थे और जिनके जाने से वहाँ एक ख़ाली जगह बन गई थी, जो न मालूम क्यों आज तक ख़ाली बनी हुई थी। अच्युतानन्द गोसाईं को एक चुप लग गई, उसने लोगों की कतारों को चीरते हुए, भीड़ को नियन्त्रित करनेवाली रस्सी के उस पार जाकर, उस लड़की के बहुत पास जाकर, अपनी चुप की खोई आवाज़ में फुसफुसाकर कहा, 'नज्जो...नज्जो है न तू?'

विभिन्न हलचलों के वातावरण में एक नई हलचल पैदा हो गई। उस हलचल का रंग न काला था न सफ़ेद, उसमें जो शोर था उसकी भाषा को भी ठीक खोला नहीं जा सकता। वह मिली-जुली थी, वह कुछ नया बनाने का संकेत करती थी, वह अभी अनगढ़ थी, लिहाज़ा गीली-गीली थी। उस हलचल में पानी की थपकी नहीं, शोर था। उससे तरावट नहीं, एक उद्वेलन तारी हो रहा था और शायद इसीलिए लड़कियाँ बेजोड़ ढंग से डर गईं। उन्होंने उतावली घबराहट से नज्जो को आगे की ओर धकेल दिया, 'निकल यहाँ से, निकल...' वे भूतों की भाषा में

बुदबुदाईं। गिरते-पड़ते, डरी-डराई वे पंडाल से बाहर हो गईं।

अच्युतानन्द वहीं ठगा खड़ा रह गया।

लड़कियों ने आपस में ही अच्युतानन्द के यूँ ही अचानक नज़दीक चले आने की बात को सीने में दफ़न कर देने की सौगन्ध ली, वरना उन सभी का घरों से बाहर अकेले निकलना बन्द कर दिया जाता। 'कुछ मत बताना यार...वरना भाई लोग...।'

'हाँ,' नज्जो ने गम्भीर हो अपने बड़े भाइयों को याद किया, '...नहीं...नहीं, किसी को नहीं पता चलना चाहिए।'

मौलवी उस्मान अली का उसी वक़्त बगल की टेकरी वाली मस्जिद से इस घटनाक्रम के उस एक क्षण में तपाक से प्रवेश कर जाना, जिन्नात के बलबले-सा लगा लड़कियों को। मौलवी की मौजूदगी ने उनकी बोलती बन्द कर दी। बड़ी मुश्किल से उन्होंने अपनी आवाज़ कहीं से ढूँढ़ी और कहा, 'अस्सलामवलैकुम...।' उनके रहस्यों में मौलवी उस्मान अली की घुसपैठ वक़्त का तकाज़ा बन गई और लड़कियाँ सहमकर झुककर दोहरी हो गईं।

ख़ाली प्लाट के बगलवाले घर में अगले दिन सारी बातों को समझदारी से अपने दिमाग़ से खारिज करते हुए नज्जो ने सुना, वक़्त उसकी खारिज बातों को अपनी झोली में लपक चुका था, और उसे कुछ सज़ाएँ देने पर उतारू था क्योंकि उनके जैसी लड़कियाँ सजा से ही पाक बनी रह सकती थीं। टी.वी. पर एक परिवार का झगड़ा चल रहा था, टी.वी. से भी ज़्यादा ऊँची आवाज़ में पप्पू भाई को बोलना पड़ रहा था, क्योंकि ज़िद्दी नज्जो कभी टी.वी. की आवाज़ कम नहीं करती थी और अम्मी उसे कभी कुछ न कहती थीं।

'अम्मी, मौलवी उस्मान अली बता रहे थे, ये लड़कियाँ क़ल देवी देखने गई थीं। ये कुफ्र है, उस मूर्ति की छाया से लड़कियाँ खराब हो जाएँगी। एकदम नापाक।'

नज्जो बचपन के बाद आज फिर उसी तरह दहल गई, जैसे कभी कुछ नई जानकारियों के जीवन में प्रवेश करने से दहल जाया करती थी।

अम्मी का जवाब सुनने की उत्कंठा से उसके शरीर में एक सिकुड़न फैल गई। उसके दिमाग़ ने सारी नमाज़ परस्ती के बावजूद, मूर्ति की छाया और उससे उसके ख़राब हो जाने के दबाव को छूटते ही नकार दिया, 'क्या बेजान चीज़ें किसी को ख़राब कर सकती हैं?' वह दम साधकर बैठ गई। दम साधने पर बचपन की छुप्पम-छुपाई का खेल उसकी धड़कनों की आवाज़ को अपनी मुट्ठी में बँधक बना गया। उसे उस अन्दर के सन्नाटे से बहुत दिन बाद रूहानी ताल्लुकात बनाते हुए,

जाना-पहचाना एहसास हुआ, इतने दिनों के बाद मिलने के अटपटेपन से परे-सा। वहीं उसे अम्मी की आवाज़ रेशा-रेशा कर पास आती सुनाई पड़ी।

'मैं समझा दूँगी, अकेले आना-जाना नहीं करेगी अब।' सन्नाटा कच्ची मिट्टी का घड़ा बन कहीं भीतर टूट गया। वहाँ एक क्रिकेट की गेंद आकर लगी थी और सब कुछ इतना चुपचाप हुआ था कि मिट्टी समेटने का न तो वक़्त रहा था, न मौका। अगर सिसकी से कुछ बिखरे टुकड़े समेटे जा सकते थे, तो सिसकी भी अपने पूरेपन के शबाब पर आने से इनकार कर रही थी। जिल्लत, सिर्फ़ जिल्लत और-और जिल्लत के अलावा उस अच्युतानन्द गोसाईं ने नज्जो की ज़िन्दगी को कोई और रंग नहीं दिया था। उसका नज्जो से क्या कहीं कोई रिश्ता था? वह तो उससे इतना दूर था, लेकिन फिर भी उसकी ज़िन्दगी तबाह करने पर तुला था। वह हर जगह क्यों था? वह क्यों खाली प्लाट पर था, टी.वी. पर था, बाज़ार में था और नवदुर्गा समिति के पंडाल में था? वह उसकी सहेलियों के बीच, उसकी अम्मी के और उसके बीच, उसके और उसके भाइयों के बीच और यहाँ तक कि मौलवी उस्मान अली और उसके बीच भी क्यों था? रोड़ा बनता हुआ, उसके अन्दर काँटे उगाता हुआ न होने पर भी उसे उसके लोगों से खींचकर दूर करता हुआ। नज्जो की मुट्ठियाँ बँध गईं, आवेश से बदन थरथराने लगा। उठकर उसने घर के बाहर जानेवाला मैरून फूलोंवाला परदा सरकाया और मुँह में उठ आए जिल्लत के बगूले को हिकारत और नफरत से थूक दिया।

नज्जो के अन्दर एक नए शिष्टाचार ने इधर ज़ोरदार दस्तक दी। स्थायी रहनवारी के सब्ज़बाग में चन्दन के लोबान की मौसिकी थी। नज्जो ने मौसिकी को शब्द दिए और ज़ोर से मन कह उठा, 'नफ़रत बनाम अच्युतानन्द गोसाईं।' वही वह दूसरा था, उससे अलग, जिस दूसरे की हवाओं में गुपचुप बातें हुआ करती थीं। वह भी जानती थी, 'कुल एक मस्जिद की कहानी से शुरू हुई थीं बातें सब,' उसके शहर में। टी.वी. पर तो सब दिखाते थे, कैसे उसके पैदा होने के दो साल बाद कोई मस्जिद थी, जिसे अच्युतानन्द जैसे लोगों ने किसी अयोध्या शहर में गिरा दिया था और उसके गिरने की थरथराहट से उसका यह शहर भी काँपा था इस देश के और बाक़ी शहरों के साथ और एक सिलसिला-सा बन गया था। उसके पैदा होने के ठीक दो साल बाद जो आज तक बरस-दर-बरस जारी था और वह इन्हीं बरसों में बड़ी होती जा रही थी और अब पुख़्ता हो रही थी, इस जानकारी के साथ कि नफ़रत जैसे शिष्टाचार से वाबस्ता होना उसे उसके अपने लोगों के बीच कितना महफ़ूज़ और अपना बनाता है। छह दिसम्बर को, हर बरस जब से उसने पढ़ना सीखा था, उसने जाना था, उसके शहर की दीवारें कैसे गेरुए

अक्षरों से पुती रहती थीं। 'राम लला, हम आएँगे, मन्दिर वहीं बनाएँगे।' यह जुमला कभी पुराना नहीं होता था, हर बरस यूँ ही नया और ताज़ा हो दीवारों पर दमक उठता था। उसके अपने घर में भी हर बरस छह दिसम्बर से पहले तैयारियाँ कर ली जाती थीं। घर के परदों को खींचकर ताना जाता था, दरवाज़ों पर ताले जड़ दिए जाते थे। मिट्टी तेल के कनस्तर भरवा लिए जाते थे और छुरों में धार बढ़ाई जाती थी। अम्मी ऐसे समय में कुछ ग़म खा जाती थीं। वे किसी बाबर को नहीं जानती थीं। उन्हें अयोध्या की सरहदों और उसके होने के बारे में भी बहुत कम ही पता था। यहाँ इस शहर में बैठे-बैठे क्या फ़र्क़ पड़ता था, अगर कहीं कोई मस्जिद बचे या ढहे...? मगर पप्पू, गुड्डू, राजा को फ़र्क़ पड़ता था। मौलवी उस्मान अली फ़र्क़ पड़वाते थे और इस तरह पूरे मुहल्ले में फ़र्क़ एक निहायत ज़रूरी जज़्बे की तरह हवाओं के हाजमे में फूँक दिया जाता था बेहद ज़िन्दा और पोशीदा तरीके से।

श्री राममोहन के घर पर लकड़ी के सोफे पर ऊँघता पड़ा था, 'अच्युतानन्द गोसाईं।' शहर के आर्चीजस शोरूम में टँगे, गुब्बारे काड्र्स और गुड्डे-गुड़ियाँ बार-बार उसकी आँखों में कौंध रहे थे। लाल, सफ़ेद, गुलाबी गुब्बारे रूपी दिल। फट-फटकर टूट जानेवाले असली दिल! असली दिल टूट जानेवाले! सभी को फोड़ा था, तोड़ा था, उसने अपने इन्हीं हाथों से, इसी बरस चौदह फरवरी को दोपहर जब, प्रचार हो रहा था, किसी वेलेंटाइन डे का, यह कहते हुए कि यह प्रेम दिवस है और उस दिन खुली छूट होती है, प्रेम प्रदर्शन की। श्री राममोहन के निर्देश पर अच्युतानन्द अपने छह शागिर्दों के साथ लाठी और चेनों के साथ उस दुकान पर पहुँचा था और इंतिहा मच गई थी। सारे प्रेम प्रदर्शनों पर ख़ूब मार पड़ी थी उस दिन। उसने अपने इन्हीं हाथों से गला घोंटा था सबका। लेकिन आज लगभग आठ महीने बाद उसे वे गुब्बारे और गुब्बारों को थामे गुड्डे-गुड़िया ख़ूब याद आ रहे थे। वह टूटती-फूटती दुकान, और वे हाथ में पकड़, दबोचे गए, फटाक की आवाज़ के साथ टूटते दिल...।

यार लोग अच्युतानन्द गोसाईं उर्फ़ उनके लिए अच्चू भैया जी के इस ग़मगीन मिज़ाज से अपरिचित थे। उन्होंने भइया जी को ठंडी बियर की कई बोतलें खोलकर देनी चाहीं, लेकिन भइया जी ने आँख उठाकर नहीं देखा। भइया जी की बात श्री राममोहन को बताई गई तो वे शरारत से एक आँख दबाकर हँसे, लड़कों की सब ज़रूरतों से वाकिफ ही नहीं रहते थे वे, बल्कि उन ज़रूरतों की पूर्ति के लिए सचेत भी। 'जाओ, पिक्चर वगैरह दिखाओ इसे, अच्छी शराब पिलाओ या कुछ इन्तज़ाम करो...।' इन्तज़ाम का नाम रीना, सायरा या मीना हो सकता था

और वह शहर के दूसरे छोर पर स्टेशन के पासवाले मुहल्ले में मिलता था। शागिर्दों ने भइया जी को कन्धे पर उठाया, ठीक उसी तरह जिस तरह जश्न जीतने के वक़्त उठाकर 'जय हो' करते थे और भइया जी हंस बन, गर्दन सिकोड़-मोड़ अपनी जयकार का अभिवादन स्वीकार करते थे, लेकिन आज भइया जी ने आश्चर्यजनक रूप में अपना बदन ढीला छोड़, गिरा दिया और अजीब लुंजपुंज अन्दाज़ में जीप पर सवार, सुख की तलाश में हो लिए।

रीना, सायरा, मीना की फेहरिस्त लम्बी थी। इन्तज़ाम के कई गुणात्मक मूल्य थे, सब एक चमकती-दमकती थाली में परोसकर प्रस्तुत किए गए, मगर भइया जी की देह लू लगी तपिश समान जल रही थी, और भइया जी के मन का सूरज अस्ताचल की ओर विश्राम करने चल पड़ा था। उन्होंने आँख उठाकर भी सामने परोसे नैवेद्यों को नहीं देखा। अब शागिर्दों को चिन्ता नाम का कीड़ा काटने लगा, वे निराश हो गए। उन्होंने भइया जी को, इतने दिनों बाद उनके अपने घर छोड़ दिया, भइया जी के बड़े भाई और भाभी के पास। भाभी ने अपने छोटे देवर को देख चिन्ता से इतना ही पूछा, 'क्या हुआ अच्चू को?'

'तबीयत नासाज़ है भाभी, कुछ ताप चढ़ आया है। कल हम लोग डॉक्टर को यहीं लाकर दिखवा देंगे।'

भाभी ने अच्चू की तीमारदारी की, हाथ-पैरों में ठंडा तेल मला, सिर सहलाया, लेकिन अच्चू के शरीर में चुस्ती का संचार नहीं कर पाईं। अच्चू का मुखड़ा निस्तेज ही बना रहा, पीला, निचुड़ा। भाभी ने अच्चू भैया के शागिर्दों को फोन कर दिया, 'लगता है, कुछ भूत-प्रेत का साया तो नहीं, कुछ ओझा बुला झड़वा दिया जाए। रातभर कुछ 'नज...नज...' कर बड़बड़ाता रहा है।'

'अच्छा...।' शागिर्दों को वह जर्द पीला चेहरा जो 'नज' की रट में और निचुड़ रहा था और कुम्हलाती जाती जान का सम्बन्ध अब समझ में आने लगा। उन्हें अच्चू भैया से शिकायत होने लगी, 'क्या भइया?' नं. एक बोला। 'क्या भइया...' नं. दो बोला। 'क्या भइया, इशारा किया होता!' नं. तीन नें उत्तेजना दर्शाई। 'भइया, वही चाहिए, तो कभी कहते आप। उठाना मुश्किल थोड़े ही था। वैसे भी उन लोगों की लड़कियाँ उठाने का मज़ा कुछ और है, साले हमारी लड़कियों को आए दिन भगा ले जाते हैं। अच्युतानन्द गोसाईं के लुंज-पुंज पड़ी देह में इसपर आड़ी-तिरछी हरकत हुई और आग के शोले उसको आँखों में सवारी करने लगे। वे तपिश से वैसे ही लाल हुई जा रही थीं, अब जलने लगीं। बोलनेवाला शागिर्द सिटपिटा गया, उसने तो अपने ट्रेनिंग के हिस्से पैदा हुई बातों को ही दुहराया था।

अच्युतानन्द गोसाईं के दिमागी कोहरे पर लपटें आवेग से उछलने लगी थीं।

उसमें कई दृश्य यूँ ही घुलमिल जाते थे। वह दृश्यों को अलग कर उन्हें उनके अलग वजूदों के साथ स्पर्श करना चाहता था और श्री राममोहन से पूछना चाहता था, 'साहब, इन बार-बार वीडियो में दर्शाए दृश्यों का खाली प्लाट के बगल में रहनेवाली लड़की से क्या ताल्लुक?' लेकिन वह कभी नहीं पूछ पाता था क्योंकि वह खुद ही उन दृश्यों को कभी छाँट कर आज़ाद हस्तियों वाला नहीं बना पाता था।

सारे शागिर्दों ने अपने ताज़ा दम तेज़ दिमागी घोड़े दौड़ाए और उनकी आँखों के आईनों में उनकी शख़्सियतों की बची-खुची भोलेपन की टिमटिमाहट चमक गई। 'अच्चू भैया का दिल कहीं उस मियाँइन में अटक गया था। इस बार इस शहर में छह दिसम्बर की बरसी अभूतपूर्ण ढंग से मनाई जाएगी और उस मियाँइन और उसके परिवार वालों और उसके कौमवालों की ऐसी की तैसी की जाएगी। साले, अच्चू भैया को तबाह करने पर तुले हैं। सालों को सबक सिखाने के मकसद से मस्जिद गिराई गई थी, फिर भी नहीं सुधरते, डिस्टर्बेन्स पैदा करते रहते हैं...।'

श्री राममोहन पार्षद ने अपने कार्यकर्ताओं की सभा आयोजित की और एक महीने पहले से ही छह दिसम्बर का दिन ज़ोरदार ढंग से मनाने का निर्णय ले लिया गया।

चिन्ताओं के सरकते दौर में, अम्मी का मन भारी हो, दुखने लगा था। नज्जो की शादी ठहराने का ख़्याल दबिश डालता जवान हो रहा था। अम्मी ने मन-ही-मन अगले बरस के कुछ दिन तय कर लिए मँगनी और शादी के लिए। नज्जो के लिए पैग़ामों की कमी नहीं थी। बस, अम्मी को ही सब सोच-समझ तय करना था। साथ ही शादी की तैयारियाँ करनी थीं। उन्हें लगा, एक साथ तो सब कर नहीं पाएँगी, धीरे-धीरे कुछ कपड़े सिलवाती चली जाएँगी, कुछ गहने बनवाती जाएँगी, बेटों को कह दिल्ली, मुम्बई से घर के मिक्सी, गैस मँगवाती चली जाएँगी तो एक बरस काफ़ी होगा और एकदम से पैसों की ज़रूरत नहीं अखरेगी। 'वे अग्रवाल एंड संस' के सेठ से लगभग रोज़ मिलने लगीं।

प्रोग्राम तय हुआ था पाँच दिसम्बर की रात का। श्री राममोहन ने गोपनीय निर्देश दिए थे, ज़्यादा नहीं, बस दो-चार घर, वही जिनके लौंडे, दूसरी पार्टियों के मंच से झूठे सेक्युलरिज्म का दावा करते हैं, उन्हें ही ठिकाने लगाना है। साले हर बरस हफ्ते भर पहले से ही हथियार इकट्ठा कर बैठ जाते हैं।

नज्जो के घर कुछ खास तैयारी नहीं थी इस बरस। पप्पू, गुड्डू भाई दोनों ड्यूटी पर थे। शहर के मिज़ाज में ठंडापन था, शौर्य दिवस अपने पूरे रंगों के

बावजूद इस बरस थोड़ा कम चमकदार दिखाई पड़ रहा था। इससे अम्मी के मन में थोड़ी ठंडक पड़ी हुई थी और राजा दो दिन की छुट्टी मनाते हुए बिस्तर पर ख़ूब सोने का मन बना रहा था।

अम्मी 'अग्रवाल एंड संस' के सेठ को पैसे देने जाने का मन बनाने लगीं। यह देख नज्जो जिद पर उतर आई, बचपना वही...। अम्मी ने बस आँखों के कोने तिरछे कर निमन्त्रण दे दिया। नज्जो वही, वही नज्जो, ख़ुश अपनी अम्मी की परछाईं बन चल पड़ी। दुकान पर भारी भीड़ थी। श्री राममोहन पार्षद के लड़के खड़े थे वहाँ, बता रहे थे सेठ को कि कल दुकान बन्द कर शहर में निकलने वाले जुलूस में शामिल होना होगा। सेठ सारी बातें ग़ौर से सुन, सहमति में सिर हिला रहा था। इस सब के दरमियान भी सेठ ने अम्मी को देख लिया, अम्मी से उसका बरसों का नाता जो था। वह दुकानदारी पुलक के साथ बोला, 'रास्ता खाली करो भाई, आने दो...ग्राहक को आने दो।'

लड़के झक सफ़ेद कुर्ते-पाजामे पहने हुए थे। कुछ के चमकते ललाटों पर लाल दहकता श्रृंगार था, त्रिपुंड के आकार का। वे ख़ूब मस्त लग रहे थे, नाजे नहाए और तन्दुरुस्त। उन्होंने एक पल ठिठककर सेठ की बात सुनी और बित्ते भर की जगह ख़ाली कर दी, जिसमें से पहले अम्मी क़समकस कर जूझीं और अन्दर गद्दी की ओर धकिया दी गईं और पीछे से बचपन वाली नज्जो अम्मी की उँगली न छोड़ने की क़सम से बँधी, सीधे गद्दी पर ठेल दी गई। अच्चू भैया के किसी नामालूम नाम के भगत के ही स्पर्श से आगे ठेली गई थी नज्जो। नामालूम नाम के भगत ने नज्जो को ग़ौर से देखा, गोया तय कर रहा हो, सामने ठेली गई चीज़, चीज़ थी या चीज़ में भरी जान। उसका दिल उछलकर गले में अटक गया, जब उसने देखा चीज़ में भरी जान, नरम जान थी और वह वही नरम जान थी, जिसकी वजह से बिचारे अच्चू भैया को ताप चढ़ आया था।

उधर नज्जो के अन्दर एक उबाल सिमसिमाने लगा। उसके सिर से दुपट्टा ढलककर कन्धों पर झूल रहा था। उसे वहाँ मौजूद शक्लों के बीच न जाने क्यों हर शक्ल में नामौजूद अच्युतानन्द गोसाईं की शक्ल दिखने लगी। उसका मन किया अन्दर के उबाल को उस ठिंगने चकले सफ़ेद कुर्ते-पाजामे पर उलट दे, जिसने उसे भीतर ठेला था। अच्युतानन्द ही था, उस शख़्स में भी घुसा हुआ कहीं से। अच्युतानन्द के कितने 'सिर' थे!

हिकारत घुटकर कहीं छुप गई जब 'अग्रवाल एंड संस' का सेठ पैसे बटोरने के बाद झिलमिल सूट के कपड़े दिखाने लगा। रंग और डिजाइन ने मन से सारा कलुष पोंछ दिया। नज्जो के चेहरे पर रंग और डिजाइन टँक गए और इतनी रौनक

बढ़ गई कि सेठ के मन में भी एक बार कुछ ममता जैसा उग आया, फिर तुरन्त उसकी दुकानदारी ने हावी हो अपने सामने बैठे ग्राहकों से ग्राहकों का सा सलूक किया और खाते में अम्मी के नाम के आगे उसने झट लिख डाला, बाक़ी रुपए 2,500/-।

अम्मी और नज्जो अब 'अग्रवाल एंड संस' से बाहर निकले तो शाम का झुटपुटा घिर आया था। बाज़ार अपने दरवाज़े बन्द कर सर्दियों में जल्दी घर जाने को बेचैन दिखता था। रामरतन बरतन वाला, दुकान के बाहर रखे गिलास, डोंगे और जग हड़बड़ाकर समेट रहा था। गुड़िया चूड़ी स्टोर के बाहर लगभग ताला बन्द होने की तैयारी थी। अलबत्ता ओ.के. डेली नीड्स और जैन बुक स्टोर पर थोड़ी भीड़ डटी थी। अल्पना सिनेमा के बाहर कुछ कम भीड़ थी, रात के नौ बजे वाले शो में अभी काफ़ी वक़्त था, पर चाट-पपड़ी वाले अपने घर जाने को मुड़ रहे थे। नौ बजे वाले शो में अब कम ही लोग जाते थे। सर्दी की बारिश का नम आभास हवाओं को और सर्द बना रहा था। कुछ धुँधलाई-सी सर्द चुप्पी शहर की सड़कों पर बिछ रही थी। अम्मी के क़दम तेज़ चाल में तब्दील हो रहे थे और नज्जो रुक-रुक चल रही थी। उसे रुक-रुककर बचपन के वाकये याद आ रहे थे। उसे याद आया बचपन में इसी तरह वह अम्मी के साथ कई बार अकेली जाया करती थी और किस्से-कहानियों की फ़रमाइश कर अम्मी को तंग कर देती थी, उसका मन किया, वापस उसी बचपन में कूदकर प्रवेश कर जाए, अम्मी के संग 'अम्मी, यहीं पर सवार आता था न?'

अम्मी सवार की बात सुन डर गई, उन्होंने अपनी चाल धीमी कर नाराज़गी से नज्जो की ओर देखा, 'अभी ये बात क्यों उठा रही है? पागल है क्या तू?'

नज्जो को अम्मी का अन्दाज़ बेगाना लगा, 'क्या इतनी बड़ी हो गई अब वह कि बचपन की बातें दुहराई भी न जा सकें?' उसे याद आया, अम्मी कितने चाव से सुनाती थीं, ऐन इसी सुनसान सड़क पर चलते, किसी पीर की कहानी जो आज भी सर्दियों की रात में घोड़े पर सवार इस सड़क से गुजरते हैं। 'अल्लाह माफ करे,' कई लोगों ने उन्हें रू-ब-रू देखा था यहीं। सवार की कहानी कई सौ सालों से चली आ रही थी और आज भी कई राहगीर दावा करते थे, उन्हें रोक पूछा था सवार ने, 'कौन? कौन हो तुम?...जाओ, ठीक से जाओ।'

'कौन?...कौन हो तुम?' बोलता हुआ एक ठिंगना चकला सफ़ेद कुर्ता-पाजामा नज़दीक आया।

नज्जो का दिमाग़ पलटियाँ खाने लगा। उसे लगा, उसके बचपन की कहानी का सवार यहाँ उपस्थित हो कैसे गया? कहानी ज़िन्दा कैसे हो गई? उसने नीम

निगाहों से देखने की कोशिश की, सवार घोड़े पर नहीं, एक बन्द जीप में आया था और उसकी सूरत किसी पीर से नहीं मिलती थी, बल्कि उस गन्दली सूरत से मिलती थी जो कुछ देर पहले 'अग्रवाल एंड संस' के भीड़ भरे माहौल में दिखाई पड़ा था। उसके हलक़ में एक काँपती हुई सनसनी फैली जो चीख़ के बजाय चीख़ का एहसास भर बन पाई और उसके सीने में दुबककर, कहीं हमेशा के लिए खो गई। उसे लगा, उसे चक्कर आ रहा है और उसकी डरी आँखें डर से भागने की बेचैनी में मुँद गई पूरी की पूरी।

अम्मी ने अपने पीछे मुड़ देखा, क्या किसी ने उन्हें पुकारा था? पीछे मुड़कर देखने पर न पुकार थी न आवाज़ न दृश्य न सच्चाई। उन्हें लगा, बच के रहने का फलसफा भी आज उन्हें धोखा देने पर उतारू हो गया है। यह क्या है? उनकी नज्जो कहाँ है, ये किसी और दुनिया की बातें हैं और उन्हें किसी और दुनिया में होना चाहिए। उन्हें लगा ठीक—उन्हें मर जाना चाहिए। इच्छा करते ही मौत मिले...। अम्मी को लगा, मिल गई, वे पढ़ने लगीं कलमा, 'ला इलाहा इल्ललहा...' जब उनके माथे पर कोई ज़ोर की चीज़ टकराई। गिरते-गिरते लेकिन उन्होंने इतना ज़रूर देख लिया, कि नज्जो को उन लोगों ने उठाकर उस बन्द जीप में भर दिया था और ख़ूब सारा धुआँ और हाहाकार छोड़ती हुई जीप उस नम सर्द हवा के चुप्पी भरे अँधेरों में कहीं विलीन हो गई थी।

'नई दुनिया' लॉज का वाचमैन श्री राममोहन पार्षद के सब लड़कों को पहचानता था। शहर से पच्चीस किलोमीटर दूर था लॉज। लड़कों का अड्डा था वह, और श्री राममोहन का शहर से दूर एक अन्तरंग ठिकाना। वहाँ बस दो-चार नौकर थे, वे भी पूरे ट्रेंड। उनका काम था, लड़कों को आते देख, नज़र दूसरी ओर कर लेना, बिना नज़रों में आए। कमरे खोल देना। बिस्तरों के चादर, तकियों के गिलाफ बदल देना। बाथरूम में साफ़ टावल लटका देना। कमरे में साफ़ पानी का जग और गिलास रख देना और उसके बाद अपने आप में अपने वजूदों को ले कहीं अदृश्य हो जाना, अगले आदेश आने तक। उसके बाद के रिक्त स्थानों में न उनकी उपस्थिति भरी जाती थी, न उसकी दरकार थी। सब निर्धारित था।

अच्युतानन्द गोसाईं, 'नई दुनिया' लॉज के कमरा नम्बर 1 में लेटा हुआ था, उसके सामने एक गोल मेज़ पर एक प्लास्टिक का फूलदार टेबल क्लाथ बिछा हुआ था, जिस पर लाल-लाल फूल खिले हुए थे। मेज के ऊपर व्हिस्की की आधी खाली बोतल और एक अधखाली गिलास उसके बगल में थोड़ा टेढ़ा-सा पड़ा हुआ था। अच्युतानन्द उन्हें बार-बार वहीं लेटे-लेटे देख रहा था और सोच रहा था, उसे आजकल व्हिस्की अच्छी क्यों नहीं लगती थी, और पीने पर नशा चढ़ता क्यों न

था? वही हलके-हलके सुरूरवाला गुनगुना नशा! तभी उसके कमरे में भड़भड़ाते हुए दाखिल हुए दो शागिर्द और उनके हाथों और कन्धे के सहारे, एक गिरती-पड़ती छाया, जो उसे अपने ख़्यालों में छाई नज्जो की छाया से मिलती-जुलती-सी लग रही थी। लेकिन कैसे? वह लपककर उठकर बैठ गया, तो देखता क्या है, छाया उसके बगल में सिर के नीचे तकिया रख लिटा दी गई है। उसे ज़ोर का नशा चढ़ने लगा। उसने अपनी नशे-सी चढ़ी आँखों को नीचे कर देखा, दहकते अनार वैसे ही थे। उसे लगा, छाया में जान थी, धक-धक करती हुई। उसे लगा कैसे? सब उसकी दिमाग़ी करामात है, यह छाया का खेल सब...! वह निराशा में वहशी हँसी हँसने लगा, सब भ्रम था, सारा-का-सारा! अच्चू भैया को इतने दिनों बाद हँसते देख, शागिर्दों का हौसला बुलन्द हो गया और वे गद्गद हो बोले, 'भइया, आपके लिए तोहफ़ा है, कल की तारीख में खोलिएगा इसे। गुड नाइट!'

अच्चू भैया ने बच्चों के भोलेपन-सा हाथ पटका पलँग पर और लटपटाए, 'साले...बहन...यह सच है कि सपना? कुछ समझ में नहीं आ रहा है?'

'भैया जी, सच है सच, भैया जी क़सम से सच, आप जरा छूकर तो देखो...।' और इतना बोल शागिर्द कमरे से बाहर हो गए।

उनके जाने के बाद अच्युतानन्द गोसाईं ने अपने दिमाग़ी कोहरे के पास जा, सारी घटना को समझने की कोशिश की। ये यारों ने क्या कर डाला? क्या सचमुच ही? आह! उसने बगल में लिटाई छाया को छू-छूकर तय करना चाहा, यह सच है या सपना? क्या...? सबसे पहले उसने दहकते अनारों की दहक परखने की कोशिश की। उसकी उँगलियों में जुंबिश हुई और अनारों को छूते वक़्त उसके हाथ जल गए। उसे झुँझलाहट ने घेर लिया, एक तो हाथ जल गए, दूसरे अनारों के इर्द-गिर्द जो साँप हुआ करते थे, वे दिखाई नहीं पड़े। उसने खोज शुरू कर दी। कस के उँगलियाँ समेटकर उसने छाया की बाँह पर चिकोटी काटी। 'आह...!' एक आवाज़ कहीं बाहर हो जैसे, वैसी ही धीमी, धुँधली-सी, सुनाई पड़ी जो कमरे की दीवारों पर मकड़ी बन चिपक गई। अच्युतानन्द ख़ुश हो गया, उसका सपना बोलता सपना था। वे लम्बी दूरियाँ पार कर उस तक पहुँचा था और सच हो गया था।

अम्मी को होश, उस सुनसान रास्ते में चलनेवाले राहगीरों ने दिलाया। अम्मी गिरी सड़क पर थीं, उठीं तो सड़क के किनारे थीं। उनकी बेबसी शूल पैदा कर रही थी। वो चीख़ना चाहती थीं। 'हाय मेरी नज्जो...!' पर लड़की जात की इज़्ज़त का सोच वे धीरे-धीरे रो रही थीं। अपने अन्तस को डुबोते, एक ऐसे गड्ढे में, जो नज्जो के अब्बा के गुज़र जाने के वक़्त उनके अन्दर एक बड़ी जगह घेर चुका

था, लेकिन वक़्त ने जिसे रफ्ता-रफ्ता सुखा दिया था, वह आज फिर बेहयाई से गहराई तक ख़ुद गया था। वह अपने होने के एहसास से अम्मी को झिंझोड़ रहा था, अम्मी की सिसकियों के साथ...। 'क्या हुआ?'...'अरे देखो क्या हुआ?'...'बहन जी, क्या हुआ? कौन थे बदमाश? कुछ चुराया क्या?'...'हाँ...हाँ...हाँ, नहीं... नहीं...नहीं।' एक दुपहिए वाले को रोक, राजीव नगर तक पहुँचा दिया गया अम्मी को।

अम्मी बदहवास घर की ओर दौड़ीं। राजा बाहर यारों की मंडली जमाए बैठा था। 'नज्जोऽऽऽ!' बोल गिर पड़ीं अम्मी। जब तक माजरा समझ में आता, लड़के तैयार हो गए—हथियारों से लैस। अम्मी बौरा कर चिल्लाने लगी, 'अरे लड़ाई-झगड़े से मेरी नज्जो कैसे मिलेगी, पहले उसे ढूँढ़ो, पुलिस में चलो...!' लड़के बिफरने लगे। तमतमाहट और अपमान से राजा की आँखें भींगने लगी, वह गरजा 'सबको खत्म करो...सालों को...!'

अम्मी अपने तर्कों के वजन के बावजूद हारने लगीं और मिनमिनाई, 'पुलिस...पुलिस की मदद।'

लड़के उन्हें वहीं छोड़ राजीव नगर के घरों में चल दिए, जवानों को अपने अभियान में शामिल करने। तैयारी तो पहले से थी ही।

अम्मी मतसुन्न, डगमगाते कदमों से अपने घर के आखिरी दमघोंटू कमरे में चलती चली गईं। वहाँ एक गुलाबी फूल और हरी पत्तियों वाला टीन का बक्सा अभी भी रखा हुआ था, जिसपे चढ़ने की जिद में नज्जो एक बार गुम हो गई थी। अम्मी नीम अँधेरे में वहीं नज्जो के पैरों के निशान तलाश करने लगीं।

अच्युतानन्द अपने भाग्य से रश्क करता हुआ चीख़ना चाहता था, उत्तेजित आह्लाद से भर, 'नज्जो, तू सचमुच यहाँ है, मेरे इतने पास, मैं कबसे तुझे ढूँढ रहा था?' लेकिन वह चीख़ नहीं पाया। उसे अचानक ही दो काले साँप दिखे जिनकी खोज में वह कुछ देर पहले ही भटक गया था। वे उसके सामने कुंडली मारे बैठे थे उसे डसने को तैयार। हालाँकि वह अभी जीत के घोड़े पर सवार था, लेकिन फिर भी वह सहम गया, और उसने झुककर अपना मुँह उस चेहरे की ओर किया जो नज्जो की परछाईं का ही चेहरा था, और अब परछाईं से निकल पूरा-का-पूरा नज्जो का चेहरा बन चुका था। उसने उस चेहरे पर अपने पूरे चेहरे का बोझ हल्के से डाल दिया। उसके ऐसा करने पर उसे अपने मुँह पर कुछ लिसलिसा-सा गन्दे एहसास वाला फैलता महसूस हुआ, जो उसके अपने मुँह से उसके अन्दर तक जाने को तत्पर था। उसे खराब-खराब लगने लगा। उसने अपनी जेब से रूमाल निकाला और पहले नज्जो का मुँह पोंछा फिर अपना। उसे नज्जो

के मुँह से कुछ टूटे-फूटे शब्द निकलते सुनाई पड़े। उसने अपने दिमाग़ और कानों को उस दिशा में मोड़ा जहाँ से शब्द निकल रहे थे। उसने टूटे-फूटे शब्दों को जोड़ा तो उसे घृणास्पद जज़्बों से सने शब्दों के अर्थ समझ में आए। उनमें कई विषैले तीर भी थे। उसे आश्चर्य हुआ, इतनी नाजुक लड़की इतना मैल अपने अन्दर कैसे रख पाई थी? वह इतनी सारी नई बातें देख उन्हें समझने की कोशिश में थक गया। सुस्ताने की गरज से उसने थोड़ी देर के लिए अपनी स्थिति में परिवर्तन किया। वह पलँग के सामने रखी कुर्सी पर बैठ गया और वहीं से नज्जो के भीतर के रहस्यों को देखने की कोशिश करने लगा। उसके कान में एक घड़ी की टिकटिक सुनाई पड़ी। उसी सुनाई पड़ने के साथ उसे याद हो आए वीडियो फिल्म्स के वे दृश्य जो श्री राममोहन के यहाँ उसे बार-बार दिखलाए गए थे। वह एक टूटी-फूटी-सी मस्जिद, उसके आसपास हज़ारों कारसेवक, मस्जिद के ऊपर चढ़े लोग, चीखती आवाज़ें, 'एक धक्का और दो...।'

उत्तेजना से उसका पूरा शरीर फड़कने लगा, उसने अपना मोर्चा सँभाला, उसके कानों में उन्हीं आवाज़ों की रेलमपेल मच गई। घड़ी की टिकटिक, समय का बदलना, नये दिन का आगाज़, नई दुनिया की ईजाद...के स्वर से स्वर मिला सारी-की-सारी पृथ्वी थरथराई और अलसुबह शौर्य दिवस का सूरज इस्तकबाल में इठलाता चला आया।

●●●